물망초 피는 병원, 아즈사가와

WASURENAGUSA NO SAKUMACHIDE AZUMINOSHINRYOKI
©Sosuke Natsukawa 2019, 2022
First published in Japan in 2019 by KADOKAWA CORPORATION, Tokyo.
Korean translation rights arranged with KADOKAWA CORPORATION, Tokyo through BC Agency.

이 책의 한국어판 저작권은 BC에이전시를 통해
저작권자와 독점계약을 맺은 문예춘추사에 있습니다. 저작권법에 의해
한국 내에서 보호를 받는 저작물이므로 무단전재와 복제를 금합니다.

물망초 피는 병원, 아즈사가와

초판 1쇄 발행 2025년 9월 30일

지 은 이 나쓰카와 소스케
옮 긴 이 최주연
펴 낸 이 한승수
펴 낸 곳 문예춘추사

편   집 구본영
디 자 인 박소윤
마 케 팅 박건원, 김홍주

등록번호 제300-1994-16
등록일자 1994년 1월 24일

주   소 서울특별시 마포구 동교로 27길 53, 309호
전   화 02 338 0084
팩   스 02 338 0087
메   일 moonchusa@naver.com

I S B N 978-89-7604-750-2 03830

* 이 책에 대한 번역·출판·판매 등의 모든 권한은 문예춘추사에 있습니다.
  간단한 서평을 제외하고는 문예춘추사의 서면 허락 없이 이 책의 내용을
  인용·촬영·녹음·재편집하거나 전자문서 등으로 변환할 수 없습니다.
* 책값은 뒤표지에 있습니다.
* 잘못된 책은 구입처에서 교환해 드립니다.

창가의 샌더소니아

　수로 옆 들길에 자전거를 세운 쓰키오카 미코토는 손그늘을 만들며 실눈을 떴다.

　국도를 따라 모인 작은 마을과 그 너머 동쪽으로 유유히 흐르는 아즈사 강이 내려다보였다. 반짝이는 수면 끝으로 시선을 옮기자 물을 가득 머금고 아름답게 펼쳐진 논 지대가, 그 너머 저 멀리에는 북알프스의 웅장한 산줄기가 희미하게 보였다.

　미코토는 지금 아즈사 강 남쪽의 작은 언덕에 있다. 강 북쪽에는 아즈미노 평야가 드넓게 펼쳐져 있어서 그리 높지 않은 곳에서도 전망이 좋다.

　좁은 들길은 소나무와 삼나무에 둘러싸여 시야가 탁 트인 곳은 아니지만, 가다 보면 키 큰 나무들의 행렬이 잠시 끊어져 전망을 감상하기에 적당한 곳이 나온다. 매일 이 길을 지나는 미코토만의 소소한 비밀 장소다.

아침 7시를 갓 넘은 시각.

아직 논밭과 도로에도 인적이 드물다. 맑은 아침 햇살이 잠에서 막 깨어난 세상에 서서히 비쳐들기 시작한 참이다. 눈석임물로 평소보다 수량이 더욱 풍부해진 아즈사 강, 잘 닦인 거울처럼 하늘을 비추는 논, 봄에도 여전히 능선을 하얗게 뒤덮고 있는 북알프스의 눈. 투명하게 반짝이는 풍경이 이른 아침에도 눈부시게 아름다웠다.

"오늘도 절경이네."

미코토가 만족스러운 듯 혼잣말을 흘리자 발 언저리에 불어온 봄바람이 작고 파란 꽃을 살며시 흔들었다.

지역 농민들이 길옆에 나란히 난 수로와 함께 소중하게 가꿔온 들길에는 그들이 심었을 튤립과 마리골드가 화사하게 피어 있었다. 하지만 미코토는 매년 이맘때면 조금 떨어진 곳에서 조용히 피어나는 이름 모를 파란 꽃이 좋았다. 화려하지는 않아도, 널찍한 초록 잎 위 선명한 꽃송이의 초연하고 편안한 모습에서 들풀 특유의 강인함이 느껴졌다. 꽃피는 시기가 길지는 않은지 만개한 꽃을 보기는 어려운데 오늘은 운이 좋다.

"오늘 하루 꽤 괜찮겠는데!"

자전거에 탄 채 크게 기지개를 켜던 미코토는 그대로 동작을 멈췄다. 익숙한 소리가 바람에 실려왔기 때문이다.

물결치듯 반복되는 고음과 저음은 두말할 나위 없이 구급차의 사이렌 소리였다. 고개를 돌리니 아래쪽 국도를 달리는 빨간 회전등이 보였다. 한산한 도로를 내달려온 구급차는 미코토의 발밑을 지나 민가들 사이로 모습을 감췄다. 보이지는 않았으나 구급차가 그 앞 교차로에서 미코토가 있는 언덕 쪽으로 올라오고 있다는 건 소리만 들어도 알 수 있었다.

사이렌 소리는 들길을 둘러싼 소나무 숲 너머에서 멈췄다.

"벌써 시작이군."

미코토는 어깨에 멘 가방을 뒤로 돌리고 페달 위의 발에 힘을 실었다.

바퀴가 천천히 회전을 시작하고 이내 자전거가 힘차게 바람을 가르며 나아갔다.

색색으로 물든 들길을 지나 울창한 소나무 숲을 빠져나가자 시야가 확 트이며 낡은 흰색 건물이 눈에 들어왔다.

'아즈사가와 병원'

커다란 간판 아래, 건물로 들어가는 구급차를 발견하고 미코토는 다시 힘껏 페달을 밟았다.

쓰키오카 미코토는 3년 차 간호사다.

신슈[1] 마쓰모토시에서 나고 자란 미코토는 시나노대학 의학

---

[1] 나가노현의 별칭

부 간호학과를 졸업하고 바로 마쓰모토시 외곽에 있는 작은 종합병원에 취직했다. 많은 친구가 첫 직장으로 대학병원에 갈 때 지역의 소규모 병원을 선택하기는 분명 쉽지 않았다. 적잖은 부담이 따르는 결정이었지만 미코토 나름대로 고심을 거듭해 내린 결론이었다.

물론 가미코치[2] 초입에 있는 아즈사가와 병원이 본가와 가깝다는 점도 이유 중 하나였으나, 규모가 작아도 환자와 친밀한 병원을 선택하고 싶다는 이유가 더 컸다. 마음의 소리를 충실히 따른 결과였다.

그리고 2년 남짓이 흘렀다. 미코토는 좁은 들길을 자전거로 달려, 작아도 바쁘게 돌아가는 일터에 온다.

"이송 환자는 괜찮나요?"

전자 진료기록부에 무언가 입력하고 있던 간호사가 이른 아침 응급실 접수대에 얼굴을 들이미는 미코토의 목소리에 깜짝 놀라 고개를 들었다.

"이렇게 일찍 무슨 일이야? 미코토."

기운찬 목소리로 대답한 사람은 응급의학과 수간호사 시마자키다.

한쪽 옆구리에 문진표를 끼고 왼손에 수액을 든 채 오른손으로 자연스럽게 단말기를 두드리는 모습이 역시 베테랑 간호

---

2 아즈사 강 상류에 있는 명승지

사답다.

"아침부터 구급차가 들어가는 게 보여서 제가 혹시 도울 일이 있을까 하고요."

"참 훌륭한 자세야. 이게 다 교육의 성과인가?"

시마자키가 빙긋 웃었다.

미코토에게 시마자키는 단순한 베테랑 간호사가 아니라, 신입 간호사였던 미코토를 지도 책임자로서 꼼꼼하게 챙겨준 대선배. 첫 근무처인 응급의학과를 떠나 내과 병동으로 이동한 후에도 여러 가지로 도움을 받고 있다.

"다른 과에도 마음 써주고, 기특하기도 하지."

"아니에요. 아직 아침 병동 회의까지 시간 여유도 있고, 응급과는 제가 가장 신세 진 곳인걸요."

"마음만으로 충분해. 멋지게 성장했네. 미코토."

"다 시마자키 선배님 덕분입니다. 근데 생각보다 조용하네요."

큰일이 났나 싶어 들여다본 응급실이 의외로 한산했다.

안쪽 처치실에 구급차로 이송된 환자가 있는 듯했지만, 긴박한 분위기나 모니터의 경고음은 없었다.

"환자 상태는 괜찮은가요?"

"괜찮지는 않고 증상이 가볍지도 않은데 익숙한 상황이라 당황할 필요는 없어."

뒤를 돌아보는 시마자키의 시선을 따라 미코토도 고개를 빼고 안쪽 처치실을 보니 커튼 틈으로 스트레처가 보였다. 그 위에는 산소, 수액, 모니터와 여러 줄로 연결된 주름진 노인이 누워 있었다. 마치 발끝으로 서듯 오그라져 굳은 발이 담요 밖으로 빠져나와 오래 침대에 누워 지낸 환자임을 짐작게 했다.

구급대원들은 이미 돌아갔는지 처치실 분위기는 차분했다.

"88세 와상 환자."

시마자키가 목소리를 낮추고 말을 이었다.

"치매가 있어서 의사소통이 어려워. 시설에 계시는데 새벽부터 기침이랑 가래가 심해지고 열이 났다나봐."

흡인성 폐렴이 의심되는 상황이다. 반년 남짓 응급의학과에서 일한 덕에 미코토도 이 정도는 파악할 수 있다.

아즈사가와 병원은 급성 치료 병원이긴 하지만 교외에 있는 작은 병원이다.

설비도 인원도 한정적이라 모든 환자를 수용할 수는 없기에 부득이하게 거절하는 경우도 적지 않다. 그런데 고령화로 교외에는 노인 요양 보호 시설이 많다 보니, 실제로는 근처에서 이송되는 고령 환자를 수용하는 것이 병원의 큰 역할 중 하나다.

시마자키가 말하는 '익숙한 상황'은 그런 의미였다.

"게다가 오늘 당직의가 미시마 선생님이거든. 얼마나 마음이 놓이는지."

"미시마 선생님과 시마자키 선배님 조합이면 반칙 아닌가요?"

미코토의 얼굴에 미소가 떠올랐다.

미시마는 아즈사가와 병원 부원장이자 내과 부장인 고참 내과의다. 작은 체구에 말수가 적어 언뜻 다가가기 힘든 인상을 주지만, 전문 분야인 소화기 외에도 다양한 분야에 경험이 풍부해서 야간 근무를 하는 간호사에게는 더없이 든든한 당직의다.

요컨대 '익숙한 상황'에 베테랑 미시마와 시마자키가 함께라면 걱정할 필요가 없다는 뜻이다.

"그래도 후배의 따뜻한 배려를 받으니 기쁘네. 그 마음 잊지 말고 나중에도 들러줘."

"네. 그럴게요."

미코토는 가볍게 인사하고 돌아서려다가 흔들리는 커튼 사이로 보이는 사람 그림자에 무심코 걸음을 멈췄다. 의자에 앉아 있는 미시마 말고도 그 뒤에 하얀 가운을 입은 낯선 청년이 서 있었다.

"수련의인 가쓰라 선생님이야."

기다렸다는 듯이 시마자키가 속삭였다.

"수련의 선생님이요?"

"시나노대학 졸업하고 1년간 여기서 연수받는다나봐. 4월에 왔는데 아직 몰랐어?"

미코토는 고개를 끄덕였다.

4월은 인사이동이 많은 시기다. 병동에도 신입 간호사가 오니 수련의가 오는 것도 자연스러운 일이지만, 미코토는 원래 병원 내 소식에 그리 밝은 편이 아니다.

수련의의 창백한 안색과 부스스한 머리는 당직 때문일 테고 긴장된 모습으로 지도의 뒤에 서 있는 모습이 어쩐지 낯설지 않았다. 불과 몇 년 전 미코토도 지나온 길이다.

"결혼 안 했대."

이어지는 속삭임에 미코토가 시선을 돌리자 시마자키가 재밌어하는 표정을 짓고 있다.

"그런 건 안 물어봤어요. 선배님."

"물어보기 어려울까봐 내가 알려주는 거야. 제법 괜찮지 않아?"

"이야기를 너무 억지로 만드시는 거 아니에요?"

"그야, 이런 시골 병원에서 일하는 아줌마한테는 젊은 남녀 이야기 말고는 재미난 게 없어."

태연하게 대꾸하는 시마자키 목소리에 PHS[3] 소리가 겹쳐졌다. 시마자키는 바로 표정을 바꾸고 통화 상대에게 혈압과 맥박 상태를 확인했다. 응급환자가 이송되어 온다는 연락인 모양이다.

---

3 personal handy-phone system. 병원 내 의료진 휴대전화로 사용

시마자키가 전화기를 들고 미코토에게 한쪽 눈을 찡긋하며 손을 흔들었다. 미코토는 눈썹 끝을 늘어뜨린 채 미소를 건네고 등을 돌렸다. 그 순간, 뒤에서 커튼 열리는 소리가 났다.

처치실에서 소문의 수련의가 나왔다.

급히 고개를 꾸벅 숙인 미코토가 순간 멈칫한 이유는 수련의 가쓰라의 오른손에 의학서나 청진기가 아니라, 노란 꽃이 든 꽃병이 들려 있었기 때문이다. 당직이 끝난 아침, 안색 나쁜 수련의가 꽃병을 들고 있는 모습은 확실히 기묘했다.

부스스한 머리를 살짝 숙였다가 곧바로 주변을 두리번대는 수련의를 보자 무심코 말이 새어 나왔다.

"선생님, 무슨 일 있으세요?"

미코토의 질문에 가쓰라는 난처한 듯 머리를 긁적였다.

"별건 아닌데요. 물이 좀 필요해서요."

"물이요?"

"네."

"생수는 저쪽 복도 자판기에……."

가쓰라가 멋쩍게 웃었다.

"죄송합니다. 제가 마실 물이 아니라, 꽃에 물이 필요해서요."

그렇게 말하며 손에 든 노란 꽃을 내밀었다.

"검사 결과가 나올 때까지 시간이 조금 있어서 꽃병 물을 갈아놓을까 하고요."

"꽃병 물이요? 선생님이요?"

"앗, 혹시 제가 멋대로 만지면 안 되는 건가요?"

"아니요. 안 되는 건 아닌데."

참 삐걱대는 대화라는 생각이 들었지만 미코토는 그게 자기 탓만은 아니리라 확신했다. 당직 근무로 녹초가 되었을 수련의가 자기 몸이 아니라 꽃의 물을 신경 쓰다니, 평범하지는 않다.

"꽃병 물이라면, 진료실 안쪽 수도를 쓰셔도 될 것 같은데요."

"제가 마음대로 써도 되나요?"

"당연하죠. 언제든지 편하게 쓰세요."

이야기 흐름상 미코토가 앞서 걸으며 안내했다.

"꽃이 예쁘네요. 은방울꽃인가요? 향기도 좋네요."

미코토는 어색한 침묵을 참을 수 없어 무슨 말이든 해야겠다고 생각했다. 뒤에서 시마자키가 보내는 흥미진진한 시선이 부담스러웠다. 그런데 가쓰라는 의아하다는 듯 눈만 크게 떴다. 당황한 미코토가 말을 보탰다.

"죄송해요. 당직 날 피곤하실 텐데 꽃병 물을 가셔서 꽃을 좋아하시는 줄 알고……."

"꽃은 좋아합니다."

가쓰라는 신중하게 대답하고서 세면대 앞에 도착할 때까지 말이 없다가 꽃병에서 꽃을 빼내며 그제야 말을 이었다.

"그런데 이건 은방울꽃이 아니라 샌더소니아라는 꽃이에요. 모양은 비슷하지만 은방울꽃은 흰색이죠."

수련의는 빙긋 웃으며 "감사합니다." 하고 덧붙이고는 능숙한 손길로 꽃병을 닦기 시작했다.

"아까웠다. 그치?"

미코토가 접수대로 돌아오자마자 시마자키가 말을 건넸다.

"진작에 꽃 이름 좀 알아둘걸 하고 후회했어?"

"꽃에 대해 잘 몰라도 간호사 업무에는 전혀 지장 없습니다. 근데 샌더 어쩌고 하는 꽃, 보통은 모르지 않아요?"

"샌더 어쩌고는 몰라도, 은방울꽃이 흰색인 건 알지."

시마자키의 당당한 표정에 미코토는 말문이 막혔다.

"정말 꽃을 좋아하는 사람인가봐."

"꽃보다, 구급차는 괜찮아요? 이송 연락이었죠?"

"또 노인 요양시설, 90세 발열 환자인데 도착은 20분 후래. 그래서 가쓰라 선생님의 인상은 어땠어?"

"무슨 인상이요?"

"어때, 괜찮지?"

"괜찮은지 어떤지는 모르겠는데, 분위기 파악은 못하는 사람 같네요."

"그건 그럴지도."

시마자키는 눈을 반짝이며 말을 이었다.

"가쓰라 선생님이 괜찮은 사람인지는 둘째 치고, 미코토가 좋은 사람인 건 내가 보장하지. 그렇게 무서운 표정 지으면 잡을 남자도 못 잡아."

할 말을 잃은 미코토는 도저히 당해내지 못할 대선배의 위력을 느끼며 반론을 포기했다.

"감사합니다. 우선 선배님만큼 멋진 여성이 되도록 노력하겠습니다."

"역시 훌륭해. 인사치레도 중요하지. 고마워."

시마자키는 환하게 웃으며 미코토의 어깨를 톡톡 두드리고 복도까지 미코토를 배웅했다.

어느덧 정문 현관에는 밝은 햇살이 가득 들고 벤치가 늘어선 종합 접수대에는 성격 급한 예약 환자들의 모습이 하나둘 보이기 시작했다.

슬쩍 응급실을 돌아보니 시마자키는 재빠르게 서류를 정류하며 다음 이송 환자를 받을 준비를 진행하고 있었다. 그 뒤로 모니터가 깜빡이는 처치실에서 창가에 꽃병을 내려놓는 가쓰라가 보였다.

꽃병을 내려놓은 뒤 가만히 서서 노란 꽃을 물끄러미 바라보는 가쓰라의 표정은 부스스한 머리나 창백한 안색과는 대조적으로 무척 만족스러워 보였다.

'제가 마실 물이 아니라, 꽃에 물이 필요해서요.'

조금 전 가쓰라의 말이 귓가에서 맴돌았다.

"별난 선생님이네."

무심코 새어나온 말에 흠칫 놀란 미코토는 혼자서 작게 웃었다.

이유는 잘 모르겠지만 가슴 한쪽이 따뜻해졌다.

지금까지와는 다른 1년이 시작될 것 같은 묘한 예감에 휩싸이며 미코토는 밝은 복도를 힘차게 걸어나갔다.

프롤로그

창가의 샌더소니아 · 004

제1화

추해당 피는 계절 · 018

제2화

달리아 다이어리 · 085

제3화

산다화 피는 길 · 152

제4화

얼레지 찬가 · 225

에필로그

물망초 피는 마을에서 · 304

작품 해설

지금 우리에게 필요한 문학이자
철학, 의료 이야기 · 319

추해당 피는 계절

의사라는 사람들은 어쩜 이리도 하나같이 다 괴짜일까…….

미코토는 병동 간호 스테이션의 중앙 테이블에 팔꿈치를 괴고서 한숨을 작게 내쉬었다.

슬쩍 눈을 돌리자 스테이션 입구 근처에서 전자 진료기록부 단말기 화면에 시선을 고정한 채 미동도 하지 않는 하얀 가운 차림의 남성이 보였다. 아직 이십대 중반일 터인데 머리엔 새치가 희끗거리고 턱에는 수염이 드문드문 자라서인지 외모에서 피로감이 그대로 드러났다. 다만, 전자 진료기록부를 응시하는 눈에는 올곧고 단단한 빛이 감돌았다.

시각은 밤 11시.

이미 복도는 야간 등만 켜져 있어 어스름하고 창밖도 새카만 어둠에 잠겨 있다.

고요한 병동에는 미코토처럼 야근하는 간호사들이 환자 상태를 확인하기 위해 병실을 돌거나 수액 주입 상황을 살펴보느라 오가는 발소리만 자그맣게 울렸다. 이따금 병실에서 치매 환자가 소리를 지르기도 했으나 늘 있는 일이라 특별히 대처가 필요하지는 않았다.

그런 심야 병동에서 한 시간 가까이 팔짱을 끼고 모니터를 뚫어지게 보고 있는 사람은 올해 이곳 아즈사가와 병원에 온 1년 차 수련의, 가쓰라 쇼타로다.

미코토가 근무하는 내과로 가쓰라가 온 건 2주 전의 일이었다. 4월에 딱 한 번 응급실에서 짧은 대화를 나눈 적이 있으나 그 후 가쓰라가 외과에서 연수받는 3개월 동안에는 미코토와 접점이 거의 없었다. 그런데 유난히 대화가 헛돌던 첫 만남 때 인상이 너무 강렬하게 남아서 그 뒤로 3개월이나 흘렀다는 게 믿기지 않았다.

오랜만이라는 느낌이 전혀 들지 않은 데는 무엇보다 가쓰라의 변함없는 외모가 한몫했다. 다시 만난 가쓰라는 부스스한 머리에 창백한 얼굴까지 당직 날 새벽 꽃병 물을 갈 때와 완전히 똑같았다.

"가쓰라 선생님이랬나?"

병실을 한차례 돌고 온 간호사 사와노 교코가 미코토의 귓가에 속삭였다. 트레이드마크인 화려한 머리 색은 간호과장에게 주의를 받으면 잠시 검어졌다가 한 달도 지나지 않아 또 다른 색으로 바뀌었다. 볼 때마다 달라지는 머리 색이 이번 달엔 밝은 갈색이었다. 교코가 추구하는 머리 색이 대체 뭔지, 동기인 미코토도 알 수가 없다.

"계속 저러고 있어?"

"그런가봐."

교코는 어이없다는 표정을 지으며 어깨를 한번 으쓱하고는 안쪽 기자재실 쪽으로 사라졌다.

이 시간대는 환자 상태만 안정적이면 간호사들에겐 소소한 잡담을 즐길 여유가 생기는 시간이다. 실제로 오늘도 병실은 조용했으나 수련의라고는 해도 의사가 한 명이라도 있으면 간호사는 나름대로 신경을 쓸 수밖에 없다. 간호 스테이션에 감도는 거북한 분위기에도 수련의는 아랑곳하지 않고 팔짱을 낀 채 모니터만 빤히 노려보고 있었다.

의사라는 사람들은 정말 눈치 없는 사람밖에 없는가 보다.

미코토의 마음이 불편한 이유는 오늘 야간 근무의 리더가 자신이기 때문이다. 후배들이 보내는 무언의 압박이 느껴졌다. 한마디로 '어떻게 좀 해주세요'라는 요청이었다.

"가쓰라 선생님."

견디다 못한 미코토가 간신히 말을 꺼냈다.

망설인 끝에 내뱉은 말이었지만 상대는 눈길조차 주지 않왔다.

미코토는 눈썹을 살짝 찌푸리며 목소리를 높였다.

"가쓰라 선생님!"

"네?"

청년 의사는 번뜩 꿈에서 깬 사람처럼 놀라며 뒤를 돌아봤다.

"무슨 일이 있나요? 미코토 씨."

내과로 온 지 겨우 2주 된 수련의가 자기 이름을 정확하게 알고 있다는 사실에 미코토는 당황했다. 의사치고는 드물게도 간호사의 얼굴과 이름을 제대로 기억하는 사람인 모양이다.

"무슨 일인지 제가 묻고 싶네요. 선생님, 괜찮으세요? 한 시간이나 계속 같은 자세로 앉아 계시는데요."

가쓰라는 의아하다는 듯 두어 번 눈을 깜빡이더니 별안간 눈을 크게 뜨고 물었다.

"아, 저요?"

정말이지 상대하기 어려운 사람이다.

"나가사카 씨 일을 떠올리다가 그만 생각에 잠겼나 봐요. 11시? 언제 시간이 이렇게 됐지?"

"나가사카 씨라면 208호실 환자분이요?"

상대 흐름에 휩쓸리지 않도록 미코토는 신중하게 이야기를 이어갔다.

208호실 나가사카 마모루 씨는 48세 췌장암 환자다.

고령 환자 비율이 매우 높은 내과 병동에서는 젊은 축에 속하지만, 이미 수술이 어려운 단계에서 암이 발견되어 현재는 항암제 치료를 검토 중이다.

"지도의인 미시마 선생님이 이틀 후 나가사카 씨의 사전 동의[4]를 진행해보라고 하셔서요. 믿고 맡겨주신 건 기쁜데 이번처럼 어려운 일을 맡아본 적이 아직 없거든요. 그래서 환자에게 어떻게 말해야 하나 머릿속으로 시뮬레이션해보고 있었어요."

"네……."

"근데 막상 설명을 시작해보니 생각보다 말이 잘 안 나오더라고요. 횡설수설하다가 결국 제대로 정리가 안 돼서 오히려 나가사카 씨를 혼란스럽게 만든 참이었죠. 미코토 씨가 말을 걸어주셔서 다행입니다."

미코토가 이마에 손을 얹으며 말했다.

"그거 전부 머릿속에서 일어난 일이죠?"

"물론이죠. 현실이면 큰일 납니다."

가쓰라의 진지한 대답에 미코토는 깊디깊은 한숨을 내쉬었다.

응급실에서 처음 만났을 때도 어딘가 좀 별난 사람이라 생각했는데 아무래도 그 인상이 틀리지 않은 듯했다.

"죄송해요. 괜한 걱정을 끼쳤네요."

---

[4] informed consent(IC). 환자나 보호자가 치료와 관련된 정보를 충분히 제공받고 이를 이해한 후 자발적으로 치료를 선택하거나 동의하는 과정

정중하게 고개를 숙이는 가쓰라를 향해 미코토는 황급히 두 손을 내저었다. 바로 앞에서 대놓고 한숨을 쉰 자신도 무례했다는 생각이 들어 마음을 다잡고 입을 뗐다.

"나가사카 씨는 의연한 분이세요. 췌장암이 힘든 병인 건 잘 알고 계신 것 같으니 이론적으로 길게 설명하기보다 '함께 힘내봅시다' 하는 마음을 전하는 게 중요하지 않을까요?"

다소 얼버무리려는 느낌으로 두루뭉술하게 건넨 말에 가쓰라는 감탄하며 미코토를 바라보았다. 말과 행동은 엉뚱하고 외모는 투박했으나 미코토를 향한 눈빛에는 진중함이 담겨 있었다.

"감사합니다."

가쓰라의 인사를 받은 미코토는 어쩐지 마음이 술렁거려서 생각지도 못한 배려의 말을 건넸다.

"얼른 쉬세요."

고개를 끄덕이고 자리에서 일어난 수련의는 문득 생각났다는 듯 접수대에 놓인 꽃병으로 시선을 옮겼다.

"미코토 씨가 꽃꽂이하셨다고 아까 교코 씨한테 들었어요."

접수대에는 용담과 하얀 수국이 작은 꽃병에 보기 좋게 꽂혀 있었다. 소소하지만 밝은 색상이 삭막한 실내에서 제법 눈에 띄었다.

"환자들한테 받은 꽃을 몇 송이 모아놨을 뿐이에요. 꽃꽂이라 할 정도는 아니고요."

"그렇군요."

가쓰라는 꽃병에 시선을 고정하고 가만히 서 있었다.

불현듯 미코토의 머릿속에 응급실 창가에 있던 노란 꽃이 떠올랐다. 꽃 이름을 잘못 말했던 쓰린 추억을 곱씹으며 초췌한 수련의가 꽃을 정말 좋아하는 모양이라고 미코토는 또 한 번 실감했다.

그냥 버리기 아까워서 꽂아놨을 뿐인데 꽃을 좋아하는 청년에게 주목을 받으니 약간 쑥스러웠다.

"대충 꽂아만 놨는데도 예쁘죠?"

"예쁘네요. 그런데……."

가쓰라는 미코토를 돌아보며 말을 이었다.

"파란색과 흰색 꽃의 조합은 피하는 편이 좋아요. 장례식용 헌화 같거든요."

청년 의사가 가볍게 뱉은 말에 미코토의 하얀 뺨이 살짝 굳었다.

"괜한 참견일 수도 있지만, 나가사카 씨 일에 대해 조언해주셔서 감사의 뜻으로 말씀드립니다."

순식간에 얼굴이 새빨개진 미코토의 변화는 눈치채지 못한 채 가쓰라는 상냥하게 인사를 하고 자리를 떴다.

"이번 수련의, 만만치 않네."

장난기 가득한 목소리의 주인공은 교코다.

옆을 보니 교코가 가쓰라의 말에 짐짓 동의하듯 고개를 끄덕이고 있었다.

"그러고 보니 확실히 색 조합이 좀 칙칙하다. 그치?"

"너 조금 전에는 엄청나게 예쁘다고 하지 않았니?"

"오호, 내가 그랬나?"

교코는 콧노래까지 흥얼거리며 다시 복도 쪽으로 사라졌다.

미코토는 그 자리에서 한동안 꽃을 노려보다가 깊은 한숨을 내쉬며 조용히 꽃병에 손을 뻗었다.

"오랜만이야, 미코토. 잘 지냈어?"

점심시간 직원 식당에서 활기찬 목소리가 미코토의 걸음을 멈춰 세웠다.

미코토는 늘 먹는 A정식을 쟁반에 들고 두리번거리다가 테이블 한쪽에서 손을 흔드는 응급과 수간호사 시마자키를 발견하고 웃으며 다가갔다.

"선배님, 오랜만이에요."

시마자키 옆자리에 앉으며 미코토가 말했다.

"병동 근무는 어때? 잘하고 있어? 좀 마른 것 같은데?"

"그래 보여요?"

"농담이지. 1년 차 때부터 기죽지 않고 응급실을 뛰어다니던 미코토가 병동 업무 정도로 살이 빠질 리가 있나."

금세 말을 바꾼 시마자키가 호탕하게 웃음을 터뜨렸다. 그러다 문득 표정을 바꾸고 의미심장한 미소를 지었다.

"미코토, 벌써 병동에서 활약이 대단하다며? 의외로 재빠른걸."

"네?"

"가쓰라 선생님 말이야. 사전 동의 때문에 고민하는 수련의를 미코토가 다독여줬다고 소문이 자자해. 아주 흥미진진하지 뭐야. 제법이네."

미코토는 당황하며 손사래를 쳤다.

"아니에요. 전혀 그런 거 아니에요. 대체 어디서 나온 얘기예요?"

"글쎄, 어디서 나왔을까. 어딜 봐도 어르신밖에 없는 병동에서 청춘 남녀 이야기는 금방 퍼지는 법이지."

"무슨 청춘 남녀……."

미코토는 항의하려다 곧바로 짚이는 데가 있어 미간을 찌푸렸다.

"교코죠?"

"교코만이 아니야. 여기저기서 들은 얘기야. 간호사 세계가 소문과 망상으로 이루어져 있는 거 몰라? 굳이 따지자면 조심성 없는 미코토 잘못이지."

"조심하고 말고 할 것도 없어요. 변함없이 분위기 파악 못하는 특이한 선생님이에요."

"특이한 게 뭐 어때서. 중요한 건 새로 온 의사가 젊다는 것, 그리고 독신이라는 사실이야. 꽃 색깔 가지고 트집을 잡든 말든 그런 건 상관없어. 불판에 올라온 고기가 맛있어 보이면 조금 덜 익어도 먹는 거야."

시마자키가 접시 위의 햄버그를 젓가락으로 푹 찌르며 웃었다.

대체 무슨 비유인지, 미코토는 어이가 없을 뿐이었다.

"그리고 가쓰라 선생님만 특이한 건 아니잖아."

"그건 동의합니다."

방울토마토를 입에 넣으며 즉답한 미코토가 말을 덧붙였다.

"엔도 원장님은 호흡기내과 전문의면서 지독한 애연가고, 외과 마루야 선생님은 회식 때마다 간호사를 꾀려고 하질 않나, 가만히 있어도 무서운 미시마 선생님 사무실에서는 이상하게 앓는 소리가 시도 때도 없이 새어 나오잖아요."

"아, 그거? 노가쿠[5]에서 부르는 노래인데 '우타이'[6]라고 한대. 간제류[7]라나 뭐라나 아무튼 전통 예능의 일종이야."

---

5 일본 전통 가면 악극
6 노가쿠에서 시나 대사에 가락을 붙여 부르는 노래
7 노가쿠의 주요 유파 중 하나

"전통 예능이요?"

미코토는 대놓고 질색하며 되물었다.

"그 이상한 소리가 전통 예능이라고요?"

"목소리 좀 줄여."

시마자키가 얼굴을 들이밀고 미코토를 말렸다.

"너는 의외로 선생님들한테 거리낌이 없더라. 조금 더 조심할 필요가 있어. 요전에도 마루야 선생님하고 싸웠다며?"

"싸우지 않았어요. 환자 상태가 급변해서 밤에 콜을 했더니 술에 취해서 뭐라는지도 못 알아듣겠더라고요. 그래서 좀 화냈을 뿐이에요."

정당한 행동이었다고 반론하는 미코토에게 시마자키는 복잡미묘한 미소를 지어 보였다.

"제가 잘못한 거예요? 그러면 안 되는 거예요?"

"안 되는 건 아니지."

"환자 상태가 위급한데, 취해서 실없는 농담이나 하는 선생님한테 싹싹하게 굴라 하셔도 저는 못해요."

"나도 미코토 마음을 모르는 건 아니야."

시마자키는 젓가락을 입에 문 채 낮게 답했다. 그러고는 짧게 틈을 두고 말을 이었다.

"그런데 그 논리라면 선생님들은 밤이든 휴일이든 입원 환자 상태가 언제 나빠질지 모르니까 절대 술에 취해서는 안 된다는 말이 돼."

"그건……."

미코토는 대답할 말을 찾지 못했다.

"이런저런 게 보이기 시작한 건 성장했다는 증거야. 그리고 이 정도로 화내는 건 미숙하다는 증거지. 채혈이나 기저귀 교환만 잘한다고 좋은 간호사가 되는 건 아니거든."

그 말을 듣는 순간, 미코토는 가슴이 철렁했다. 마음속 답답함을 들킨 것만 같았다. 사소한 처치를 보조하거나 상태가 급변한 환자에 대응하는 일이라면 조금 자신이 생겼다. 하지만 마음 한편에서 이대로 안주해서는 안 된다고 어렴풋이 느끼고 있었다. 시마자키는 단순히 처치에만 능한 간호사가 아니다. 가장 큰 문제는 미코토 자신이 어느 방향으로 나아가면 좋을지 모른다는 사실이었다.

눈썹을 모으고 침묵에 잠긴 미코토를 바라보며 시마자키는 온화하게 미소 지었다.

"어쨌든, 그런 괴짜 선생님 중에서 가쓰라 선생님은 멀쩡한 편이지?"

시마자키가 손을 쓱 뻗어 미코토의 접시에서 햄버그 한 조각을 집어 들며 짓궂게 말했다.

"또 가쓰라 선생님 얘기로 돌아가는 거예요?"

"왜? 싫어?"

"딱히 좋고 싫고, 그런 문제가 아니라니까요……."

당황하며 얼버무리는 미코토 머릿속에 며칠 전 장면이 불현듯 떠올랐다.

수련의 가쓰라는 나가사카 씨 부부 앞에서 차분히 설명을 이어가며 때로는 생각에 잠기고 때로는 질문에 대답하면서 이야기를 무사히 마쳤다. 든든하다고 말하긴 어려워도 확실히 가슴에 와닿는 무언가가 있었는지 나가사카 씨는 끝까지 침착하게 설명을 경청했다. 엄격하기로 소문난 지도의 미시마도 뒤에 앉아 한마디도 끼어들지 않았다.

"함께 힘내봅시다."

마지막에 가쓰라가 꺼낸 말에 미코토는 속으로만 몰래 웃었다.

불쑥 울린 호출음에 미코토는 정신을 차렸다. 시마자키가 젓가락을 입에 문 채 병원용 휴대전화를 들고 "네, 네." 하고 대답하고는 바로 전화를 끊었다. 미코토에게 어깨를 움츠려 보이며 말했다.

"구급차야. 먼저 일어날게."

"수고하세요."

자리에서 일어서던 시마자키가 가볍게 젓가락을 흔들며 눈을 반짝였다.

"미코토, 바비큐 철칙은 일단 빨리 젓가락부터 뻗는 거야. 고기가 잘 익었는지는 접시로 가져온 다음에 확인하면 돼. 알았지?"

시마자키는 명랑한 목소리로 이 말만 남기고 테이블에서 멀어졌다.

미코토는 대선배의 뒷모습을 눈으로 좇으면서 '집어 든 고기가 설익었으면 철판에 다시 올려놓나?' 하고 싱거운 생각을 했다.

쿵 하고 공기를 흔드는 육중한 소리가 울리더니 밤하늘에 빛의 꽃이 활짝 피었다.

휠체어에 앉아 창밖 하늘을 올려다보는 환자들 사이에서 작은 환호성이 터졌다. 빨강, 파랑, 노랑, 화려한 불빛이 비치는 환자들 얼굴이 여느 때보다 밝아 보였다.

"오늘 아즈사 강 여름 축제구나."

주임 간호사 오타키가 야간용 수액을 정리하면서 누구에게랄 것 없이 혼잣말처럼 중얼거렸다. 오타키는 170센티를 넘는 장신에 어깨도 떡 벌어졌다. 듬직한 체구로 진행하는 수작업은 어딘가 여유로워 보이면서도 군더더기 없이 정교했다.

게다가 유사시에는 눈이 휘둥그레질 만큼 신속 적확한 대응으로 관록 넘치는 모습을 보여줘서 병동 젊은 간호사들에게 두터운 신뢰를 받고 있다. 겨우 5년 차이인데 어쩜 이리 다를 수가 있나, 미코토는 오타키를 볼 때마다 감탄한다.

때마침 진료기록부 기재를 마친 미코토가 오타키 앞에 서서 수액 정리 작업을 거들며 맞장구를 쳤다.

"날씨가 맑아서 다행이에요. 환자분들이 잔뜩 기대하고 계셨거든요."

"그러게. 비 때문에 행사가 취소라도 되면 환자들 컨디션이 안 좋아져. 불온 상태에 빠지고 치매 증상도 심해지고, 그야말로 처참한 야간 근무가 되는 거지."

불온(不穩)은 환자가 신체적 정신적 스트레스를 받아 극도로 초조해하거나 흥분하는 병태를 말한다. 고령 환자에게 종종 나타나기에 내과 병동에서는 그리 드문 일이 아니지만, 소리를 지르는 데서 그치지 않고 수액 바늘을 뽑거나 베개를 던지는 것처럼 위험한 행동이 나타날 때도 있어서 불온 환자가 발생하면 야간 근무자는 밤새 긴장을 늦출 수가 없다.

"오늘은 다들 기분 좋게 주무시겠어요."

"그랬으면 좋겠네."

담담하기 그지없는 오타키의 대답에 미코토는 씩 웃으며 스테이션 너머 공용 휴게실로 시선을 옮겼다.

보통 이 시간에는 환자 두세 명이 있을 뿐이지만 오늘은 휠체어에 앉은 환자들과 몇몇 보호자까지 휴게실에 모여 밤하늘을 올려다보고 있다. 유난히 커다란 텔레비전 소리와 치매 환자의 갑작스러운 괴성이 일상인 내과 병동에서는 좀처럼 보기 힘든 활기찬 광경이다.

"예전엔 이 주변에 아무것도 없어서 멀리서도 불꽃이 보였는데, 요즘은 건물이 많아져서 조금 아쉬워요."

"미코토는 이 지역 출신이라고 했지?"

오타키가 작업하는 손은 멈추지 않고 호기심 어린 눈길을 보냈다.

"네. 마쓰모토에서 나고 자랐어요."

"좋네. 나는 태어난 곳은 미야기, 자란 곳은 도쿄, 일하는 곳은 마쓰모토. 뿌리 없이 떠도는 잡초야. 이런 식으로 점점 남쪽으로 내려가다가 내년엔 오사카에 있는 거 아닌지 몰라."

"주임님, 오사카라뇨, 농담이라도 그렇게 서운한 말씀 하지 마세요. 근데, 마쓰모토 밖으로 나가본 적 없는 제 눈엔 주임님이 너무 멋져 보여요."

"이리 보잘것없는 선배가 멋있다니, 미코토도 빈말이 많이 늘었군."

그런 말을 전혀 불쾌하지 않게 툭툭 내뱉는 솔직함이 오타키의 특징이자 매력이다. 미코토는 깔깔 웃고 난 후에 과연 웃어도 되는 상황이었는지 문득 혼란스러워졌다.

그 순간, 쾅 하고 다시 불꽃이 터지고 밝은 함성이 들려왔다.

"그러고 보니 저 사람도 뿌리 없는 잡초랬나?"

오타키가 눈짓으로 스테이션 안쪽을 가리켰다. 가쓰라가 컴퓨터 모니터 앞에서 엎드려 자고 있었다. 담당하는 환자가 많아서 요 며칠 늦게까지 회진하느라 바빠 보이더니 오늘 한계에 달한 모양이다. 그 어깨에 걸쳐진 담요는 오타키의 배려이리라.

"뿌리 없는 잡초요?"

미코토가 고개를 갸웃하자 오타키가 답했다.

"도쿄에서 태어났는데, 시나노대학에 합격해서 나가노로 왔대. 근데 졸업하고 계속 이쪽에 남았다나봐."

"아, 정말요?"

도쿄 출신 의대생 대부분은 졸업하는 동시에 도쿄로 돌아간다는 얘기를 들은 적 있어서 다소 의외였다.

"미코토는 가쓰라 선생님이랑 친하다고 하던데, 출신지도 몰랐어? 진작 알고 있을 줄 알았더니."

"딱히 친하지 않아요. 그런 무책임한 말을 신나게 떠벌리는 건 보나 마나 교코겠죠?"

"재밌는 걸 어떡해."

절묘한 타이밍에 교코 본인이 등장했다. 병실을 돌며 확인을 마친 참이다.

"주임님, C팀 이상 없습니다."

"수고했어. 그럼 수액 확인 좀 도와줄래?"

"네. 알겠습니다."

교코는 장난스럽게 경례를 한번 하고 미코토 옆에 서서 수액에 손을 뻗으며 말했다.

"남자를 멀리하던 미코토가 드디어 움직이기 시작하나 싶어서 다들 숨죽이며 지켜보고 있어. 이렇게 재밌는 일이 또 어디 있겠니?"

"쓸데없는 말 좀 하지 마."

"내가 미코토한테 새로운 정보를 하나 줄게. 가쓰라 선생님 본가가 꽃집을 운영한대."

"꽃집?"

눈을 휘둥그레 뜨며 되물은 사람은 오타키였으나 미코토 역시 처음 듣는 이야기였다.

"그래서 나중에 본가로 돌아가서 가업을 이을 필요도 없고, 도쿄로 돌아갈 계획은 없나봐. 미코토, 절호의 사냥감 아니야?"

"교코."

미코토는 어이없어하는 표정을 지으면서도 크게 납득가는 부분이 있었다.

가쓰라의 꽃에 대한 애정은 단순히 취향 문제가 아닌 것이다. 아무리 모양이 닮았어도 노란 꽃을 은방울꽃으로 착각하는 미코토가 꽃집 아들 눈에는 얼마나 이상해 보였을까.

"어쩐지. 그래서 꽃 조합에 까다로웠군."

"너 혹시 장례식 꽃 어쩌고 했던 걸 아직도 맘에 담아두고 있어? 그러면 이 치열한 경쟁의 승자가 되지 못해."

"경쟁에 참여하겠다고 말한 적 없어."

"너는 참 그게 문제다."

교코는 수액 정리와 경박한 잡담을 동시 진행하며 어느 한쪽에도 소홀하지 않았다. 빈틈없는 친구의 자세가 미코토는 그저 감탄스러울 따름이다.

"미코토는 남자한테 아예 관심이 없어?"

거침없이 날아든, 지극히 오타키다운 돌직구에 교코가 기다렸다는 듯 답했다.

"미코토는 고등학생 때 한 번 실연한 뒤로 완전히 겁쟁이가 됐어요. 이 외모에 너무 아깝죠."

"사와노 교코, 한마디만 더 하면 머리에 엄청 큰 주사 놓는다."

"꺄악, 무서워."

교코는 소녀처럼 몸을 움츠리면서도 입은 멈추지 않는다.

"그때는 그 남자애가 좀 나빴어요. 미코토가 얼굴을 따지긴 하는데요, 또 마음에 드는 타입이면 금방 넘어가요."

"그래? 남자라면 질색인 줄 알았지."

"결벽증이 있을 뿐이에요. 남자보다 일이 좋네 어쩌네 하면서 허세 떨지만…… 아얏!"

"어머, 미안. 바퀴벌레인 줄 알고 밟았는데 교코 발이었어?"

"으윽, 너무해."

엄살 피우는 동기를 힐끗 노려보고 미코토는 수액 정리에 다시 집중했다.

교코와는 중학교 때부터 동창이다. 그 뒤로 고등학교, 대학 간호학과, 아즈사가와 병원까지 쭉 같은 길을 걸어왔는데 딱히 의도된 일은 아니다. 굳이 따지자면, 중학교 때부터 빨강 파랑 늘 눈에 띄는 색으로 머리를 물들인 교코는 다가가기 어려운 존재였다. 그런데 이렇게 함께 일하게 되고 보니 제법 괜찮은 동기다. 딱 하나, 저 경박함만 빼면.

"두 사람 엄청 친하구나."

"주임님, 이의 있습니다."

미코토가 큰소리로 반론을 제기하려다 입을 꾹 다물고 자세를 가다듬었다. 작은 체구에 하얀 가운을 걸친 사람이 스테이션으로 들어왔기 때문이다.

키는 작지만 매서운 눈빛이 묘한 위압감을 뿜어낸다. 그런 풍모 때문에 '작은 거인'이란 별명이 붙은 내과 부장 미시마다.

미코토는 '작은 거인' 방에서 새어 나오는 신음이 전통 예능의 일종, '우타이'라는 이야기를 요 며칠 전에 들었지만 미시마 본인에게 진의를 확인할 마음은 눈곱만큼도 없었다. 병도 미시마의 위용에 겁을 먹고 도망간다는 소문이 돌 정도로, 병원 스테프들도 그 앞에서는 몸을 사린다.

간호사들이 일제히 입을 다물고 서둘러 각자 업무로 돌아가는 사이, 미시마는 조용히 걸음을 옮겼다. 안쪽 책상에 엎드려 있는 수련의를 힐끗 보고는 아무런 반응도 보이지 않고 다른 자리에 앉아 태연하게 진료기록부를 입력하기 시작했다.

키보드 소리만 서늘하게 울려 퍼지는 스테이션은 순식간에 온도가 2도는 내려간 듯했다. 미코토와 교코가 눈짓을 주고받고 다시 업무로 돌아가려는 찰나, 돌연 오타키의 씩씩한 목소리가 스테이션에 울렸다.

"선생님, 무슨 일 있으셨어요?"

후배 간호사들과 대화를 나눌 때처럼 스스럼없는 말투 그대로, 오타키가 미시마에게 말을 건넸다.

언뜻 보면 체격 차이 때문에 까탈스러운 아들을 달래는 노련한 어머니 같기도 했지만, 그건 실수라도 입 밖으로 낼 수 없는 농담이다.

미시마는 무표정으로 주임 간호사에게 눈길을 한번 향했다가 다시 모니터를 보며 손을 멈추지 않았다. 다른 스태프라면 단번에 위축될 만한 시선이었으나 오타키는 딱히 개의치 않는 눈치다.

"오늘은 표정이 엄청 무서운데요?"

"오타키 씨, 이 얼굴은 타고난 거예요. 오늘만 이런 게 아닙니다."

"평소랑 다름없어 보여도 기분이 좋은지 나쁜지 정도는 알 수 있어요."

오타키가 태연하게 받아치자 미시마는 손을 멈추고 오타키를 바라보았다.

"제가 잠시 잊었네요. 이리 작은 병원에도 우수한 주임 간호사가 있다는 사실을요."

"오늘 응급 외래 관련해서 회의가 있었죠? 또 구급차 건으로 다투셨어요?"

"늘 있는 일이죠. 당번일 외에도 모든 구급차를 수용해달라는 경영진의 강한 요청이 있었어요."

"그 얘기라면 지난번에도 안 된다고 말씀하지 않으셨어요?"

"그랬죠. 지금 의사 수로는 도저히 불가능하다고 답변했었죠."

미코토도 들은 적 있는 이야기다.

아즈사가와 병원은 야간 응급 진료일을 주 2일로 설정하고 해당일 외에는 원칙적으로 야간 응급 환자를 받지 않는다. 작은 병원에서 몇 안 되는 의사만으로 24시간, 구급차를 수용하기란 물리적으로 불가능하다. 그러니 미시마의 의견은 매우 타당하지만, 실제로 아즈사가와 병원에서 응급 환자를 받지 않으면 환자는 대형 병원까지 한 시간 가까이 이동해야 한다. 주변 지역 고령자가 급속도로 증가하고 있어서 지역에서는 아즈사가와 병원이 언제라도 환자를 받아주기를 희망하는 것이다.

"올해는 수련의도 있으니까요."

미시마가 시선을 옮기며 말했다.

시선 끝에는 색색 숨소리를 내며 기분 좋게 자고 있는 가쓰라가 있었다.

"의사만 협력하면 밤에도 낮처럼 응급 외래를 운영할 수 있지 않겠냐는 게 경영진 생각이죠."

"밤에 근무하고 다음 날 쉴 수 있는 것도 아니잖아요?"

"그렇죠. 하지만 현장에 있지 않은 사람은 아무래도 의사를 전자동 의료 로봇쯤으로 착각하나 봅니다. 야간 근무를 하면 낮에 쉬는 다른 직종과 달리, 의사는 당직을 선 후 연달아 낮 근무까지 소화해야 한다는 걸 모르는 걸까요?"

"그래서 결론은 어떻게 났어요?"

"무조건 못한다고 말하기도 어려운 상황이에요."

미시마가 깊은 한숨을 내쉬었다.

"지역에서 그런 압박을 받고 있다는 건 알고 있으니까요. 모든 환자를 수용하기가 어렵다면 근처의 고령 환자 이송 건만이라도 가능한 한 수용한다, 우선 이런 타협점을 찾았어요. 지역을 지키는 건 병원의 역할이고 부하직원을 지키는 건 상사 역할이죠. 양쪽 다 고려하려니 머리가 아프네요. 한쪽만 고르라면 속 편할 텐데요."

미시마가 표정 하나 바꾸지 않고 그런 말을 내뱉자 오타키는 옅은 미소를 띠며 고개를 끄덕였다. 그리고 곧바로 안쪽 휴게실로 들어갔다.

한동안 스테이션에는 미시마의 건조한 키보드 소리만 작게 울렸다. 냉랭한 긴장감이 떠도는 스테이션에 오타키가 오른손에 방금 내린 커피를 들고 다시 모습을 드러냈다.

"선생님은 멋진 일을 하시는 거예요."

오타키는 미시마 손 옆쪽에 잔을 내려놓으며 불쑥 말을 건넸다. 미시마는 커피잔을 보며 살짝 고개를 까딱일 뿐 손을 멈추지 않고 입을 뗐다.

"멋진 일을 해도 마음이 밝진 않네요."

"마음이 조금이나마 밝아지게 식기 전에 드세요. 비록 인스턴트커피지만 애정을 듬뿍 담았습니다."

키보드 소리가 일순 끊겼다가 이내 다시 이어지며 무미건조한 목소리가 겹쳐졌다.

"그건 좀 곤란하군요. 제가 소화기가 좀 약해서요."

무뚝뚝한 대답에 희미하게 온기가 섞인 것 같다고, 미코토는 생각했다. 조금 전까지 살벌했던 분위기가 다소 누그러진 듯했다. 순간, 창밖이 파랗게 물들고 잠시 후 폭죽 터지는 소리가 어렴풋이 들려왔다. 어느새 오타키는 아무 일도 없던 것처럼 벌써 자기 자리로 돌아와 있다.

"오타키 주임님은 진짜 대단해. 미시마 선생님을 상대로 저렇게 자연스럽게."

교코의 속삭임에 미코토도 동의의 눈빛을 보냈다.

"요전에 주임님한테 들었는데, 진짜 능력 있는 간호사는 처치를 잘하거나 환자에게 친절할 뿐만 아니라 능숙하게 의사를 움직이는 간호사래."

"의사를 움직이는 간호사?"

"간호사의 대처 방식에 따라 의사 행동이 완전히 달라질 수 있음을 자각하라고 하셨어."

갑작스럽긴 했지만 어쩐지 의미를 알 것도 같았다.

응급 외래에서 근무할 때도 수간호사 시마자키가 있는 날엔 아무리 바빠도 의사들 움직임에 활력이 있어서 신기할 만큼 만사가 신속하게 진행되었다. 한밤중에 무연고 와상 환자가 연달아 실려 오는 상황처럼 처치실에 허탈감 비슷하게 암울한 분위기가 맴돌 때가 있는데 그런 상황에서도 시마자키가 있는 경우와 없는 경우가 완전히 달랐다.

"그래도 이상한 선생님들 기분 살피고 비위 맞추면서 일하는 건 나하고는 안 맞아."

시원하게 백기를 드는 교코를 보고 미코토는 눈썹을 늘어뜨리며 웃었다.

"의사들이 다 이상한 건 아니잖아."

"순진한 우리 미코토. 선생님들 생활을 한번 봐라. 멀쩡한 정신으로 버틸 수가 있겠니? 우리야 아무리 바빠도 시간 되면 퇴근하지만, 선생님들은……."

작게 코를 골며 세상모르고 자는 가쓰라에게 슬쩍 시선을 던지며 말끝을 흐렸다.

미코토는 반론의 말을 찾지 못했다. 언제든 병원 내 휴대전화에 응답하는 저 젊은 의사는 과연 집에 가긴 가는 걸까?

"어쨌든, 나는 의사가 되지 않아서 정말 다행이야."

"나도 동감. 교코가 의사가 되지 않아서 정말 다행이야."

"앗, 그건 좀 너무한데?"

볼을 부풀리는 교코에게 미코토는 살짝 웃어 보이고 아까부터 진료기록부를 정리하고 있는 오타키를 힐끗 보며 중얼거렸다.

"의사를 움직이는 간호사라……."

"미코토, 오타키 주임님의 커피 작전 실행해봐. 미코토가 얼마나 의사 선생님을 움직일 수 있나 한번 보자."

교코가 미코토에게 의미심장한 눈길을 보내며 눈을 찡긋거렸다. 마침 가쓰라가 잠이 덜 깬 표정으로 고개를 들었기 때문이다.

미코토는 수액을 정리하던 손을 멈추고 눈앞의 친구에게 싸늘한 시선으로 답했다.

"그 제안은 거절할게. 그래봤자 교코한테 새로운 소문 거리를 제공할 뿐이니까."

"치, 재미없어."

두 사람의 작은 웃음소리를 지우듯이 또 한 번 커다란 불꽃 소리가 울렸다.

췌장암인 나가사카 씨의 항암제 치료는 오봉[8]이 지난 8월 중순부터 시작되었다.

나가사카 씨는 검사와 사전 동의 절차가 끝나고 일단 퇴원했다가 항암제 치료가 시작되는 날 차분한 아내, 어린 아들과 함께 다시 입원했다.

나가사카 마모루라는 남성은 훤칠한 키에 신사 같은 풍모의 소유자다. 병동을 걷기만 해도 젊은 간호사들 눈길을 사로잡고 금세 이야깃거리가 된다. 하지만, 그 온화한 미소의 주인공이 죽음의 병을 안고 있다는 이야기를 들으면 아무리 소문 좋아하는 간호사라도 입을 꾹 닫아버리고 일상의 잡다한 일들로 화제를 바꾼다.

미코토는 이런 풍경을 마주하며, 화려해 보이는 인생에도 '죽음'이란 존재가 숨어 있다는 사실을 뼈저리게 실감할 수밖

---

8 양력 8월 15일을 중심으로 지내는 일본 명절

에 없었다.

"젬시타빈 수액을 사용할 예정입니다."

볕이 잘 드는 남향 개인 병실에서 미코토는 가쓰라의 목소리에 가만히 귀를 기울였다.

"일주일에 한 번, 3주간 실시하고 일주일 쉬는데 열흘째 되는 날부터 2주 차까지 부작용이 나타날 가능성이 있습니다. 전에 말씀드렸던 골수 억제 부작용인데 이를 확인하기 위해서 그 사이에는 혈액 검사 횟수가 늘어납니다. 경과가 좋으면 외래 치료로 전환하게 되고요."

나가사카 씨는 말없이 고개를 끄덕였다.

이후 가쓰라의 설명을 마저 듣고는 흐뭇하게 웃으며 답했다.

"특별히 궁금한 점은 없습니다. 감사합니다."

"제가 아직 수련의이긴 하지만, 걱정하지 않으셔도 됩니다. 약 선택과 용량, 사용법 하나하나 미시마 선생님과 약사님이 이중 삼중으로 확인하니까 그런 부분에서는 마음 놓으세요."

나가사카 씨가 아들의 머리를 쓰다듬으며 웃었다.

"신기하게도 선생님하고 이야기하다 보면 그런 점은 하나도 불안하지가 않아요."

"감사합니다."

고개 숙여 인사하는 가쓰라를 보며 나가사카 씨가 나지막이 말했다.

"선생님, 저는 조금이라도 더 오래 살고 싶어요. 아내와 아이를 위해서도요."

가벼운 잡담이라도 나누듯 온화한 목소리에 미코토는 한 박자 늦게 숨을 삼켰다.

돌연 병실에 긴장이 맴돌았지만 가쓰라는 동요하지 않았다.

나가사카 씨는 담담한 수련의를 보면서 흡족한 듯 고개를 끄덕이며 오른손을 내밀었다.

"선생님만 믿을게요."

가쓰라는 잠시 틈을 두고 묵묵히 그 손을 맞잡았다.

병실을 나서자 한여름 눈부신 햇살이 복도에 쏟아지고 있었다. 조금 전 미코토가 느낀 긴장감이 무색할 만큼 가쓰라는 침착하고 단단한 걸음걸이로 밝은 빛을 향해 나아갔다.

젊은 수련의 가슴에 어떤 감정이 오가는지 미코토는 가늠할 수 없었다. 긴장이나 불안 같은 중압감 따위는 조금도 내보이지 않는 가쓰라가 대단해 보여 미코토는 감탄했다. 그때, 문득 앞쪽에서 혼잣말 같은 중얼거림이 들렸다.

"추해당이었어요."

영문을 알지 못해 고개를 갸웃거리는 미코토를 보며 가쓰라가 말을 이었다.

"병실에 있던 꽃이요. 오봉이 끝나자마자 피기 시작하네요."

미코토는 열심히 기억을 더듬었다. 병실 침대 옆 테이블에 약간 큰 화분이 있었다.

살짝 고개를 떨구듯 아래쪽을 향한 분홍색 꽃은 이제 피기 시작하는 느낌이었다.

"병실에 화분을 두다니, 보기 드문 경우네요."

일반적으로 병실에는 자른 꽃을 두고, 화분은 병실에 '뿌리를 내린다', '몸져눕다'라는 이미지가 있어서 피하는 경우가 많다. 병실에 꽃 화분은 확실히 흔치 않다.

"추해당은 자른 꽃도 감상하기에 좋거든요. 그래도 자르면 꽃을 오래 보기 힘드니까 일부러 화분에 두었을 텐데, 꽃을 무척 좋아하시는 분일지도 모르겠네요."

"그게 추해당이에요?"

"단장화(斷腸花), 베고니아라고도 해요."

복도를 지나는 노인에게 "안녕하세요." 하고 인사를 건네고 나서 가쓰라는 말을 이었다.

"아름다운 여인이 이루어지지 않는 사랑의 괴로움을 한탄하며 눈물을 흘렸는데 그 눈물이 꽃이 되었다는 중국 고사가 있어요."

미코토는 도통 무슨 말인지 알 수 없었다.

고요한 중압감 속에서 가쓰라가 그런 생각을 하고 있다는 게 그저 기가 막힐 뿐이다.

어쨌든 꽃에 관한 지식을 술술 풀어내는 걸 보니 정말 꽃집 아들이 맞긴 맞는구나 싶어서 미코토는 살짝 웃고 말았다. 가쓰라가 문득 걸음을 멈추고 중얼거렸다.

"만개한 추해당을 보여드리고 싶어요."

흠칫 놀란 미코토가 고개를 들고 가쓰라에게 시선을 던졌지만, 뒷모습만 보일 뿐 표정은 보이지 않았다.

표정은 안 보여도 희미하게 떨리는 어깨만으로 미코토는 알 수 있었다.

꽃망울을 터뜨리기 시작한 추해당, 그 꽃이 활짝 필 때까지 나가사카 씨는 버틸 수 없을지도 모른다. 아무리 건강해 보여도 그것이 나가사카 씨가 마주한 현실이다.

나가사카 씨 곁에 있던 부인과 소년의 모습이 머릿속에 선명하게 떠올랐다.

바로 다음 순간, 아주 먼 곳에 있던 죽음의 신이 어느새 다가와 이 복도 어딘가에 조용히 몸을 숨기고 있는 듯한 불길함이 몰려왔다. 형용할 수 없이 서늘한 감각에 미코토는 입을 굳게 다물었다.

"저만 믿겠다니, 저처럼 미숙한 사람한테는 너무 무거운 말이네요."

한여름 청명한 햇살이 내리쬐는 복도에 차분한 목소리가 울렸다.

미숙한 사람은 바로 나 자신이라고, 미코토는 생각하며 무심코 입술을 깨물었다.

환자 병태에 대한 인식 부족, 가쓰라가 안고 있는 중압감에 대한 무관심. 주의 깊게 보고 있는 줄 알았는데, 정작 중요한 건 보지 못하는 자신의 미숙함을 깨닫고 쉽사리 입을 떼지 못했다.

하지만 숨 막히는 침묵을 힘껏 밀어낼 기개가 미코토에게는 있었다.

"선생님은 나가사카 씨 마음을 진심으로 마주하고 계세요. 충분히 훌륭해요."

나름대로 조심스레 말했다고 생각했는데 조용한 복도에 목소리가 또렷하게 울렸다. 지나가던 남성 환자가 돌아보며 의아한 눈빛을 보냈지만 미코토는 개의치 않고 말을 이었다.

"선생님 혼자 전부 짊어질 필요는 없어요. 선생님 뒤에는 미시마 선생님이라는, 아즈사가와 병원에서 제일 든든한 존재가 있잖아요. '작은 거인' 앞에서는 병도 도망가요."

가쓰라가 웃으며 대꾸했다.

"일리 있네요. 환자들도 선생님을 무서워할 정도니까요."

"맞아요. 게다가 미시마 선생님뿐만 아니라 저희도 있잖아요."

기세에 휩쓸려 나온 말이 묘하게 뜨거워서 미코토는 갑자기 뺨이 달아올랐다. 이 신기한 청년을 상대할 때마다 페이스가 흐트러진다.

가쓰라는 몇 번인가 눈을 껌뻑이더니 이내 살짝 웃으며 머리를 긁적였다.

"……쑥스럽네요."

"선생님이 쑥스러워하실 말은 안 했는데요."

당황한 미코토가 급히 말을 보탰다.

"'저희'도 있다고 한 거예요. '저희'요."

"네."

가쓰라가 흔들림 없는 목소리로 나지막이 덧붙였다.

"미코토 씨는 차가운 분인 줄 알았는데, 고마워요."

칭찬인지 욕인지 알 수 없는 말을 남기고 가쓰라는 고개를 꾸벅 숙였다가 다시 걸음을 옮겼다. 밝은 복도를 나아가는 발걸음이 아까보다 조금 더 당당해 보이는 건 미코토 시선에 호의가 담겨 있기 때문일지도 모른다.

가쓰라의 뒷모습을 멍하니 바라보던 미코토는 병실에서 업무를 보는 간호사들을 발견하고 살짝 고개를 숙였다.

"아, 큰일 났네. 내일은 또 어떤 소문이 돌려나."

한숨이 절로 새어 나왔지만 마음은 의외로 평온했다.

미코토는 잠시 그대로 서서, 가쓰라의 멀어지는 뒷모습을 가만히 지켜보았다.

9월에 들어서면 신슈는 기온이 뚝 떨어진다.

한여름에도 그늘에 있으면 상쾌한 바람이 불어오는 곳인데, 가을이 되면 앞으로 다가올 혹독한 계절을 예감케 하는 냉기가 바람에 섞이기 시작한다. 결실의 계절을 마냥 즐기기 어려워지는 것이다.

"엄마, 저거 무슨 꽃이에요?"

미코토가 식탁에 앉아 토스트를 우물거리며 툇마루 끝에 핀 푸른 보랏빛 꽃을 보며 가볍게 물었다.

주방에서 아버지 도시락을 싸고 있던 미코토 어머니가 목을 쭉 빼고 눈을 휘둥그레 떴다.

"엄마, 나 이상한 얘기 했어?"

"남자 친구 생겼지?"

어머니는 능숙한 손길로 달걀말이를 만들면서 느닷없는 한마디를 던졌다. 미코토는 우선 입에 있는 빵을 다 삼킨 다음, 자신의 결백을 주장했다.

"그냥 꽃 이름을 물어봤을 뿐이잖아요."

"꽃에 관심을 보이는 건 네가 32개월 됐을 때인가, 그때쯤 민들레를 보고 먹어도 되냐고 물어본 이후로 오늘이 처음이야. 그건 그렇고, 오늘 저녁밥은 집에서 먹니? 아침에 올 거면 미리 말해줘."

"오늘 저녁, 집에서 먹을 거예요!"

부루퉁하게 대꾸하는 미코토를 보며 어머니는 몹시 근심 어린 표정을 지었다.

"미코토, 엄마는 네가 남자 친구를 사귀는 건 좋은데, 그 사람은 아무래도 안 될 것 같다."

"응?"

"꽃 이름을 알 만한 사람한테 도라지꽃도 모르는 딸을 어떻게 보내겠니. 엄마가 너무 부끄러워서 안 돼. 그런 남자보다 조금 촌스럽고, 다리 짧고, 그래도 마음만은 따뜻한 남자가 낫단다. 딱 아빠 같은 사람 말이야."

신나게 이야기를 진행하는 어머니에게 반론하기를 포기하고 미코토는 토스트를 들고 도망치다시피 자리에서 일어섰다. 바로 옆 다다미 방에 널브러져 있는 가방을 가지러.

다다미가 깔린 3평짜리 방은 깔끔하게 정리되어 있고 도코노마[9]에는 비단에 싸인 와곤[10]이 세워져 있다. 어머니가 오래전부터 아껴온 악기로, 미코토는 어릴 때부터 그 풍부한 음색을 듣고 자랐다. 지금도 귓가에 와곤 소리를 선명히 떠올릴 수 있을 정도다.

부모님은 미코토가 '와곤 소리처럼 아름다운 사람'이 되기를 바랬지만 그건 너무 허황된 꿈이라고 미코토 본인은 꾸준히 토로해왔다.

---

9 다다미방 벽 일부가 움푹 들어간 형태로 꽃꽂이나 족자 등으로 장식하기 위해 마련된 공간
10 거문고와 비슷하게 생긴 일본 전통 현악기

잠시 벽의 거문고에 시선을 던졌다가 미코토는 금세 발치의 가방을 집어 들고 주방으로 향했다.

"다녀오겠습니다. 엄마, 저녁은 꼭 집에서 먹을 테니까 준비해주세요!"

일부러 큰소리로 외치고 현관을 나섰다.

밖으로 나오니 뜰의 파란 꽃이 자연스레 시야에 들어왔다.

"도라지꽃이구나……."

미코토는 조그맣게 중얼거리고 가슴속 작은 감상을 토해내듯 한숨을 한번 내쉬고서 자전거를 꺼냈다. 그리고 여느 때와 다름없이 경쾌한 스텝으로 자전거에 뛰어올랐다.

또 무슨 말인지 알 수가 없다.

날 저문 병동 스테이션에서 진지하게 고민하는 가쓰라를 보며 미코토는 작게 한숨을 내쉬었다.

"선생님, 다시 한번 말씀해주시겠어요?"

"생무 쌀겨 절임이요."

"생, 뭐요?"

"생무 쌀겨 절임이요. 미코토 씨, 혹시 이게 뭔지 아세요?"

"저는 처음 들어봐요. 도라지꽃이랑 추해당은 아는데……."

"네? 그건 꽃이 아니에요. 평범하게 생각해도 꽃은 아니잖아요."

가쓰라가 당황하며 말했다.

미코토는 '평범? 당신이 평범을 논할 자격이 있어?'라고 속으로 거칠게 되받아치며 최대한 침착하게 물었다.

"그래서 그 생무가 어쨌는데요?"

미코토는 자신의 눈부신 인내심에 갈채를 보내고 싶어졌다. 이게 다 오타키 주임의 훌륭한 지도 덕분이다.

"312호실 니무라 씨가 생무 쌀겨 절임이면 드실 수 있겠다고 하셔서요."

니무라 씨는 흡인성 폐렴으로 입원 중인 88세 할머니 환자다. 삼키는 힘, 이른바 연하 기능이 떨어져서 음식을 먹다가 종종 사레에 걸리는데 가족과 상의하여 위루관은 삽입하지 않고, 삼킬 수 있는 음식 위주로 먹으면서 우선 상태를 지켜보기로 했다. 그래서 한동안은 문제가 없을 줄 알았는데 요 며칠 물만 소량 마실 뿐 거의 아무것도 먹지 못하고 누워만 있다.

"끈적거리는 미음 같은 것만 나와서 드시기 싫으신 게 아닐까요?"

"그래서 죽으로 바꿨는데도 전혀 손을 못 대세요. 그래서 뭐라면 드실 수 있을까요? 하고 여쭤봤더니……."

"생무 쌀겨 절임?"

"네. 근데 그게 뭔가요?"

가쓰라가 힘없이 고개를 끄덕이고 미코토에게 물었다.

뭐냐고 물어도 대답할 재간이 없다. 처음 듣는 말이다.

"다른 사람한테도 물어보셨어요?"

"어제 야간 근무하던 교코 씨한테 물어봤는데 뭔지 모르겠다고 하셨어요. 요리에는 별로 흥미가 없으신가 봐요."

물어볼 상대를 잘못 골랐다. 그건 환자에게 진단을 부탁하는 것이나 다름없다.

그런데 미코토는 생무 어쩌고보다, 눈앞에 있는 젊은 의사 안색이 더 신경 쓰였다. 창백한 수련의가 무서운 인상의 지도의와 나란히 회진하는 광경은 웬만한 감염병보다 섬뜩할 정도였다.

"선생님, 환자 걱정도 좋지만 쉬어가면서 하세요. 어제도 당직이셨죠?"

"쉬었어요. 지금도 일을 하는 건 아니에요. 그저 생무 쌀겨절임을……."

"생무, 그건 제가 알아볼 테니까 가서 좀 쉬세요."

"오, 두 사람 꽤 즐거워 보이네."

오타키가 처치대를 밀면서 들어왔다. 미코토를 향한 눈빛이 예사롭지가 않다.

미코토는 최대한 항의의 뜻을 담은 눈길로 대응했다.

"전혀 즐겁지 않습니다. 선생님이 본인의 수면 시간과 환자의 생무를 맞바꾸려고 해서 설득하는 중입니다."

"오타키 씨는 생무 쌀겨 절임이 뭔지 아세요?"

"어머, 그게 뭔데요? 스모 기술이에요?"

이게 또 무슨 소리인가, 미코토의 두 눈이 휘둥그레졌다.

오타키는 두툼한 팔을 꼬고 고개를 갸웃거리며 말을 이었다.

"신슈 향토 요리예요? 난 뿌리 없는 잡초인데, 그런 걸 어떻게 알겠어요?"

"저도 대학에 들어오면서 이쪽에 온 거라 잘 모르겠네요. 근데 마쓰모토 출신인 미코토 씨도 모른다면……."

"저는 추해당도, 도라지꽃도 모르는 사람이에요. 엄마한테 물어볼 테니까 내일까지 기다려주세요."

"도라지꽃에 꽤 집착하시네요."

"그게 다 누구 탓인데요."

말하고 나서 아차 싶어 입술을 깨물었지만 때는 늦었다. 가쓰라와 오타키가 의아해하는 표정으로 미코토를 바라보았다. 때마침 생각지 못한 곳에서 도움의 손길이 내려왔다.

"단무지예요."

불쑥 목소리가 들려온 쪽으로 세 사람이 동시에 고개를 돌렸다. 스테이션 앞 복도에 나가사카 씨가 수액대를 짚고 서 있었다. 항암치료를 시작한 지 2주, 조금 야윈 듯했지만 딱히 큰 변화는 없다.

"단무지요?"

"생무 쌀겨 절임은 단무지예요. 일반적인 표현은 아니지만, 지금도 어르신들은 종종 그렇게 말씀하세요."

나가사카 씨가 부드럽게 건넨 답변에 가쓰라는 몹시 감탄한 표정을 지었다.

"도움이 되었나요?"

"아주 많이요. 나가사카 씨 덕분에 오늘은 잘 수 있을 것 같습니다."

"다행이네요."

나가사카 씨 말이 끝나자마자 "아빠!" 하는 명랑한 목소리가 들려왔다.

엘리베이터에서 내린 소년이 아버지를 향해 달려오고 있었다.

"료타. 엄마 말씀 잘 들었어?"

"네!"

씩씩하게 대답하는 소년을 안아 드는 나가사카 씨 모습은 그곳에 존재하는 위중한 병과는 대조적이어서 미코토가 알고 있는 사실과 사뭇 달라 보였다.

"나가사카 씨 경과가 좋아 보이네요."

가쓰라에게 가볍게 건넨 그 말은 허공을 맴돌 뿐 답을 얻지 못했다.

문득 돌아본 가쓰라 얼굴에는 '만개한 추해당을 보여드리고 싶다'고 말했을 때의 긴장감이 어려 있었다.

그 후 나가사카 씨의 경과는 그야말로 비탈길을 굴러 내려가는 식이었다.

그토록 건강해 보였는데 며칠 후 갑자기 황달이 나타나고 혈액 검사 수치도 한꺼번에 악화되었다. 미시마 선생님과 가쓰라는 몇 번의 회의를 거듭해 ERCP[11]라는 내시경 처치를 택했다.

시술 직후에는 항암제 치료를 재개할 정도로 회복되는 듯했으나 그것도 잠시뿐, 곧바로 빈혈과 혈소판 감소가 나타나 항암제 치료는 다시 중지되었다.

모든 일이 겨우 2, 3주 사이에 일어났다.

그동안 가쓰라는 거의 병원에 살다시피 했다.

상태가 점점 심각해지는 나가사카 씨뿐만 아니라, 가쓰라가 살펴야 할 환자는 많다. 니무라 씨를 비롯하여 폐렴이나 심부전을 앓는 고령 환자도 여럿 있다. 폐렴 환자의 호흡 상태가 갑자기 나빠지거나 심부전 환자가 긴급으로 입원하는 경우에도 대응해야 하고 거기에 응급실 당직도 끼어 있다. 그야말로 밤낮이 따로 없다.

간호사는 환자 상태가 얼마나 심각하든, 근무자가 병원에 묵는 일은 없다. 야간 근무는 야간 근무로, 근무 시간이 끝나면

---

[11] endoscopic retrograde cholangiopancreatography. 내시경적 역행성 담췌관조영술

퇴근하여 휴식을 취할 수 있다. 퇴근 후 응급 환자 때문에 느닷없이 호출받는 일도 없다. 그런 미코토의 눈에는, 밤샘 후에도 근무를 감행하는 의사의 당직 체계가 너무 이상해 보였다. 그런데 밤이든 낮이든 언제든 병원에서 목격되는 가쓰라의 존재는 단순한 기이함을 넘어 광기에 가까웠다.

확실히 뭔가 크게 어긋나 있다고 미코토는 생각한다. 아무리 과로하는 수련의를 걱정하며 "좀 쉬세요"라고 말한들, 방법이 없다. 중증 환자를 담당하는 주치의 지도 아래 수련의 호출 벨은 쉴 새 없이 울려댄다. 이것이, 이 지역 의사가 일하는 방식이다.

"매우 어려운 문제지."

야간 근무를 하던 중, 의료자 근무 체계가 화제에 올랐을 때 오타키가 한 말이다.

"지금 지방 의료는 의사 개인의 노력에 지나치게 의존해."

수액 정리하는 손을 멈추지 않고 여느 때처럼 담담하게 말했다.

"대도시는 의사 수가 증가해서 10년 전이랑 상황이 꽤 달라졌어. 어느 정도 규모가 있는 병원이면 당직 체제를 폐지하고 의사도 야간 근무를 해."

"당직이 아니라 야간 근무면 의사도 다음 날 낮에 쉴 수 있는 거예요?"

"응. 그게 당연한 거지. 사람 생명을 다루는 일인데 밤새고 또 일하는 게 이상한 거고."

실제로 여러 지역에서 근무한 경험이 있는 오타키니까 할 수 있는 말이다. 마쓰모토에서 벗어난 적 없는 미코토에게는 완전히 별세계 이야기다.

"이런 시골에는 의사가 부족하니까 야간 근무 체제는 아무래도 불가능하지. 그런데 지역의 요구 수준은 예전보다 높아졌어. 그러니 적은 인원으로 밤에도 환자를 받을 수밖에 없는 거야."

"미시마 선생님이 화내실 만하네요."

"맞아. 근데 미시마 선생님도 그러셨지만, 우리가 힘들다고 모른척하기도 어려운 상황이야. 노인 인구가 증가하고 한밤중에 구급차에 실려 오는 환자도 많아진 건 사실이니까. 나는 적어도 간호사로서 할 수 있는 일이 더 없는지 적극적으로 찾아보려고 해."

오타키는 문득 손을 멈추고 눈에 아련한 빛을 띄웠다.

"그래서 나는 미시마 선생님께 커피를 타드리는 거야."

"의사를 움직이는 간호사 말인가요?"

"오, 교코한테 들었어?"

오타키가 싱긋 웃으며 미코토를 바라보았다.

이 극한의 세계에서 오타키가 무엇에 힘을 쏟는지 미코토는 아주 조금 알 것 같았다.

"미코토는 과연 어떤 간호사가 될까?"

혼잣말 같은 오타키 말에 미코토는 묵묵히 손만 움직였다.

미코토도 그 질문에 대한 답을 알지 못했다.

그리고 미코토가 답을 채 찾기 전에 나가사카 씨는 세상을 떠났다.

일요일 저녁 무렵이었다.

며칠 전부터 단발적으로 나타나는 복통에 모르핀을 투여했는데 서서히 의식 수준이 낮아지고 혈압 저하 경고음이 울리기 시작했다.

미코토가 야간 근무자의 리더인 날이었다. 우왕좌왕하는 1년 차, 2년 차 간호사를 따끔하게 타이르며 곧바로 수액을 최대속도로 올리고 스테이션으로 돌아와 가쓰라와 미시마에게 연락했다.

연락한 지 1, 2분 만에 가쓰라가 모습을 드러냈다. 그날도 병원 어딘가에 있었다는 뜻이다. 꼬질꼬질한 백의는 상쾌함과는 거리가 멀었지만 야간 간호사에게 든든한 인상을 주기엔 충분했다.

"산소는 10리터로 올리고, 프레도파[12] 5밀리 개시하겠습니

---

[12] 도파민 염산염 주사제 약제명

다. 가족분들은요?"

"병실에 계십니다."

짧은 대화를 나누며 복도를 지나 가쓰라가 병실 문을 연 순간, 다시 비명 같은 경고음이 울리기 시작했다.

침대에 나가사카 씨가 창백한 얼굴로 누워 있고 그 옆에서 아내가 어린 아들을 무릎에 앉힌 채 말없이 나가사카 씨를 지켜보고 있었다.

가쓰라는 서둘러 다가가 결막 확인, 흉부 청진, 복부 촉진까지 물 흐르듯 진행한 후 고개를 들었다.

"만나게 해주고 싶은 분이 따로 있습니까?"

아내는 고개만 살짝 저었다.

가쓰라는 나가사카 씨의 앙상한 왼손을 잡고 말했다.

"이대로 지켜봅시다."

아내는 말없이 일어나 고개를 깊이 숙였다. 땅에 머리카락이 닿을 정도로 고개를 깊게 숙인 아내 옆에서 어린 아들이 불안한 듯 물었다.

"아빠, 왜 그래?"

그 목소리에, 간신히 버텨내던 감정의 둑이 무너진 것처럼 아내는 쓰러져 흐느꼈다.

달려오는 간호사, 지켜보는 수련의.

요란하게 울리는 알람.

사망 확인 시각, 오후 8시 30분이었다.

다시 고요해진 밤, 스테이션 안쪽 휴게실에서 미코토는 거울을 보며 뺨을 착 하고 때렸다. 새빨갰던 눈이 원래대로 돌아온 걸 확인하고 살며시 안도의 한숨을 내쉬었다.

벽시계 바늘은 이미 10시를 지나 있었다.

방금 나가사카 씨의 가족분들을 병원 안쪽까지 배웅하고 왔다. 큰일이 일단락됐다고 할 수 있지만 아직 야간 근무 시간은 절반도 지나지 않았다. 울어서 퉁퉁 부은 눈으로 언제까지나 약한 모습을 보일 수는 없다. 후배도 있는 지금, 정신을 차려야 한다. 미코토는 다시 한번 뺨을 소리 나게 때리고서 뒤를 돌아봤다.

불 꺼진 휴게실의 벽 쪽 소파에서 가쓰라가 색색 숨소리를 내며 자고 있다. 흰 가운은 꼬깃꼬깃하고, 청진기는 바닥에 떨어져 있고, 듬성듬성 난 수염에는 침이 매달려 있다. 지독한 몰골이다.

분명 처참하기 그지없는데 그 모습을 바라보는 미코토 얼굴에는 미소가 어렸다. 미코토는 바닥에 떨어진 담요를 주워들어 가쓰라의 어깨에 살포시 덮어주었다.

나가사카 씨 사망 선고를 한 직후, 가쓰라는 노가쿠 공연에서 쓰는 가면처럼 무표정한 얼굴로 병실을 나섰다.

나머지는 미코토를 비롯한 간호사들 몫이었다. 일단, 넋이 나간 듯한 부인과 상황을 이해하지 못하는 소년을 다른 장소로 안내했다. 그 후로 보호자 케어와 사후 조치, 다른 입원 환자의 병실 확인을 하는 팀으로 나뉘어 정신없이 업무를 소화했다.

대략 상황이 정리되고 장례 업자를 기다리는 단계에 이른 시각은 밤 9시였다. 그때쯤 가쓰라가 병동으로 돌아왔는데 의외로 큰 동요가 없어 보여서 미코토는 마음이 놓였다. 그런 미코토에게 가쓰라가 봉투를 쑥 내밀었다.

고개를 갸웃거리며 봉투를 받아 든 미코토는 눈을 크게 떴다.

"이거 무예요?"

쌀겨에 절인 무가 통째로 들어 있었다. 봉투를 열자마자 강렬한 냄새가 스테이션에 확 퍼졌다. 당황한 미코토가 급히 안쪽 휴게실로 걸음을 옮기며 물었다.

"선생님, 이게 뭐예요?"

"니무라 씨가 말씀하셨던 생무 쌀겨 절임이에요."

기억이 되살아났다. 벌써 2주 전 이야기다.

"사러 갈 시간이 좀처럼 없었는데 오늘 낮에 시간이 잠깐 나서 역 앞에서 사왔어요."

"네, 그건 알겠어요. 근데 이걸 어떻게 하시려고요?"

"내일 아침 식사 때 드리고 싶어서요. 도마하고 칼 좀 빌릴 수 있을까요? 미리 잘게 잘라놓으려고요. 휴게실에 칼이랑 도마랑 다 있겠죠?"

미코토는 이런 타이밍에 뜬금없는 행동을 하는 가쓰라의 의도를 도저히 헤아릴 수 없었다. 하지만 쉽사리 입을 떼지 못했다.

가쓰라의 눈에 가쓰라답지 않게 차디찬 빛이 서려 있었기 때문이다. 슬픔만이 아니라, 분노와 고독, 그 외에도 갈 곳 잃은 어둠의 상념들이 뒤섞인 눈빛이었다. 순식간에 스무 살은 늙은 듯했다.

미코토는 가만히 가쓰라를 응시하다가 일부러 씩씩하게 말을 건넸다.

"선생님이 자르시려고요?"

"네, 그러려고요······."

"해보신 적 있어요?"

"······."

"제가 할게요."

미코토는 거절할 틈도 주지 않고 휴게실 싱크대로 가서 재빨리 도마와 칼을 꺼냈다.

"안 그래도 바쁘실 텐데 미코토 씨한테 괜한 일을······."

"나가사카 씨랑 가족분들은 다 이동하셨고, 다른 환자들도 안정적이라 마침 한가해요."

"그래도……."

"누군가를 위해 손을 움직이고 싶은 사람, 선생님 말고도 있어요."

가쓰라가 흠칫 놀란 듯 움직임을 멈췄다.

미코토가 말을 이었다.

"수면 부족 선생님한테 식칼을 맡기는 게 더 걱정돼요. 다치기라도 하면 어떡해요. 간호사 일만 늘어나죠."

"일리 있네요."

가쓰라의 얼굴에 옅은 미소가 어렸다. 아까보다는 조금이나마 긴장이 풀린 듯하다.

미코토가 봉투에서 거대한 무를 꺼내 능숙하게 자르기 시작했다. 코를 찌르는 냄새가 순식간에 휴게실을 가득 메웠다. 금방은 빠지지 않을 테니 내일 아침 교대하는 선배들에게 상황을 설명하는 수밖에 없으리라. 별난 수련의가 니무라 씨를 위해 무를 사왔다고 하면 다들 깜짝 놀라 아무 말도 못할 것이다.

"맛있을 것 같아요."

탁탁탁 도마 소리가 울려 퍼지는 가운데, 미코토 옆에서 가쓰라가 감탄하듯 중얼거렸다.

미코토는 갑자기 목덜미에 긴장을 느꼈으나 옆에 선 가쓰라는 그 뒤로 아무 말도 하지 않았다. 미코토가 옆눈으로 힐끗 보니 가쓰라는 가만히 창밖 야경을 바라보고 있었다.

침묵을 메우기 위해 미코토는 칼질을 멈추지 않고 입을 뗐다.

"용케 기억하고 계셨네요. 생무."

"나가사카 씨가 가르쳐주신 건데 잊을 수가 없죠."

예상치 못한 답변에 미코토는 무심코 입술을 깨물었다. 그 순간 "단무지예요"라며 웃던 나가사카 씨와 그 품에 안기던 소년의 모습이 떠올랐다. 손쓸 겨를도 없이 순식간에 시야가 흐리게 번졌다.

눈물 때문에 흐릿해진 무를, 미코토는 묵묵히 계속 잘랐다.

'조금이라도 더 오래 살고 싶어요.'

나가사카 씨 목소리가 귀 안쪽에서 생생하게 되살아났다.

아내와 아들을 위해서라도 더 살고 싶다던 온화한 신사는 결국, 가족을 남겨두고 먼저 떠나버렸다.

"하느님도 참 무심하시네요."

가쓰라의 나지막한 목소리가 불쑥 들려왔다. 그리고 작은 중얼거림이 이어졌다.

"그렇게 마음 따뜻한 사람한테 가족과 함께할 시간을 조금만 더 주시면 좋았을 텐데……."

"그러게요."

"신은 인간 같은 미물에는 관심도 없나 봐요."

가슴 아픈 말이다.

깊은 슬픔이 숨어 있는 말이다.

"하지만."

가쓰라가 잠시 말을 멈췄다가 다시 입을 뗐다.

"하지만 절망하진 않을 겁니다. 설령 인간이 인간의 생명을 연장할 수 없다 해도, 그래도 인간이 할 수 있는 일이 있다고 믿어요. 그렇게 믿기 때문에 단무지를 사온 거예요."

목소리에 흔들림은 없지만 젊은 의사는 마음으로 울고 있으리라. 가쓰라의 그런 마음을 헤아리자 눈물이 또 금세 가득 차올라서 미코토는 더욱 빠르게 칼을 움직였다.

"추해당은 활짝 피었더군요."

가쓰라가 밤하늘을 올려다보며 혼잣말처럼 중얼거렸다.

탁탁탁, 도마 소리만 가만히 울려 퍼졌다.

미코토는 다시 한번 담요를 끌어당겨 곯아떨어진 가쓰라의 어깨에 덮었다. 그대로 살짝 시선을 옆으로 옮기니 소파 옆 테이블 위에 놓인 반찬 통이 눈에 들어왔다. 통에는 잘게 다진 단무지가 들어 있다. 내일 아침 가쓰라는 단무지 통을 들고 312호실로 향할 것이다. 어떤 표정으로 걸음을 옮길까, 분명 어색한 웃음을 띠고 있을 것이다.

미코토 얼굴에 저절로 미소가 떠올랐을 때 스테이션 접수대 쪽에서 말소리가 들렸다.

밤 11시 넘은 야심한 시각임에도 불구하고 약간 언성이 높아지는 듯했다. 그 거친 말투에 대응하는 사람은 1년 차 간호사였다.

스테이션으로 나가자 접수대 앞에 정장 차림의 키 큰 중년 남성이 서 있었다. 그를 발견하자마자 미코토의 마음이 무거워졌다.

흰머리 섞인 머리를 깔끔하게 포마드로 고정하고 한눈에도 비싸 보이는 명품 넥타이를 맨 남성의 표정은 딱딱하게 굳어 있었다.

"그쪽이 오늘 야간 근무 책임자입니까?"

말 표현은 정중하나 태도는 거만했다. 미코토도 몇 번인가 본 적 있는 사람이다. 병동 가장 안쪽 병실, 즉 특실에 입원 중인 환자의 지인이다. 특실에 있는 환자는 담석 발작으로 입원한 노인인데 예전에 어딘가의 시의회 의원을 지낸 인물이라고 한다. 그래서 병실에 친구며 지인이라는 사람들 출입이 잦은 편이다. 물론 방문객이 많은 건 문제가 되지 않지만, 방문객 중 지금 이 남성처럼 대응하기 어려운 인물이 종종 섞여 있다는 건 꽤 성가신 일이다.

"이쪽 신참하고는 말이 통하질 않아서 곤란해하고 있었어요."

남성은 얼굴이 창백하게 질린 간호사를 밀어제치다시피 하고 미코토에게 말을 던졌다.

"저희 선생님은 이제 괜찮으시죠?"

여기서 '저희 선생님'은 특실 입원 환자를 가리킨다.

"통증도 가라앉고, 환자는 안정된 상태입니다."

"그래요. 지금 만나고 와서 저도 압니다. 그래서 말인데요, 치료 계획을 간단히라도 좀 알고 싶은데 의사는 없나요?"

미코토가 당혹감을 감추지 못하며 벽시계로 시선을 던졌다.

밤 11시 반, 게다가 일요일 밤 11시 반이다.

"간단하게만 알려주셔도 됩니다. 저희 선생님이 워낙 바쁘신 분이라서요. 일정도 조정해야 하고요."

뾰족한 턱을 문지르면서 신경질적으로 한쪽 다리를 떠는 남성을 보며 미코토는 타고난 냉정함을 발휘하여 최대한 온화한 말투로 응했다.

"가족 외 분께는 병상을 자세하게 알려드릴 수 없습니다. 그리고 의사 선생님은, 오늘 휴일이라……."

"아, 진짜."

그는 진심으로 불쾌하다는 듯 고개를 좌우로 흔들며 미코토의 말을 막았다.

"내가 병원에 벌써 몇 번이나 온 줄 알아요? 가족이나 다름없는 관계예요. 선생님도 그렇게 말씀하셨고요."

"네, 그러시군요. 실례했습니다."

"미시마 선생님을 불러달라는 얘기는 아니고, 또 있잖아요.

젊은 선생, 가쓰라라고 했나요? 그 사람을 불러줘요. 미시마 선생님이 어떤 방침을 세웠는지 간단하게만 알려달라고요."

"시간이 너무 늦어서 가쓰라 선생님도……."

"여기, 병원 아니에요?"

서늘한 목소리에 신입 간호사는 찬물이라도 뒤집어쓴 양 목을 움츠렸다.

"병원이면 야간에도 제대로 대응해야죠. 그게 당신들 할 일 아니에요? 가쓰라 선생을 불러주면 된다고요."

미코토의 솔직한 심정은 '참 신기하네'였다.

화가 난다는 건 격정에 휘둘리는 것인 줄만 알았는데 이토록 냉정하고 차분하게 분노가 치밀 수도 있구나, 하고 자기 내면을 들여다보며 순수하게 놀란 것이다.

미코토는 상대를 똑바로 바라보았다.

"오늘은 돌아가주십시오."

"뭐요?"

"선생님들은 쉬고 계시니 그만 돌아가주세요. 내일 아침 가쓰라 선생님께 설명이 가능한 일시를 확인하고 연락드리겠습니다."

"그럴 시간이 없으니까 지금 불러달라는……."

"농담도 적당히 하세요."

뺨 때리는 소리처럼 날카로운 한마디가 남성의 말을 막았다.

남성은 깜짝 놀라 동작을 멈추고, 후배 간호사도 순간 얼어붙었다.

"여기는 병원이에요. 아픈 분들이 오는 곳이죠. 아픈 사람이 부르면 선생님도 바로 달려오시겠지만, 그렇지 않은 사람 때문에 시간을 낼 만한 여유는 없어요. 혹시 자판기처럼 돈 넣고 버튼만 누르면 의사가 굴러 나온다고 착각하시나요?"

멍하니 서 있는 남성을 앞에 두고 미코토는 거침없이 말을 이었다.

"다시 한번 말씀드리지만 여기는 병원입니다. 병원에서는 얼마나 비싼 넥타이를 맸느냐가 아니라 얼마나 위중한 병을 앓는지로 우선순위가 매겨집니다. 그만……."

미코토는 차분하게 오른손을 들어 계단을 가리켰다.

"돌아가주십시오."

미간을 한껏 찡그리고 잠시 미코토를 노려보던 남성은 이내 엄청나게 상스러운 말을 내뱉고서 병동을 나섰다.

갑작스레 다시 찾아온 평온함 속에서 짝짝짝 박수 소리가 났다. 후배 간호사가 감탄한 표정으로 손뼉을 치고 있었다. 미코토가 힐끗 눈길을 보내자 급히 손을 내렸다.

"병실은 다 돌았어?"

"아, 아직입니다."

"얼른 다녀와."

"네."

후배 간호사는 곧장 잰걸음으로 스테이션을 나가서 복도를 걸어가다가 휙 돌아섰다. 그러고는 미코토에게 꾸벅 고개를 숙였다.

"미코토 선배님, 감사합니다."

말이 끝나기 무섭게, 경쾌한 발소리가 멀어져갔다.

미코토는 깊게 한숨을 내쉬고서 휴게실 입구 쪽으로 시선을 향했다. 가쓰라는 깨지 않은 모양이다.

갑자기 힘이 빠지면서 '대체 무슨 짓을 한 건가'라는 자책이 몰려왔다.

전후 상황은 차치하고, 후배에게 감사 인사를 받을 만한 행동은 아니었다. 간호사로서 적절치 않았다.

꼭 필요한 행동이었냐고 물으면 답하기 어렵지만, 후회되진 않는다.

미코토는 '아마 사적인 감정이 섞인 판단이었을 것'이라는 결론을 내렸다. 마지못해 웃으며 인정할 수밖에 없었다.

'과로한 의사를 지키기 위해서'라고 핑계 대기에는 지나치게 감정적으로 대응했다. 올곧고 순수한 수련의의 존재가 미코토 가슴속에서 조금씩 커지고 있다. 그 사실을 솔직하게 인정할 만큼 후련한 기분이었다.

고개를 들어 천장을 올려다보며 호흡을 정리하고서 복도를 향해 힘찬 걸음을 내디뎠다.

'부원장실'

문에 붙은 표찰을 보고 미코토는 마른침을 삼켰다.

많은 의사가 드나드는 종합 의국 바로 옆이다.

의국은 원래 병원 의사들이 출입하는 곳이므로 간호사인 미코토와는 거리가 멀다. 게다가 부원장이자 내과 부장 미시마의 사무실로 말하자면, 누가 부탁해도 가까이 가고 싶지 않은 장소다. 기묘한 소리, '우타이'는 멀리서 들어도 충분하다.

그런데 미코토는 아침부터 이곳에 불려와 몹시 긴장한 상태였다. 그래도 도망칠 수는 없기에 용기를 내어 노크하고 문을 열었다.

"어서 와요."

무뚝뚝한 목소리의 주인공, 미시마가 정면 커다란 책상 앞에 앉아 있었다.

그 바로 오른쪽에 서 있는 주임 간호사를 발견하고 미코토는 남몰래 가슴을 쓸어내렸다. 미시마는 미코토의 긴장한 기색에는 아랑곳하지 않고 날카로운 시선을 책상 위 서류에서 미코토로 향했다.

"왜 불렀는지 알고 있나요?"

"아마도요."

시원찮은 대답이라고 스스로도 생각했다.

4, 5일 전에 미코토가 호통친 남성이 병원 측에 항의했다는 이야기를 이미 오타키에게 들은 바 있다. 더불어, 입원한 담석 환자가 시의원이었을 때 아즈사가와 병원 발전을 위해 여러모로 힘을 써준 VIP 중의 VIP라는 정보까지 부득이하게 알게 되었다.

요컨대 미코토도 '크게 한 건 저지른 상황'이라는 자각은 있었다. 하지만 시간을 돌려서 다시 상냥하게 대응할 수도 없는 노릇이고, 설령 시간을 돌릴 수 있다 해도 가쓰라는 깨우고 싶지 않았다. 그렇다면 답은 나왔다.

미코토는 각오했다.

그만두라고 하면 그만두면 된다.

"그럼, 바로 본론으로 들어가죠."

인사말이나 사설 따위 일절 없이, 매우 미시마답게 단도직입으로 이야기를 진행했다.

"내년에 병동 주임 자리를 맡기려고 하는데, 어떻게 생각해요?"

미코토는 영문을 알 수 없어서 눈만 깜빡였다. 눈을 세 번쯤 깜빡였을 때 미시마가 다시 물었다.

"미코토 간호사, 내 말 들었나요?"

"들었는데, 아무래도 잘못 들은 것 같습니다. 다시 한번 말씀

해주시겠어요?"

"내년에 미코토 간호사에게 내과 병동 주임 간호사 자리를 부탁하려고 합니다."

미시마는 오른손에 들고 있던 서류를 책상에 내려놓고 말을 이었다.

"오타키 주임이 내년에 퇴직하니 그 후임을 맡아주세요."

"네에?"

미코토가 새된 목소리를 내며 대선배 간호사에게 시선을 향했다.

오타키는 듬직한 어깨를 으쓱하며 태연하게 입을 뗐다.

"고향에 계신 어머니가 치매 때문에 혼자 지내시기 어려워졌어. 결국 요전에 넘어져서 크게 다치셨거든. 생명에 지장은 없어서 그나마 다행인데, 그 뒤로 당신 죽기 전에 고향으로 돌아오라고 성화야."

"그러면 미야기 현으로 가시는 거예요?"

"응. 고향으로 가야지. 뿌리 없는 잡초인 줄 알았는데 뿌리가 있긴 있네. 진작에 끊어졌다고 생각했던 뿌리가 아직 이어져 있는 걸 안 이상, 갈 수밖에 없겠더라고. 인간은 혼자 살지 못하니까."

오타키는 여느 때처럼 초연한 미소를 지었다.

'인간은 혼자서 살지 못한다.'

수많은 생과 사를 목격한 오타키의 말이기에 무거운 현실감이 느껴졌다.

"지금 바로 그만둘 수는 없으니까 3월까지는 책임을 다할게. 하지만 더는 안 돼."

너무 갑작스럽다. 그러나 미코토에게는 갑작스러운 얘기일지라도 오타키는 꽤 오래전부터 고민했을 것이다.

"그렇게 빨리……."

미코토는 가만히 뒷말을 삼켰다.

사람이 얼마나 허무한 존재인지 바로 며칠 전에 목격한 참이다.

잠깐 눈 돌린 사이 흔적도 없이 사라져버리는 아침이슬처럼, 생명은 놀라울 만큼 순식간에 스러진다. 텔레비전 드라마 속 클라이맥스는 현실에 없다. 기적도 없고 감동도 없다. 허무한 생명은, 눈물짓는 아내와 초등학생 아들을 두고 훌쩍 떠나버린다. 그렇게 떠나버리면 다시는 만날 수 없다.

잠깐의 망설임 후, 미코토는 말없이 고개만 끄덕였다.

"그래서 오타키 주임 후임으로 누가 좋을지 예전부터 이야기를 해왔는데, 오타키 주임이 당신을 추천하더군요."

미코토가 흠칫 놀라며 오타키에게 시선을 향하자 오타키는 흡족한 듯 웃기만 했다.

"아무래도 그건 조금…… 저 말고도 우수한 선배님이 많이 계신걸요. 저는 아직 3년 차입니다."

"내년엔 4년 차지."

오타키는 단호했다.

옆에서 미시마가 입을 열었다.

"무슨 뜻인지 압니다. 당연히 그렇게 생각하겠죠. 저도 처음엔 반대했으니까요."

미시마는 말을 멈추고 책상에 있던 서류를 미코토에게 내밀었다.

"그런데 이런 투서가 와서 마음이 달라졌어요."

그건 VIP 환자의 지인이라는 남성이 병원에 보낸 항의 글이었다.

이러저러한 내용이 있었지만 요약하자면 '무례한 간호사가 있으니 조치를 취하라'는 결론이었다. 글에는 미코토의 발언이 실로 꼼꼼하게 적혀 있었는데 '버튼을 누르면 의사가 굴러 나오는 줄 아느냐'라는 말까지 있었다.

"이건 '그 간호사를 해고하라'는 뜻 같은데요?"

"주목할 부분은 따로 있습니다. 병원에서는 훌륭한 넥타이보다 병의 위중으로 우선순위가 정해진다고 미코토 간호사가 답한 대목이죠."

얼굴이 달아오를 만큼 부끄러운 대사를 미시마의 냉랭한 목소리로 듣게 될 줄은 꿈에도 몰랐다. 미코토는 마음이 불편해서 꼼짝도 하지 못했다.

"요즘엔 의료계를 바라보는 세간의 시선이 곱지 않아요. 의료도 서비스업이라고 태연하게 말하는 사람도 있으니까요. 하지만 그건 바보 같은 얘기죠."

미시마의 목소리는 여느 때처럼 기복이 없었지만, 미코토는 어쩐지 그 말에 섞인 열의가 느껴지는 듯했다.

"서비스업은 돈과 그에 해당하는 서비스를 등가교환하는 산업입니다. 하지만 우리는 돈으로는 환산하기 어려운 것을 주고받습니다. 의료가 서비스업이라면…… 환자에게 단무지를 잘라다 주는 의사는 사라질 겁니다."

미시마의 눈이 살짝 가늘어졌다.

덤덤한 그 말이 어디까지 농담이고 어디까지 진담인지 미코토는 가늠할 수 없었다.

미시마는 미코토에게 돌려받은 투서를 시원하게 찢어버리고 미코토를 바라보았다.

"무조건 내원자의 비위를 맞추기보다 단무지 자르는 마음을 중요하게 여길 줄 아는 간호사는 그리 많지 않습니다."

미코토는 어안이 벙벙하여 아무 대꾸도 하지 못하고 옆의 선배에게 눈길을 보냈다.

오타키가 웃으며 미코토의 눈길에 답했다.

"물론 갑자기는 어렵겠지. 처음 1년은 시험삼아 주임 대행을 맡아봐. 해보고 도저히 못하겠다 싶으면 그때 그만둬도 돼. 아무리 그래도 쉽게 그만두지는 못하겠지만."

"다른 선배들은요?"

"다들 이해해줬어. 불안한 요소가 전혀 없지는 않지만, 뭐 그것까지 기대하지는 않잖아?"

시원스러운 말투에 미코토는 말문이 막혀버렸다.

"애초에 주임이 되고 싶어 하는 특이한 간호사는 거의 없다고 봐야지. 월급은 몇천 엔밖에 안 오르는데 업무량은 몇 배나 늘어나니까."

"여러 의미에서 마음이 무거워지네요……."

미코토는 열심히 머릿속을 정리하면서 말을 골랐다.

"생각할 시간을 주실 수 있나요? 너무 갑작스러워서요. 저는 오늘 해고될 각오로 왔거든요."

"급히 결론 낼 필요는 없지요. 시간을 두고 생각해보세요."

미시마의 깔끔한 답변을 듣고 미코토는 크게 숨을 내뱉었다.

방을 나서려던 미코토 귓가에 미시마의 낮은 목소리가 날아왔다.

"참, 쌀겨 절임 할머니는 이제 식사를 좀 하시나요?"

미코토가 돌아서서 크게 끄덕이자 미시마가 말했다.

"좋은 일 하셨네요."

'작은 거인'의 입꼬리가 살며시 올라갔다.

미시마의 웃는 얼굴을 보기는 처음이었다. 하지만 어색하면서도 따뜻한 미소는 눈 깜짝할 새에 사라져버렸다.

당황한 미코토를 밀어내듯 부원장실 문이 무겁게 닫혔다.

구름 한 점 없이 맑은 가을날이다.

희미한 냉기를 머금고 있지만 기분 좋게 불어오는 바람, 따사로운 가을볕. 곧 닥쳐올 혹독한 계절 전에 잠시 지나가는 가을은 한없이 평온하다.

"따뜻하네……."

휠체어에 앉아 있는 니무라 씨가 작게 중얼거렸다. 주름진 얼굴에 주름을 더하며 눈부신 듯 화단을 바라보고 있다.

"조금 더 산책할까요?"

미코토가 묻자 휠체어에 앉은 할머니가 고개를 끄덕였다.

온종일 침대에 누워서 지내던 니무라 씨는 휠체어로 실외 산책을 나올 정도로 회복되었다.

가쓰라가 생무 쌀겨 절임을 가져간 날, 니무라 씨는 한동안 빤히 그릇을 바라보다가 앙상한 손을 천천히 숟가락으로 뻗었다. 숟가락을 손에 든 것 자체가 몇 주 만이었다.

단무지를 먹기 시작한 후 죽도 조금씩 먹게 되어 최근에는 두부나 된장국 같은 반찬에도 입을 대기 시작했다. 다만, 때때로 사레에 걸려 기침이 나는 것이 유일한 걱정거리여서 가쓰라에게 보고했더니 생각지 못한 답변이 돌아왔다.

"기침이 나올 정도로 반사 신경이 남아 있는 거니 좋은 쪽으로 해석할 수 있겠네요. 기대해봅시다."

순박한 미소가 의사보다 꽃집 아들 이미지와 훨씬 가까워 보여서 웃음이 새어 나오려는 걸 미코토는 간신히 참았다. 조금 더 무게를 잡는 편이 든든해 보일 텐데, 하고 생각하면서도 지금 모습도 나름대로 나쁘지 않다는 생각이 들었다. 여기에도 미코토의 사심이 꽤 섞여 있다.

병동 뒤쪽 주차장에서 화단 쪽을 향해 천천히 휠체어를 밀었다. 산울타리를 따라 정비된 화단은 연분홍색 꽃으로 물들어 화려한 가을옷을 입고 있었다.

기분 좋은 햇살 아래, 미코토의 머릿속은 '주임'이라는 두 글자로 가득했다. '과연 해낼 수 있을까?' 수십 번 자문해도 답은 나오지 않는다.

복잡한 심경의 미코토는 꽃이 가득 핀 화단 앞에서 휠체어를 멈췄다.

화단 한쪽을 물들인 추해당을 요 며칠 전에 발견했다. 다른 환자의 휠체어를 밀고 산책을 나왔을 때였다.

미인의 눈물이 변해서 꽃이 되었다는 추해당은 지금 한창 만개했다. 살짝 고개를 떨군 듯한 그 꽃은 가을바람에 고개를 젓다가 다시 사색에 잠기듯 움직임을 멈춘다. 미코토는 그 모습이 자기 모습과 겹쳐 보여서 요 며칠 자연스레 발길이 이곳으로 향해졌다.

"의사를 움직이는 간호사라……."

살며시 내뱉은 한숨에 멀리서 들려오는 사이렌 소리가 섞였다. 오늘 벌써 몇 번째로 오는 구급차일까, 오늘도 응급실은 성황인 모양이다.

별생각 없이 외래 병동 쪽으로 눈을 돌렸는데 병동 복도를 잰걸음으로 지나는 가쓰라의 모습이 시야에 들어왔다. 멀리서도 꾀죄죄한 몰골이 곧잘 보였다.

그 순간 미코토의 입가가 누그러졌다.

해낼 수 있을지 없을지는 모른다…….

해보지 않고는 알 수 없다. 오타키 주임이나 시마자키 선배처럼 될 수 있다고는 생각하지 않는다. 하지만, 편하게 지내려고 간호사가 된 것은 아니다.

미코토는 어깨 힘을 빼듯이 크게 숨을 내쉬었다.

해보자.

내가 할 수 있는 일을 해보자.

미코토는 휠체어 손잡이를 꽉 잡고서 투명하게 맑은 하늘을 올려다봤다.

"일단 커피를 한 잔 타볼까……."

미소를 머금은 미코토의 중얼거림은 금세 가을볕에 녹아들었다.

"이제 갈까요?"

니무라 씨 속삭임에 미코토는 빙긋 웃으며 휠체어를 밀었다.

활짝 핀 추해당이 미코토의 등을 어루만지듯 한차례 부드럽게 흔들렸다.

제2화

달리아 다이어리

가쓰라 쇼타로는 부동자세로 서 있었다.

수련의 생활이 시작된 지 벌써 반년, 식은땀 흐르는 상황도 적잖게 겪었으나 이런 긴장감은 처음이다.

시각은 밤 1시, 장소는 내과 병동 스테이션이다.

복도 조명은 모두 야간 등으로 바뀌고 스테이션 안쪽에만 환한 흰색 조명이 켜져 있다.

그 한쪽에 서 있는 가쓰라 앞에는 지도의인 순화기내과 다니자키가 느긋하게 앉아 있고 맞은편에는 방금 병원으로 달려온 환자 가족이 앉아 있다.

"여러 번 말씀드렸다시피, 무라타 씨는 82세 고령이세요. 이대로 지켜보는 편이 본인도 편하실 겁니다."

다니자키의 담담한 목소리가 유난히 크게 울리는 듯했다.

환자 아내인 노부인과 딸이 누가 먼저랄 것도 없이 서로를 바라봤지만 금방은 입을 떼지 못했다.

"그래도 선생님."

떨리는 목소리의 주인공은 노부인이다.

"할아범이 입원한 건 겨우 일주일 전이에요. 그때까지는 정말 멀쩡했어요."

"흔한 일입니다."

지나치게 침착한 다니자키 답변에 가쓰라는 등줄기가 서늘해졌다.

"바로 요전까지 건강했으니까 앞으로도 쭉 건강할 거라고 믿는 편이 오히려 부자연스럽죠. 하물며 무라타 씨는 원래 심부전이 있었으니, 이런 사태는 예상된 범위 내라고 할 수 있습니다."

가쓰라는 순식간에 핏기가 가시는 노부인의 얼굴을 더는 보지 못하고 옆에 있는 모니터로 시선을 돌렸다.

중환자실에 있는 무라타 씨의 활력 징후를 표시한 모니터다.

수축기 혈압 82, 맥박 36, 산소포화도 82퍼센트······.

모든 수치가 지극히 위험한 수준이었다. 경고음을 꺼둔 간호사의 배려 덕분에 지금은 조용하지만, 설정을 되돌리면 곧바로 요란스러운 전자음이 스테이션에 울려 퍼질 것이다.

"그래도 아버지는 매우 정정하셨어요. 갑자기 보내드릴 준비를 하라고 하셔도 저희는 받아들이기가 어렵습니다."

넋 나간 표정으로 멍하니 있는 노부인 옆에서 딸이라는 여성이 입을 열었다. 미묘한 뉘앙스가 느껴지는 그 말투에는 아버지의 급변에 관해 적잖은 불신이 담겨 있었다.

"조금 더 해볼 수 있는 건 없나요?"

"의료는 만능이 아닙니다. 수액과 산소 치료를 현 수준으로 유지하면서 지켜보는 수밖에 없습니다."

"그래도 선생님께서는 앞으로 항생제와 승압제도 쓰지 않겠다고 하셨는데, 그런 걸 더 해볼 수는 없는 건가요?"

"젊은 사람에게는 그것도 선택지가 되겠지만, 무라타 씨에게는 의미가 없습니다."

이 상황에서 더없이 담백한 다니자키 말투가 가쓰라에게는 도저히 적절해 보이지 않았다. 위로나 격려의 말 따위는 전부 의국 데스크에 두고 온 사람처럼 다니자키는 시종 초연했다.

"최근까지 건강했다는 건 힘든 시기가 짧다는 뜻입니다. 본인에게는 다행인 일이겠죠."

딸은 대꾸도 하지 않았다.

차마 두고 보지 못한 간호사가 다가와 가족에게 위로의 말을 건넸다. 그때 힐끗 주치의로 향한 간호사 시선에는 다소 험악한 빛이 감돌았다.

'좀 다른 식으로 말할 수는 없어요?'라는 호소를 담은 눈길에도 강철같은 지도의는 눈썹도 까딱하지 않는다.

"마지막이 될 수도 있으니 환자분 곁에 계셔드리는 게 좋지 않을까요?"

말투도 내용도 한없이 온화했으나, 이로써 대화를 끝내겠다는 신호였다.

노부인은 어깨를 축 늘어뜨린 채 고개를 떨구었다. 이내 초점 잃은 눈빛으로 간호사와 딸의 손을 빌려 일어서서 남편이 있는 중환자실로 빨려 들어가듯 사라졌다.

다시 정적으로 둘러싸인 스테이션 한쪽에서는 활력 징후를 표시하는 모니터가 우직하게 빨간 불을 깜빡였다.

돌연 타닥타닥 하고 건조한 소리가 울렸다. 환자 보호자에게 설명한 내용을 다니자키가 전자 진료기록부에 입력하기 시작한 것이다.

일그러진 침묵 속에서 가쓰라가 조심스레 입을 뗐다.

"다니자키 선생님."

"말씀하세요. 가쓰라 선생."

천천히 의자를 돌려 가쓰라를 향한 지도의는 온화한 미소를 띠고 있었다.

"정말 이대로 아무것도 하지 않나요?"

"그래요. 82세 심부전 환자예요. 괜한 일은 하지 않는 게 제 방침입니다."

"그렇지만……."

가쓰라가 끈질기게 매달리는 건 딱히 확고한 신념 때문은 아니었다. 굳이 따지자면 뭣 모르는 수련의의 무모한 용기에 가까웠다.

"물론 저도 인공호흡기나 투석이 옳은 선택이라고 생각하진 않습니다. 하지만 조금 더 해볼 수 있는 치료가 있다고 생각합니다. 승압제도 그렇고, 산소마스크만 하더라도 3리터를 10리터로 늘리는 건 간단하지 않습니까?"

"가쓰라 선생은 1년 차 수련의죠?"

갑작스러운 질문에 가쓰라가 당황하며 고개를 끄덕였다.

"제가 1년 차였을 때랑 천지 차이네요. 아주 우수하고 훌륭합니다."

다니자키는 미소를 띠고 턱을 쓸며 말을 이었다.

"그리고 배짱도 두둑하군요. 20년 선배인 지도의에게 확실하게 자기 의견을 내는 걸 보니."

그는 진땀 흘리는 가쓰라를 흥미로운 듯 바라보며 한마디 덧붙였다.

"농담입니다."

하지만 어디까지 농담인지는 알 수 없었다.

다만, 노련한 지도의의 태연한 대응이 젊은 수련의를 자극한 건 분명했다. 가쓰라는 마음의 빗장을 풀고 속내를 토해냈다.

"환자의 치료 방침은 환자 본인이 정해야 하지만, 그것이 어려울 때는 가족이 대신할 수 있다고 생각합니다. 오늘 선생님 설명은 지나치게 일방적이라는 느낌이 들었습니다."

"그렇군요. 그렇다면 가령 환자 가족이 인공호흡기와 인공투석, 인공심장 치료를 원할 때는 어떻게 할까요? 가족 희망에 따라 진행하는 것이 모범적인 의사의 태도인가요?"

"그건……."

가쓰라는 말끝을 흐리고 입을 닫았다.

용기 내 휘두른 혼신의 일격은 깨끗하게 비껴가 허공을 헤맸다. 지도의가 펼치는 논법이 정당치는 않지만, 거기엔 한마디로 정리하기 어려운 미묘한 문제가 포함되어 있었다. 이를 직감한 가쓰라는 섣불리 입을 떼지 못했다.

말문이 막힌 수련의를 다니자키는 웃으며 바라보았다.

"논의는 다음에 합시다. 지금은 새벽 1시 반이에요. 무라타 씨는 아마 동틀 녘에 떠나실 겁니다. 잠깐 눈을 붙여도 8시에 진료 회의, 9시부터는 또 외래예요. 마흔이 넘어가니까 밤새우기가 부쩍 힘드네요. 우선 조금 쉴까요?"

형태는 제안 같지만, 결코 제안이 아니었다.

그 증거로, 다니자키는 가쓰라의 대답도 듣지 않고 자리에서 일어섰다.

"가쓰라 선생도 좀 쉬세요."

한마디만 툭 던지고 스테이션을 나서는 지도의를 가쓰라는 망연히 바라볼 수밖에 없었다.

'내가 진짜 엄청난 곳에 왔구나.'

가쓰라의 솔직한 심정이었다.

가쓰라가 내과 부장인 미시마의 갑작스러운 호출을 받은 건 아즈사가와 병원에서 수련을 시작한 지 반년이 될 무렵이었다. 7월에 시작한 소화기내과 연수가 곧 3개월이 되고, 늦여름 아즈미노가 하루가 다르게 가을 색으로 물들기 시작하는 9월 하순이었다.

"앞으로의 연수 일정 때문에 불렀네."

커다란 책상 너머로, 서류에 파묻히다시피 한 작은 체구의 미시마가 언뜻언뜻 보였다.

가쓰라의 지도의인 미시마가 내과 부장실의 커다란 책상 앞에 앉아 있으니 안 그래도 딱딱한 인상에 평소와 다른 박력까지 느껴졌다.

"소화기내과 연수는 9월로 종료하지."

가쓰라는 자세를 가다듬었다.

익히 알고 있는 사실이었으나 미시마의 엄숙한 말투로 들으니 중대한 선고를 받는 듯 긴장됐다.

"가쓰라 선생은 계속 내과에서 연수받고 싶다고 했지?"

"네. 내과 전문의가 목표라 가능한 한 많은 내과를 경험하고 싶습니다."

"내과 부장으로서 기쁜 일이군."

미시마는 웃음기 전혀 없이 단조로운 말투로 내뱉었다.

'가능한 한 많은 내과'라고 해봐야 아즈사가와 병원에는 소화기, 호흡기, 신장, 순환기까지 내과는 총 4개 과뿐이다.

"소화기내과 외에 3개 과에서 고르면 되는데……."

미시마는 손에 든 서류를 보며 눈썹을 모았다.

"사실 선택지가 많지는 않아. 호흡기는 엔도 원장 영역인데 원장이 수련의 지도까지 할 여유는 없지. 신장내과는 자네도 알다시피 자네 동기인 가와카미 선생이 연수 중이고."

"그럼, 순환기내과로 가게 되나요?"

그러나 미시마는 가쓰라의 질문에 바로는 답하지 않았다. 미시마답지 않게 어쩐지 머뭇대는 기색마저 보였다.

"다니자키 선생이 독특하다는 건 알고 있나?"

가쓰라는 짚이는 데가 없어 고개를 갸웃거렸다.

"다니자키 선생은 순환기내과 20년 차 베테랑으로 담당 환자도 많으니 연수 환경으로는 나쁘지 않아."

단호하기로 소문난 '작은 거인'이 묘하게 돌려 말했다.

"무슨 문제가 있습니까?"

가쓰라가 무심코 건넨 질문에 미시마는 서류를 노려보며 답했다.

"다니자키 선생은 수련의를 받는 걸 처음부터 반대했지. 이렇게 작은 병원에서 장래 유망한 젊은이를 어중간하게 가르칠 수는 없다고."

"다니자키 선생님께서 수련의 지도를 거절하셨다는 뜻인가요?"

"아니야. 필요하면 받아주겠다고 이미 답변은 받아놨네."

미시마가 하고 싶은 말이 뭔지 가쓰라는 도통 짐작할 수 없었다. 모호하기만 했다.

난감한 표정으로 서 있는 가쓰라에게 미시마는 한층 무거운 말투로 말을 이었다.

"방금 말했듯이, 다니자키 선생은 독특한 의사야. 자네 같은 고지식한 청년을 보내기엔 조금 불안한 게 사실이지."

'독특하기로 치면 이 병원 의사는 전부 다 독특하지 않나?' 하고 가쓰라는 속으로만 중얼거렸다. 그런데 그 소리가 들리기라도 한 듯 미시마는 눈매를 살짝 일그러뜨렸다.

"자네는 고지식하기만 한 게 아니라 의외로 배짱도 있어. 어쩌면 이게 자네한테 좋은 경험이 될지도 모르지."

의미심장하게 중얼거리며 서류에 사인한 미시마는 고개를 들어 가쓰라를 바라보았다.

"힘든 일이 있으면 언제든 의논하러 오게."

가쓰라는 깊이 고개를 숙였다.

이때 가쓰라는 앞으로 맞닥뜨릴 아수라장을 미처 알지 못했다.

그러나 순환기내과 연수가 시작되고 바로 며칠 만에 미시마가 우려하던 바가 무엇인지 가쓰라는 정확히 알게 되었다.

"사전 조사가 부족했어요, 가쓰라 선생님."

청량한 목소리가 직원 식당에 울렸다.

오후 2시를 조금 넘긴 시각, 아직 식당에는 식권이나 쟁반을 든 직원들이 적지 않았다. 가쓰라는 테이블에 앉아 A정식이라는 무난한 메뉴를 앞에 두고서, 화사하게 웃는 그 목소리의 주인공을 바라보고 있다.

"다니자키 선생님 평판이야 유명하죠. 완전히 사전 조사 부족이에요."

미코토가 포크로 파스타 면을 돌돌 말면서 말했다.

지난 3개월 소화기내과에서 연수하는 동안 가쓰라를 여러 번 도와준 내과 병동 간호사다. 그러다 보니 어느새 가쓰라에게 가장 가까운 스태프가 되었다. 거침없는 성격으로 발걸음도 가볍고 일 처리도 능숙한 3년 차 간호사 미코토가 가쓰라 눈에는 1년 차 수련의인 자기보다 훨씬 유능해 보였다.

"다니자키 선생님 평판이라니요?"

젓가락으로 튀김을 집으며 태평하게 묻는 가쓰라를 미코토는 기가 막힌다는 표정으로 바라보았다.

"미리 귀띔이라도 해줬으면 다니자키 선생님 밑에서 배우는 건 한사코 말렸을 텐데……."

"그 정도예요?"

깜짝 놀라 되묻는 가쓰라에게 미코토는 목소리를 낮추고 말을 이었다.

"80세 이상 환자는 무조건 그냥 지켜보는 방침으로 유명해요. 원래 고령 심부전 환자가 많으니까 선택지가 별로 없는 건 사실이지만, 수액이나 산소 치료도 최소한으로만 하고 그냥 지켜본다니까요. 그래서 붙은 별명이 '사신 다니자키'예요."

가쓰라는 하마터면 입안에 든 튀김을 뿜을 뻔했다.

"병원에서 '사신'은 좀 심하지 않나요?"

"사신이라는 별명이 심한 게 아니라, 다니자키 선생님이 심한 거죠. 환자 가족이 뭐든 조금만 더 해달라고 해도 상대도 안 해요. '의미가 없습니다'로 일관하고요. 언젠가 문제가 생기진 않을까 다들 마음 졸이고 있어요."

미시마의 묘한 반응의 의미를 이제야 알 것 같았지만 때는 늦었다. 한숨을 내쉬는 가쓰라를 미코토는 안쓰럽게 바라보았다.

"괜찮아요?"

"괜찮은지 아닌지는 모르겠지만, 우선 열심히 해볼게요. 어쨌든 한 달짜리 짧은 연수니까요."

가쓰라가 스스로 격려하듯 내뱉은 말이 끝나기 무섭게, 어디선가 귀에 익은 목소리가 들려왔다.

"어머, 거기 두 사람 뭐야? 병원에서 당당하게 데이트하다니 대담하네."

두 사람이 동시에 얼굴을 들자 병동 주임 간호사 오타키가 웃고 있었다. 미코토에게는 직속 상사이자, 내과에서 연수 중인 가쓰라에게는 병동의 든든한 사령탑 같은 존재다.

"여기 자리 비어 있어?"

옆자리를 가리키며 묻고는 대답을 기다리지 않고 의자에 앉았다. 쟁반에는 A정식 곱빼기가 놓여 있다.

"데이트라니요. 식당에서 우연히 만나서 같이 앉은 거예요."

미코토가 항변했으나 오타키는 개의치 않고 싱글거리며 말했다.

"데이트도 아닌데 같이 밥 먹는 거야? 더 대담한걸! 근데 미코토, 그러면 남자는 금방 착각하니까 조심해야 해. 아, 그게 목적이면 상관없지만."

"주임님!"

미코토가 뺨을 붉히며 제지를 시도했지만 미코토와 선배 간호사의 내공 차이가 가쓰라가 보기에도 확연했다. 벌써 오타키는 태연하게 입 한가득 밥을 넣고 우물거렸다. 볼을 한껏 부풀린 채로 이번에는 가쓰라에게 시선을 향했다.

"진료 회의에서 활약하신 얘기 들었습니다. 꽃집 선생님."

돌연 겨눠진 칼끝 앞에서 가쓰라는 멋쩍게 웃으며 머리를 긁적였다.

"역시 정보가 빠르십니다."

"그게 간호부의 강점이죠."

웃으며 답하는 오타키에게 "활약상이요?" 하고 미코토가 의아한 표정을 지었다.

"가쓰라 선생님, 무슨 일 저지른 거예요?"

"저지른 것까진 아닌데요……."

가쓰라는 직접 설명하기가 난감해 말끝을 흐렸다.

오타키는 고개 숙인 가쓰라의 어깨를 톡톡 치며 대신 답했다.

"'수련의 가쓰라 선생의 반격'이라고 벌써 윗분들 사이에서 소문이 자자합니다."

상황 파악이 안 되는 미코토에게 오타키는 유쾌하게 설명을 덧붙였다.

오늘 진료 회의에서 있던 일이다.

진료 회의는 2주에 한 번 병원 내 의사 전원이 모이는 회의인데 그때마다 다양한 의제가 다뤄진다. 오늘은 병문안 꽃다발에 관한 의제도 있었다.

"꽃다발이요?"

"요즘 도시 대형 병원에서는 병문안 꽃다발을 금지하는 곳이 늘었대. 냄새나 감염증 같은 문제 때문이라는데, 실제로 확실치는 않고. 그저 귀찮은 일이 일어나기 전에 미리 손을 쓰는 게 좋지 않겠냐는 식으로 엔도 원장님이 제안했다나봐."

"과연 '무사안일주의' 원장님답네요."

미코토의 반응이 다소 신랄하긴 하나, 간호사들 사이에서 원장이 '무사안일 엔도'로 통하는 것도 사실이다.

"그래서 꽃집 아들인 가쓰라 선생님이 가만히 있을 수가 없었군요."

"그런 거지."

병문안 꽃다발 금지에 관한 안건은 대수롭지 않게 의제에 올랐고, 의사들 대부분 무심히 반응해서 가뿐하게 채택될 것 같은 분위기였다. 그러나 가쓰라에게는 결코 흘려들을 수 없는 이야기였다. 정신을 차렸을 땐 이미 손을 들고 자리에서 일어난 후였다.

무슨 말을 어떻게 했는지 잘 기억나지 않는다.

다만 꽃이 얼마나 사람 마음에 위안을 주는지, 그런데도 꽃에 관한 일을 안이하게 결정하는 건 지나치게 경솔하지 않나, 뭐 그런 내용을 구구절절 늘어놓은 것만은 확실하다.

회의실에 정적이 찾아왔다. 물론, 가쓰라의 열변에 일동의 마음이 움직였기 때문은 아니리라. 회의실 구석에서 벌떡 일어나 원장의 제안에 강경하게 반론하는 1년 차 수련의 모습에 어이가 없었을 뿐일지도 모른다.

결국 꽃다발 금지에 관해서는 추후 검토하는 것으로 결정이 보류되었다. 그러나 이 일로 병원 윗분들 사이에서 '꽃집 아들 수련의'는 일약 화제가 되었다.

"선생님, 크게 한 건 하셨네요."

"밤새우고 바로 회의에 들어가서요."

기가 막힌다는 표정을 짓는 미코토에게 가쓰라는 최선을 다해 변명했다.

"어젯밤에 무라타 씨 상태가 급변해서 새벽에 돌아가셨거든요. 그래서 거의 못 자고 회의에 들어가는 바람에……. 수면 부족은 안 되겠네요."

"수면 부족은 확실히 안 좋지만, 오늘 반론 자체는 나쁘지 않았어요."

오타키는 수북한 곱빼기 밥을 어느새 거의 다 먹고 한결 누그러진 말투로 덧붙였다.

"실은 가쓰라 선생님처럼 생각하는 사람도 적지 않아요. '카시오페이아' 와카코 씨도 울먹이면서 가쓰라 선생님한테 고마워했어요."

'카시오페이아'는 병원 정문 옆에 있는 꽃집 이름이고, 와카코 씨는 그곳 점장인 50대 여성이다. 가쓰라는 병원을 오갈 때마다 무심코 꽃집 앞에서 걸음을 멈추고 꽃을 바라보다가 와카코 씨와도 안면을 트게 되었다. 지금은 꽃을 들여오는 시기라 그 수량에 관해 가쓰라에게 의견을 구할 만큼 가까워졌다.

"와카코 씨가 기뻐하신다니 다행이네요."

"그래요. 윗분들 결정이 늘 옳은 건 아니잖아요. 아무튼 가쓰라 선생님이 누군가에게 감사받을 일을 했다는 데 큰 의미가 있죠."

오타키는 물 흐르듯 이야기하면서도 식사 속도를 조금도 늦추지 않았다. 게다가 얼핏 들으면 세간의 소문을 전하는 것 같으면서도 오타키 말에는 가쓰라에 대한 배려가 오롯이 담겨 있었다.

'이런 사람을 두고 유능하다고 하는 걸까.' 하고 가쓰라가 생뚱맞은 생각을 하는데, 오타키가 젓가락을 내려놓았다.

"자, 다 먹었으면 오후 업무를 시작해볼까요?"

오타키 앞에 놓인 그릇들이 깨끗이 비어 있었다.

"가쓰라 선생님도 당직으로 밤새우셨으니까 무리하지 마세요. 미코토한테 우는소리 하면, 없는 가슴에라도 기대게 해주겠죠. 어머, 이거 성희롱인가?"

"주임님!"

오타키는 미코토의 항의를 환한 미소로 일축하고 자리에서 일어섰다.

오후 업무가 시작된다.

의사는 밤샘 후에도 휴식을 보장받지 못한다.

가쓰라는 의사면허를 따고 6개월이 지난 지금 그 가혹함을 통감하고 있다.

당직 선 다음 날은 물론이고 야간에 환자가 사망하면 그와 관련된 절차가 있으므로 수면이 부족하기 일쑤지만, 그렇다고 해서 낮에 쉴 수 있는 것은 아니다.

밤새 근무하고 나면 오전은 외래, 오후는 병동, 저녁은 지도의와의 회진이 가쓰라를 기다린다. 회진까지 마치고 겨우 전자 진료기록부를 마주할 무렵이면 오후 6시가 지나므로 연속 근무 36시간을 넘기게 된다.

참고로 병동에서의 마지막 업무인 진료기록부 기재는 수련의 역할이다. 가쓰라는 필사적으로 키보드를 두드리지만 담당한 지 얼마 안 된 환자들이라 기록부를 작성하는 데 평소보다 품이 들어 시간만 속절없이 흘렀다.

모니터를 노려보는 가쓰라의 바로 옆에서 다니자키가 길게 하품을 했다.

"저……"

가쓰라가 지도의를 보며 조심스레 입을 뗐다.

다니자키는 깍지 낀 두 손을 머리 위에 올리고 고개를 살짝 기울였다.

"이제 환자 두 명만 입력하면 되니 선생님은 먼저 들어가셔도 됩니다."

"고맙군요. 입력하는 데 너무 오래 걸려서 지도의를 괴롭히려고 일부러 그러나 싶었거든요."

다니자키는 해맑게 웃으며 차마 웃어넘기지 못할 말을 한다.

말문이 막힌 가쓰라를 흥미롭게 바라보며 다니자키가 말을 이었다.

"농담이에요."

가쓰라는 이제 다니자키의 방식을 알 것도 같았지만 도저히 웃음은 나오지 않았다.

"결국 어젯밤엔 거의 못 잤네요. 가쓰라 선생도 피곤하겠죠."

무라타 씨가 눈을 감은 건 새벽 4시였으므로 아직 하루도 채 지나지 않았는데 꽤 오래전 일처럼 느껴졌다.

"무라타 씨 아내분…… 울고 계셨어요."

가쓰라의 입에서 작게 흘러나온 말에 다니자키가 눈을 가늘게 떴다.

"따님도 무척 상심하신 것 같았고요."

"그래요. 안타까운 일이지요."

"산소 증량이나 승압제 사용 말고도 할 수 있는 일이 분명 더 있었다고 생각합니다. 정말 그대로 보내드리는 게 맞았을까요?"

질문 같기도, 혼잣말 같기도 한 그 말에 다니자키는 바로는 대답하지 않았다.

스테이션 전체를 한 바퀴 둘러보듯이 의자를 천천히 회전시켰다.

저녁 식사 시간이 시작된 병동은 낮 근무조와 야간 근무조 간호사가 섞여 다소 혼잡했다. 단말기에 그날 기록을 입력하는 자, 식사 보조와 환자 확인에 나서는 자, 다음날 사용할 수액과 약을 챙기는 자. 이따금 과하게 씩씩한 멜로디의 호출벨이 울려 퍼지면 담당 간호사는 가볍게 한숨을 내쉬며 작업을 멈추고 병실로 향한다.

저녁 시간 병동은 대학병원이나 아즈사가와 병원이나 크게 다르지 않다.

"이 병동에도 가쓰라 선생처럼 생각하는 간호사가 많겠죠."

다니자키의 의자가 다시 원래 자리로 돌아와 가쓰라의 정면에서 멈췄다.

"그런 의견을 묵살하고 내 길을 고수하니 평판이 나쁠 수밖에요. '사신 다니자키', 들어봤죠?"

가쓰라는 아무 말도 할 수 없었다. 이 경우 침묵이 긍정을 의미한다는 건 알았지만 할 말이 없었다.

그래서 질문의 대답 대신 애써 다른 말로 대화를 이어갔다.

"82세 노인에게 인공호흡기를 다는 건 지나치다고 저도 생각합니다. 하지만 산소량을 늘리는 것 정도는 환자에게 고통을 주는 처치도 아니고, 수액량도 줄이지 않고 유지했더라면……."

"아니, 명색이 '사신'인데 그렇게 열심히 사람을 살리면 어쩐답니까."

할 말을 잃은 가쓰라를 보며 다니자키는 미소를 머금고 고정 멘트를 덧붙였다.

"농담이에요."

"농담으로 할 말 있고, 못할 말이 있습니다."

가쓰라의 격앙된 반론에도 지도의는 미소를 띤 채 침묵했다.

다니자키는 느긋하게 다리를 꼬며 병동 복도 쪽으로 시선을 던졌다.

마침 엘리베이터가 열리고 검은 정장 차림의 두 남자가 하얀 스트레처를 밀고 나왔다. 스테이션 앞에서 간호사와 짧은 대화를 나누고 병동 안쪽으로 사라졌다. 누군가 또 다른 환자가 세상을 떠난 것이다.

병원의 일상적인 광경 중 하나다.

"가쓰라 선생의 말은 정론이에요."

다니자키는 공용 휴게실에 시선을 고정하고서 지극히 온화한 목소리로 입을 열었다.

"하지만 정론으로는 해결할 수 없는 일이 세상엔 많이 있어요. 특히 의료 영역에는요. 하지만 사람들은 이상과 정론만 들이밀며 현실을 보려 하지 않죠."

"무슨 뜻인가요?"

"내가 의사가 됐을 때, 그 시절엔 어떤 환자든 최선을 다해 살리는 게 당연했어요. 인간의 생명은 지구보다 무겁다, 그런 훌륭한 자세로 모두 전력 질주했죠. 근데 지금은 그런 시대가 아니에요."

다니자키는 웃는 얼굴 그대로 고개를 저었다.

"이제 넘치는 고령자를 지탱할 수 없게 됐어요. 경제적으로나 인적으로나 한계에 온 거죠. 20년 전과 똑같은 방식을 고수하면 의료라는 거대한 나무는 뿌리부터 썩어들어가 결국 쓰러질 겁니다. 쓰러진 거목을 감당해야 하는 건 지금 고령자를 지탱하는 젊은이들이겠지요. 지금은 우리 다음 세대 의료를 지키기 위해서라도 가지치기가 필요한 시대예요."

가쓰라는 말 그대로 아연실색하여 그저 눈만 껌뻑였다.

가쓰라를 향한 다니자키의 눈동자는 잔잔한 바다처럼 고요했다. 아까부터 조금도 변함없는 미소가 이제는 어쩐지 적막해 보였다.

가쓰라가 번뜩 정신을 차리고 주변을 둘러본 건 다른 사람이 들어서는 안 되는 이야기라 판단했기 때문이다. 다행히 스테이션 한쪽 구석의 두 의사에게 주의를 기울일 만큼 한가한 간호사는 없었다.

"매우……위험한 발언이라고 생각합니다."

"맞아요. 이렇게 쓸데없는 말을 하게 될 것 같아서 수련의를 받지 말자고 한 겁니다."

다니자키는 표정 하나 바꾸지 않았다.

부드러운 미소.

멀리서는 지도의가 수련의를 다정하게 가르치는 장면으로 보일 것이다.

"자, 그럼."

다니자키는 침착하게 일어섰다.

"잠을 제대로 못 자면 말이 많아지네요. 늙은이의 잠꼬대라 생각하고 잊어주세요."

그는 흘리듯 가볍게 말하고는 스테이션을 나섰다.

가쓰라는 의자에 앉아 굳은 채 눈으로만 지도의를 배웅했다.

어안이 벙벙하여 한참을 그대로 앉아 있는데 당황스럽게도 불현듯 미코토 얼굴이 떠올랐다.

한 손에 수액을 들고 능숙하게 병실을 도는 모습, 휠체어에 앉은 환자에게 웃으며 말을 거는 모습, 미코토가 담긴 장면들이 머릿속에서 뜬금없이 재생됐다.

"아, 피곤해서 그런가?"

가쓰라의 중얼거림에 지나가던 간호사가 의아한 듯 잠시 눈길을 돌렸다가 다시 잰걸음으로 병실을 향했다.

가쓰라는 원래 아침에 일어나는 게 힘든 사람이다.

대학 때도 오전 9시 수업에 간신히 맞춰갈 정도로 학창 시절엔 거의 지각 상습범이었지만, 의사가 된 후로는 그럴 수 없었다.

아침 8시 콘퍼런스가 시작되는데 그전에 병동 회진을 마쳐야 하므로 7시 반에는 병원에 도착해야 한다. 그러면 적어도 7시 15분에는 집을 나서야 한다는 계산이 나온다.

가쓰라가 사는 아파트는 병원 기숙사로 쓰는 곳이라 병원까지 도보 15분밖에 걸리지 않는 위치에 있다. 기온이 내려가는 계절에는 그 잠깐 거리를 차로 다니는 직원도 많지만, 가쓰라는 줄곧 걸어서 출퇴근하고 있다.

도보 출퇴근을 고집하는 데 대단한 이유가 있는 건 아니고, 집에서 병원까지 가는 길에 있는 완만하게 경사진 수로 옆길이 마음에 들어서다.

좁은 비포장 흙길은 계절에 따라 경이로울 만큼 모습을 바꾼다.

이 길을 처음 걸었던 봄엔, 야생화가 흐드러지게 피어 들길이 한껏 화사했다. 병원 주변은 마쓰모토 분지 중에서도 약간 지대가 높고 기온이 낮아서 골든 위크[13] 때는 벚꽃이 기세를 뿜내고 그 바로 뒤에는 황매화와 개나리가 들길을 온통 노란색으로 물들인다.

초여름에는 나무들이 파란 잎을 내며 무성하게 자라고 커다란 산딸기나무의 새하얀 총포가 반짝인다. 누군가의 애정 어린 손길 덕분인지 길가에는 색색이 창포꽃이 피어 들길을 한층 근사하게 만든다.

가을에 들어서면 들길 색은 사라지지만, 조금 높은 지대에 있는 작은 길에서는 코스모스가 펼쳐진 아즈미노를 조망할 수 있다. 뒤로 보이는 산의 울긋불긋한 단풍이 자연의 다채로운 색감을 만끽하게 한다.

이른 아침 출근길이 가쓰라에게는 더없이 즐거웠다.

"꽃을 맨날 보며 자랐는데 질리지도 않아요?"

언젠가 미코토에게 출근길 이야기를 했다가 장난스레 놀림을 받은 적이 있다.

어떤 상황에서 그런 얘기가 나왔나 기억을 더듬으며 걸음을 옮기던 중에 가쓰라는 병원 정문 옆 꽃집 앞에서 미코토를 발견하고 발을 멈췄다. 사복 차림의 미코토가 와카코 점장과 대화를 나누고 있었다.

---

13 4월 말에서 5월 초까지 공휴일이 집중된 주간

가쓰라는 선뜻 말을 걸지 못했다. 검은 목티에 긴 회색 바지를 입은 미코토의 낯선 모습이 어른스러워 보여서 주눅이 들었기 때문이다. 모르는 척 그냥 지나갈까 망설이던 차에 미코토가 가쓰라를 발견하고 손을 흔들었다.

"마침 잘됐어요. 가쓰라 선생님."

"네? 뭐가요?"

"물어볼 게 있거든요. 병문안 꽃이요. 안 그래도 와카코 씨랑 얘기하고 있었어요."

미코토가 생기 넘치는 미소를 지으며 가쓰라에게 다가왔.

앞치마를 두른 와카코 점장은 가쓰라를 보자마자 목 빼고 기다리던 손자를 맞듯이 환하게 웃으며 입을 열었다.

"선생님, 정말 감사해요. 얘기 들었어요. 병문안 꽃을 금지하자는 원장 선생님에 맞서서 투쟁했다면서요."

"투쟁이라고 할 만한 일은 안 했는데, 아무래도 얘기가 좀 과장된 것 같아요."

가쓰라가 당황해서 손을 내저어도 와카코는 전혀 개의치 않았다.

"저도요, 선생님, 여기서 꽃집을 꽤 오래 했어요. 가게 운영 뭐 그런 문제를 떠나서, 불안하고 마음 약해진 환자들한테 꽃을 빼앗는 건 너무 가혹하지 않나요? 근데 잘난 의사 선생님들은 그런 문제에는 관심도 없으니, 이대로 꽃 반입이 금지되나 싶었는데…….”

와카코는 금방이라도 울음을 터뜨릴 것만 같은 표정이었다.

50대 중반이라지만, 꽃에 관한 이야기를 쏟아내는 모습에는 활력과 순수함이 있어서 얼핏 나이를 가늠하기 힘들다.

그 와중에 가쓰라는 여기서 자기는 '잘난 선생님'이 아니라 '못난 선생님'이 되는 걸까, 하고 쓸데없는 생각을 하며 입을 열었다.

"의견을 말하긴 했는데, 경영진이 이미 방향을 정했다면 1년 차인 제 의견으로 결정이 바뀌는 일은 없을 거예요."

"괜찮아요. 크게 한 방 먹이는 거로 충분히 만족해요."

"크게 한 방이요?"

"그래서 상의할 게 있어요."

미코토가 의미심장하게 웃으며 끼어들었다.

"와카코 씨랑 여러 가지로 생각을 좀 해봤어요. 꽃다발 반입 금지가 정해지기 전에 병원 안에 적극적으로 꽃을 배치해보자, 그런 거죠."

"무슨 얘기예요?"

"1층 접수대나 스테이션 카운터 같은 데 지금도 가끔 꽃이 있지만 관리를 잘 못하니까 오히려 칙칙해 보이잖아요. 근데 적극적으로 화려하게 꾸며놓고 꼼꼼하게 손질도 하면 꽃이 있어서 좋구나, 하고 생각하는 사람도 늘겠죠. 그럼 누가 알아요?

형세가 확 역전될지."

약간 과격한 발상 같다.

"꽃은 마음껏 가져가세요."

그러나 미코토와 꽃집 점장은 의기투합하여 의욕이 넘쳤다.

가쓰라도 병원 외래 진료실이나 접수대에 놓인 꽃병에서 시들기 시작한 꽃을 발견하고 몇 번인가 물을 간 적이 있기에 꽃 손질에는 찬성한다. 다만, 그런 행동이 병원 방침을 바꿀 수 있을 것 같지는 않았다.

가쓰라는 신중하게 말을 골랐다.

"아이디어 자체는 나쁘지 않지만, 제가 도울 수 있는 일이 없을 것 같아요. 순환기내과로 온 지 아직 2주밖에 안 돼서 다니자키 선생님 따라다니기만도 벅찬 상황이라서요."

"자질구레한 일은 나랑 와카코 씨가 할 테니까, 선생님은 조언만 해주면 돼요."

"조언이요?"

"이 시기에 제일 예쁜 꽃이 뭐예요?"

훅 들어온 질문에 머뭇대면서도 저절로 눈길이 '카시오페이아'로 향하는 건 어쩔 수 없었다. 그때 불쑥 가쓰라의 휴대폰이 울려 대화가 끊어졌다.

급히 수신 버튼을 누르자 지도의의 부드러운 목소리가 들렸다.

"네, 죄송합니다. 지금 병원입니다. 바로 가겠습니다."

통화를 마친 가쓰라를 보면서 미코토가 한숨을 쉬었다.

"응급 환자예요?"

가쓰라는 끄덕이며 꽃집 앞으로 다시 시선을 던지고는 잠시 후 입을 뗐다.

"달리아가 좋겠네요."

"달리아요?"

"원래 연중 내내 피고 여름에 특히 눈에 띄긴 하지만, 꽃잎에 생기가 돌고 색이 가장 선명한 건 요맘때예요. 색은 짙은데 향이 거의 없어서 병원에 장식하기는 적절할 것 같아요."

가쓰라가 빠르고 거침없이 쏟아내는 말에 미코토의 눈이 휘둥그레졌다.

"정말 꽃집 아들이 맞네요."

겸연쩍게 웃으며 발길을 돌리는 가쓰라의 등뒤로 미코토의 목소리가 날아왔다.

"다음에 점심 살게요. 오늘도 근무 힘내세요."

갑작스러운 제안에 그나마 침착할 수 있었던 건 가쓰라가 이미 의사 모드로 돌입한 상태였기 때문이다.

다나카와 아쓰코, 80세. 치매 때문에 오랫동안 요양 보호 시설에 있다가 만성 심방세동에 따른 심부전으로 2주 전에 입원했다.

이뇨제로 치료하는 중 흉수가 증가하여 상태가 나빠졌다. 오늘 아침 의식이 흐려지고 불러도 반응하지 않아 주치의를 호출했다.

상태가 급격히 악화된 응급 환자의 개요다.

가쓰라가 달려왔을 때 병실에는 이미 간호사 3명과 다니자키가 있었다.

"이것 참, 오늘 아침부터 사신이 바쁘네요."

부적절하기 짝이 없는 다니자키의 중얼거림에 간호사들은 가시 돋친 눈길을 보냈다.

가쓰라는 짐짓 과장된 인사로 살얼음판 같은 분위기를 깨고자 애쓰면서 환자 곁으로 달려갔다.

침대에는 왜소한 체구의 할머니가 기운 없이 누워 있었다. 호흡은 불규칙하고 약했는데 때때로 무겁게 가래 끓는 소리가 나다가 아예 숨이 멈추었나 싶을 정도로 고요해지기도 했다.

간호사 한 명이 체온 검사표를 들고 다가왔다.

"어젯밤까지 특별한 변화가 없었습니다. 어제 저녁 식사도 스스로 하셨고요. 오늘 아침 반응이 약해진 것을 확인했습니다. 산소포화도도 조금씩 떨어져서, 캐뉼러 2리터를 마스크 5리터로 늘렸습니다."

가쓰라는 끄덕이며 일련의 진찰을 순서대로 진행했다.

결막 상태와 경부 림프절을 확인하고 흉부를 청진, 복부부터 다리까지 촉진하면서 소견을 정리했다.

"양쪽 폐에 습성 수포음이 있고 하지 부종도 심해졌습니다. 어제 낮부터 소변량이 감소한 것을 고려할 때 심부전 악화로 보입니다."

시선을 돌리자 지도의는 병실 한쪽 구석에 느긋한 자세로 서서 수련의를 보고 있었다.

"심기능이 저하되어 흉수가 고여서 호흡이 약해지고 의식 수준이 떨어진 것 같습니다."

"역시 우수한 수련의네요."

다니자키가 상황에 맞지 않는 미소를 띠며 끄덕이자마자 그를 비난하듯이 경고음이 요란하게 울렸다.

"산소포화도 82퍼센트입니다."

간호사의 격앙된 목소리가 병실에 울렸다. 호흡 상태는 아주 조금씩 그러나 확실히 악화되고 있었다. 당황한 가쓰라가 침대 옆 산소유량계에 손을 뻗었다.

"산소를 늘리겠습니다. 7리터로……."

"그럴 필요 없어요."

다니자키의 차가운 음성이 가쓰라를 막았다.

다급하던 병실 분위기가 순식간에 얼어붙었다.

다니자키는 흰 가운 주머니에 손을 넣은 채 침대 위 환자를 보며 나직이 말했다.

"이 상태에서 목숨을 구하기는 어려울 겁니다. 산소는 증량하지 말고 현재 5리터를 유지하세요. 수액도 혈관 확보 목적으로만 시간당 20밀리까지 낮추세요. 계획했던 항생제 투여도 중지합니다."

"다니자키 선생님······."

가쓰라는 말을 잇지 못했다.

간호사들도 이해하기 힘들다는 표정을 지었지만, 주치의는 조금도 흔들리지 않았다. 환자에게 다가가 온몸을 신중하게 진찰하고 고개를 들었다.

"시간이 많지 않습니다. 가족을 불러주세요."

정적에 휩싸인 병실에서 아무도 입을 떼지 못했다.

"못 들었어요? 다시 말해야 합니까?"

다니자키가 낮게 말했다. 간호사들은 더욱 차가워진 그 목소리를 듣고서야 움직이기 시작했다.

제각기 할 일을 하며 어수선해진 분위기 속에서 가쓰라는 동요와 혼란, 그 외의 여러 감정이 복잡하게 섞인 채로 지도의를 바라보았다.

"선생님, 정말 이대로 아무 조치도 하지 않나요?"

"하지 않습니다. 이걸로 종료합니다."

"종료라니요······."

"계속 시설에 있던 중증 치매 환자예요. 무작정 치료해서 설령 생명을 연장한다 해도 다시 시설로 돌아가겠죠. 때가 됐습니다."

"아무리 그래도 이런 대응은 가족도……."

"가족에게 세세하게 설명할 필요는 없어요. 일반적인 치료를 진행했다, 그런데 효과가 없었다, 그래서 지켜보는 수밖에 없다, 그 정도로 충분합니다."

다니자키 목소리는 모든 반론을 몰아낼 만큼 서늘했다.

"하지만……."

가쓰라는 떨리는 목소리로 간신히 입을 뗐다.

"뭔가 이상합니다."

"구체적으로 말씀해보세요."

지도의는 청진기를 목에 걸면서 뒷말을 재촉하듯 오른손을 폈다.

"산소를 5리터로 제한하고 수액은 오직 하나만, 이뇨제도 늘리지 않는다. 이게 정말 올바른 치료입니까?"

"미숙한 질문이군요."

지도의가 가볍게 응수했다.

"올바른 치료라는 건 이 세상에 존재하지 않아요. 정의는 주관과 편견의 산물이니까요."

논의할 여지가 없는 답변이었다.

22분 후 병동에 도착한 다나카와 씨 가족은 가까스로 임종을 지켰다.

아무 과장 없이, 진정 '가까스로'였다. 아들 부부의 도착 시간과 다나카와 씨의 사망 시간은 겨우 2분 차였다.

80세, 여력 따위는 전혀 없다는 듯 허무할 정도로 빨리 여행길에 올랐다.

상황을 온전히 받아들이지 못한 아들 부부에게 가쓰라가 환자의 병상을 설명했다. 다니자키가 미리 일러준 대로, 일반적인 치료를 진행했는데 효과가 없어서 지켜보게 되었다고 전했다.

쉰을 넘긴 아들은 크게 동요하진 않았지만 갑작스러운 경과에 충격을 받은 건 분명해 보였다. 무념한 듯한 그 표정에 가쓰라는 숨 막히는 압박감을 느꼈다.

"다니자키 선생님."

가쓰라가 막막한 감정을 억누르며 입을 연 것은 병원 전체가 하루 업무를 시작한 시각, 9시 조금 전이었다.

가쓰라는 다나카와 씨의 전자 진료기록부에 시선을 고정한 채, 뒤에 앉은 지도의에게 갈라진 목소리로 말을 꺼냈다.

"납득할 수 없습니다."

뒤에서 다리를 꼬는 기척이 났다. 가쓰라는 말을 이었다.

"아무래도 납득할 수 없습니다. 지난번에 말씀하신 선생님의 지론은 알겠습니다. 하지만 현장 의사의 판단으로 '가지치기'식 의료를 행하는 건 옳지 않습니다."

다니자키는 아무 말도 하지 않았다.

간호사가 탁탁 실내화 소리를 내며 잰걸음으로 지나간다. "안녕하세요." 하고 병동 방사선사가 인사하는 소리도 들린다.

밝은 햇살을 받으며 하루를 시작한 병동은 매일 반복되는 익숙한 풍경을 오늘도 변함없이 재생한다.

공용 휴게실에는 연신 밥을 흘리며 아침 식사를 하는 할아버지, 휠체어에 앉아 수액줄을 만지작거리는 할머니가 있다. 병실에는 누워서 천장을 바라본 채로 미동도 하지 않는 노인 환자가 있고 바로 옆에서 등 굽은 노인이 그 환자를 돌보고 있다.

죽 그릇이 바닥에 떨어지는 소리, 간호사의 작은 비명, 끊임없이 울려대는 호출벨, 가래 끓는 소리, 심한 기침 소리.

"벌써 10년이 넘었네요."

불쑥 다니자키의 목소리가 들렸다.

가쓰라가 살짝 눈길을 돌려보니 다니자키는 모니터 화면만 뚫어지게 보고 있었다.

"예전에 있던 병원에서 당직을 설 때였어요. 한 젊은 여성이 쇼크 상태로 구급차에 실려 왔죠."

전조 없이 펼쳐지는 이야기에 가쓰라는 가만히 귀를 기울였다.

"정밀조사를 해봤더니 자궁 외 임신에 따른 난관 파열이더군요. 이미 복강 내 출혈이 심해서 혈압이 계속 떨어지는 상태라 산부인과에서도 급히 달려왔는데, 생각지 못한 문제가 있었어요."

다니자키는 다리를 꼬고 팔짱을 낀 채로 평소와 다름없이 담담하게 말했다.

"환자 혈액형이 B Rh-인 거예요."

"드문 혈액형이네요."

"맞아요. 국내에선 천 명 중 한 명꼴이죠. 근데 출혈이 심해서 수혈이 꼭 필요했어요. 혈액을 확보해야 했죠."

"흔치 않은 혈액형이지만, 혈액센터에서는 그런 점도 고려해서 혈액을 준비해두지 않나요?"

"준비해둡니다. 혈액 보유량을 어느 정도 유지해요. 그 환자가 오기 며칠 전까지는 분명히 그랬어요."

가쓰라는 묵묵히 뒷말을 기다렸다.

다니자키는 또 한 번 생각에 잠기듯 틈을 두었다가 말을 이었다.

"마침 사흘 전 인근 병원에서 큰 심장 혈관외과 수술이 있었는데 그때 환자 혈액형도 B Rh-여서 센터에 있는 동형 혈액제제를 거의 다 사용한 거예요. 그래서 당시 곧바로 준비할 수 있는 혈액량은 겨우 2유닛이었어요."

그것이 수술에는 턱없이 부족한 양이라는 것 정도는 수련의인 가쓰라도 알고 있었다.

"산부인과 의사는 긴급 수술을 망설였어요. 쇼크 상태에서 수혈 없이는 수술을 진행할 수 없다고 했죠. 그래서 필사적으로 수소문한 끝에 사이타마현에 충분한 양이 있다는 걸 알게 됐어요. 근데 밤에는 헬기를 띄울 수가 없으니 사이렌을 울리면서 급하게 이송해왔는데 도착한 건 4시간 후였어요."

"환자는요?"

"사망했습니다."

다니자키 목소리에는 한 치의 흔들림도 없었다. 그 평온한 고요가 오히려 부자연스러웠다.

불쑥 밝은 웃음소리가 들려왔다. 공용 휴게실 텔레비전에서 코미디언이 큰소리로 뭐라 외칠 때마다 화면 밖으로 웃음소리가 흘러나왔다. 그러나 텔레비전을 둘러싼 노인들은 아무도 웃지 않았다.

"80세 할아버지의 심장판막증 치료 때문에 22세 여성이 사망했어요."

"하지만 그건……."

"물론 누구의 잘못도 아니에요. 그건 나도 알아요. 그런데 말이죠."

다니자키는 눈을 가늘게 떴다.

"뭔가 잘못됐다고 생각하지 않나요?"

그는 가늘어진 눈을 가쓰라에게 향했다.

"이건 빙산의 일각이에요. 눈에 보이지 않는 곳에서 이런 일은 수도 없이 많이 일어나요. 반복되는 고령자 폐렴에 끝없이 항생제가 사용되죠. 여기서 발생하는 다제내성균의 위험성은 분명히 다음 세대에 큰 위협이 될 겁니다. 더 가까운 사례를 들어볼까요? 다수의 와상 환자를 담당하다가 과로사한 젊은 의사 이야기는 어때요? 의료 강국이라 불리던 시절과는 달라졌어요. 지금 이 나라는, 산더미 같은 고령자의 무게를 견디지 못하고 비명을 내지르는, 언제 무너질지 모르는 낡은 움막이나 다름없죠. 무너지지 않으려면 한정된 의료 자원을 적확하고 효율적으로 배분해야 합니다. 그러기 위해서는 포기해야 할 영역이 있어요."

책상 위에 있던 병원 내 휴대전화가 울렸다.

휴대전화 화면에 표시된 발신자는 '외래'였다. 어느덧 9시가 넘어, 외래 진료가 시작될 시간이었다.

다니자키는 손을 뻗어 휴대전화의 보류 버튼을 눌렀다.

"나는 아즈사가와 병원에 수련의를 받는 걸 처음부터 강하게 반대했어요."

조용해진 휴대전화를 주머니에 넣으며 다니자키가 말했다.

"이유는 간단해요. 젊은 의사가 볼 만한 의료 현장이 아니기 때문입니다. 시골 작은 병원에서 노인 의료의 구슬픈 말로는 우리처럼 나이 든 의사가 보면 돼요. 젊을 때는 희망에 넘치는 현장을 봐야 하고요."

다니자키는 작게 한숨을 쉬고는 가쓰라를 빤히 응시했다.

"그런데 수련의가 오고야 말았군요. 이런 상황은 바람직하지 않네요."

가쓰라는 대답할 말이 없었다.

침착하게 자리에서 일어선 지도의를 눈으로 좇으며 가쓰라가 겨우 던진 한마디는 매우 궁색한 것이었다.

"선생님, 말씀 돌리지 마십시오."

다니자키는 여느 때와 같은 미소를 띠고 어깨를 으쓱하더니 "이제 외래 가야죠." 하고 자리를 떴다.

가쓰라는 지도의가 사라진 병동 계단을 한동안 멍하니 바라보았다.

오전 일정은 다니자키의 외래를 견학하는 것이라 곧장 뒤따라야 하는데도 좀처럼 일어설 수가 없었다. 병원에 한 명뿐인 순환기내과 의사의 외래 진료가 얼마나 고된 일인지 가쓰라도 지난 2주 동안 익히 알게 됐다.

30분에 5명꼴로 예약 환자 진료가 오후까지 이어지는데 일명 '지옥의 다니자키 외래'로 병원 내에서도 유명하다. 쉴 새 없이 몰려드는 고령의 심부전 환자를 다니자키는 담담하게 진찰한다.

숨돌릴 틈 없이 계속되는 그 작업을 옆에서 보고 있노라면 오후 2시쯤부터는 정신이 아득해진다. 견학자 가쓰라는 그나마 화장실에 가거나 병실 호출 때문에 진료실을 벗어나기도 하지만 다니자키는 마치 의자에 뿌리내린 사람처럼 한 발짝도 움직이지 않는다. 온화한 미소를 머금고서 언제 봐도 똑같은 속도로 환자를 대한다.

진찰을 대충 하는 법은 없다. 모든 환자에게 한결같이 평등한 진찰과 설명과 투약과 안심을 주려고 노력하는 듯하다.

다니자키는 오늘도 그렇게 저녁까지 외래를 볼 것이다.

가쓰라에게는 다니자키라는 사람이 점점 더 수수께끼처럼 느껴졌다.

다시 텔레비전에서 웃음소리가 들려와 가쓰라는 휴게실 쪽으로 시선을 돌렸다.

텔레비전 앞 노인들은 여전히 아무도 웃지 않았다.

"사신이 꽤 난동을 부리는 모양이더군."

한밤중 의국에 미시마의 낮은 목소리가 울렸다.

신문, 잡지, 먹다 만 컵라면 따위로 어지러운 커다란 책상, 책상을 둘러싼 세 개의 낡은 소파, 과하게 거대한 텔레비전이 있다. 지나치게 고화질인 화면에서는 낮에 있던 축구 경기가 흘러나오고 이에 맞장구치듯 이따금 깜빡이는 형광등까지, 더할 나위 없이 평범한 지방 병원 의국 풍경이다.

우중충한 풍경 속에서 가쓰라는 즉석밥을 데워 우메보시[14]를 올리고 호지차[15]를 우려서 오차즈케를 만들었다.

당직을 설 때 다니자키가 야식으로 만드는 법을 가르쳐줬는데 어느새 만드는 손길이 꽤 익숙해졌다.

미시마는 평소처럼 괜스레 날카로운 눈빛으로 오차즈케를 보며 입을 열었다.

"이번 주 들어 사신의 활약이 대단하다고 병동에서 들었네."

"월요일부터 오늘 금요일까지 환자 세 명이 사망했습니다. 다니자키 선생님 담당 환자는 원래 고령자가 많으니까요."

가쓰라의 변명 섞인 답변에도 미시마는 표정을 바꾸지 않고 그대로 시선을 돌려 벽에 걸린 달력을 응시했다.

"순환기내과 연수도 이제 4주 차인가? 한 달을 무사히 끝낼 수 있겠군."

그 말을 듣고서야 가쓰라는 알아차렸다.

10월 1일에 시작된 순환기내과 연수가 어느덧 끝을 향해 가고 있었다. 가쓰라는 완전히 낯선 다니자키 식 진료를 정신없이 따라가느라 한 달이라는 시간이 흘렀다는 게 실감 나지 않았다.

"표정을 보아하니, 여러 난제에 직면한 것 같은데?"

---

14 매실을 소금에 절여 발효·건조시킨 일본식 매실 절임
15 녹차의 일종으로 구수한 맛이 특징

가쓰라가 말없이 고개만 끄덕이자 미시마는 텔레비전으로 시선을 옮기며 말을 이었다.

"다니자키 선생이 일반적인 사고방식과는 동떨어진 곳에 있는 것 같지? 하지만 실제로는 다니자키 선생처럼 생각하는 의사가 적지 않아."

미시마의 낮은 목소리가 무겁게 울렸다.

"다니자키 선생처럼 분명하게 의견을 표현하는 의사는 별로 없지만, 이런 시골 작은 병원의 많은 의사가 현재 고령자 의료에 의문을 느끼는 건 사실이야. 계속 늘어나는 고령자를 대상으로 지금 체제를 유지하면 다음 세대에 지나친 부담을 넘기는 꼴이 되지 않을까, 정말 이대로 괜찮은가, 하고 말이지."

문득 텔레비전에서 환호가 터져 대화가 끊겼다. 오른쪽 사이드에서 찬 코너킥이 절묘한 각도로 골대에 맞고 튕겨 나간 것이다. 지역 축구단의 녹색 유니폼을 입은 선수가 필드 위에서 주먹을 쥐며 아쉬워했다.

그러나 지금 가쓰라에게는 다시 달리기 시작한 선수도, 큰 소리로 지시하는 감독도 눈에 들어오지 않았다. 가쓰라의 눈앞에는 고령자로 가득 찬 내과 병동의 광경이 펼쳐졌다. 확실히 사망자가 많긴 하지만, 상태가 호전되어도 가족이 집으로 데려가는 경우는 드물다. 대부분 원래 있던 요양 보호 시설로 돌아가고, 그러다 또 열이 나면 다시 병원으로 온다.

"사람이 살아 있다는 건 어떤 것인가. 걷는 것이 중요한가. 누워 있더라도 대화가 가능하면 되는가. 대화가 되지 않아도 심장만 움직이면 되는가. 이런 물음에는 정답이 없어. 하지만 정답 없는 이 문제를 진지하게 마주할 필요는 있지. 그런데 지금 사회는 죽음과 병을 일상에서 완전히 분리해서 병원과 시설에 밀어 넣고 깊이 생각하려 하지 않아. 어떤 의미에서 보자면 다니자키 선생은 내팽개쳐진 그 문제를 혼자 정면으로 마주하고 있는 셈이야."

텔레비전에서 다시 큰 탄성이 터져 미시마는 입을 다물었다.

녹색 유니폼을 입은 공격수가 상대팀 골망을 세차게 흔든 것이다. 골을 넣은 선수가 필드를 내달리자 관중석의 팬들이 멋진 파도타기로 응답했다.

"아차, 식기 전에 들게."

미시마가 말투를 바꿔 중얼거렸다. 그 말에 가쓰라는 꿈에서 깨듯 번뜩 정신을 차렸다. 고개를 숙이니 물기를 잔뜩 머금어 퉁퉁하게 불은 밥이 보였다.

"오늘 당직이지? 시간 있을 때 잘 먹어둬."

"다니자키 선생님도 똑같은 말씀을 하셨어요."

"그래? 오늘 당직 상급의가 다니자키 선생이야? 두 사람 인연이 어지간히 깊은가 보군."

"그런데 미시마 선생님은 이 시간에 어쩐 일이세요?"

가쓰라의 질문에 미시마는 테이블 위의 컵으로 손을 뻗으며 답했다.

"담당 환자 중에 담관암 환자가 있는데 갑자기 고열이 나서 긴급 내시경을 해야 하나 말아야 하나 혈액 검사 결과를 기다리는 참이야. 담관염이면 곧바로 ERCP에 들어가야지."

따스함이라고는 전혀 없는 '작은 거인'의 실질적 의료가 지금 가쓰라는 그리웠다. 한 달 전 미시마 밑에서 연수를 받던 때가 마치 오래된 일인 양 아득하기만 했다.

차를 한 모금 마신 미시마가 다시 말을 이었다.

"무엇이 옳은지는 아무도 몰라. 중요한 건 최대한 다양한 사고방식을 접하면서 자신의 철학을 단련하는 일이야. 그러라고 자네를 순환기내과에 보낸 거니까."

심오한 말이었다.

가쓰라는 고개를 크게 끄덕였다.

"다니자키 선생님도 본인의 철학이 있는 거겠죠."

"당연하지. 생각도 없이 그런 식으로 했다가는 진작에 잘렸겠지."

예상치 못한 답변에 가쓰라가 머쓱한 웃음을 지을 때 다시 커다란 탄성이 들려왔다.

이번에는 상대팀의 날카로운 공격이 녹색 유니폼의 수비를 뚫고 단번에 반격을 시작한 참이었다.

"오호, 야마가는 잘하고 있나? 밀리고 있지는 않겠지."

느닷없이 날아든 목소리에 가쓰라와 미시마는 동시에 입구 쪽을 돌아보았다.

키 큰 중년 남성이 서 있었다.

흰머리가 자연스레 섞인 세련된 헤어스타일과 부드러운 미소, 한눈에도 번듯한 신사처럼 보이는 그 사람은 아즈사가와 병원의 원장 엔도다. '무사안일 엔도' 같은 별명도 있으나 지위, 능력, 외모라는 삼박자를 고루 갖춘 원장에게는 환자와 간호사 팬도 제법 많다. 무엇보다 괴짜들만 모인 아즈사가와 병원을 큰 분란 없이 꾸려가며 '무사안일'을 유지해온 수완가이기도 하다.

평소 원장은 빳빳하게 풀 먹인 흰 가운 차림인데, 오늘은 넥타이까지 매고 말쑥하게 정장을 차려입었다.

급히 일어나 인사하려는 가쓰라를 원장은 느긋하게 오른손을 들어 저지했다.

"우리 마쓰모토 야마가[16]가 올해도 J1[17]에 있어줘야 할 텐데."

그는 가볍게 말하며 의국 냉장고에서 진저에일을 꺼냈다.

"원장님이 이 시간에 어쩐 일이세요?"

"시나노대학 내과 의국까지 부탁 좀 하러 다녀왔지. 교수들

---

16 마쓰모토 야마가 FC. 나가노현 마쓰모토시를 연고로 하는 프로 축구팀
17 일본 최상위 프로 축구 리그

한테 이 희끗희끗한 머리를 숙이고 왔어."

"고생하셨습니다."

미시마는 짐짓 과장되게 몇 번이나 고개를 숙여 인사했다.

아즈사가와 병원 같은 시골 작은 병원은 늘 의사 부족에 시달린다. 대학 의국에 머리를 숙이며 한 명이라도 더 많은 의사를 파견해주십사 부탁하는 일은 지방 병원 원장의 숙명적 과제다.

"수확이 좀 있었나요?"

"아니. 다들 자기들도 인력이 부족하다나. 어쨌든 계속 부탁해보는 수밖에 없겠지."

원장은 빈 소파에 앉아 목을 빙 돌리며 어깨 주변 근육을 풀었다.

"내과 의사 부족은 치명적이야. 어떻게든 방법을 찾지 않으면 환자들 항의가 끊이지 않는 다니자키 선생을 혼내지도 못해."

오차즈케를 먹던 가쓰라는 하마터면 사레에 걸릴 뻔했다.

의국에서도 다니자키는 꽤 특이한 존재인 모양이다.

"아, 수련의 선생 앞에서 할 말은 아닌데."

"괜찮습니다. 가쓰라 선생은 지금 순환기내과에서 연수 중입니다."

"하하하, 그래? 그거 참 안됐네. 그래도 뭐 가쓰라 선생이면 괜찮겠지. 나한테 당당하게 도전장을 내미는 배짱 좋은 수련의가 아닌가."

"도전장이요?"

가쓰라가 고개를 갸웃하자 원장은 허허 웃으며 창문 쪽을 눈으로 가리켰다.

원장의 시선을 따라가던 가쓰라는 말문이 막혔다.

창가 테이블에 커다란 꽃병이 놓여 있었다. 피곤해서인지 원장이 알려주기 전까지 미처 존재를 알아채지 못했으나 꽃병에는 가쓰라가 이맘때 가장 예쁘다고 했던 샛노란 달리아 꽃이 꽂혀 있었다.

"저건 가쓰라 선생님 작품인가요?"

미시마가 감탄조로 말했다.

"이것만이 아니야. 요즘엔 의국 화장실, 당직실에도 꽃이 있더군. 아주 신선하고 재미있어. 꽃 금지령을 꺼낸 나조차 '꽃이 있으니 좋네' 하고 무심코 말하고 싶어진다니까. 가쓰라 선생이 훌륭한 책략가야."

아하하 하고 호탕하게 웃는 원장 옆에서 가쓰라는 식은땀만 흘렸다.

그 순간 머릿속에 미코토의 해맑은 미소가 떠올랐다.

병원 곳곳에 꽃을 놓겠다고는 했지만, 이토록 노골적으로 움직일 줄은 예상치 못했다.

"그럼, 병문안 꽃은 금지하지 않기로 이야기가 마무리되나요?"

가쓰라가 가장 궁금해하는 부분을 콕 집어 질문한 건 미시마 나름의 배려일 것이다. 원장은 싱긋 웃으며 달리아 꽃에 시선을 고정한 채 대답했다.

"하지만 꽃병 물에서 녹농균이 나오는 건 사실이니 꽃을 반입해도 되냐 안 되냐는 또 다른 문제야."

"녹농균은 대부분 환자에게는 별 영향이 없지 않나요? 면역력이 매우 저하된 상태가 아니라면요."

"맞아. 백혈병 환자만 특별히 주의해야 하지."

"우리 병원에는 백혈병을 치료하는 과도 없으니 상관없는 얘기네요."

"아하, 그렇군!"

원장은 마치 지금 깨달았다는 듯 무릎을 탁 쳤다.

가쓰라가 기대에 찬 눈빛을 원장에게 향하자 원장은 씩 웃어 보였다.

"그런데 내가 뼛속까지 '무사안일주의자'라서 말이야."

본인 입으로 그리 말하면 대꾸할 도리가 없다. 원장은 경솔하게 대답하지 않는 사람이다.

역시 원장은 원장이다. 그저 태평한 무사안일주의자가 아니다.

가쓰라의 입에서 한숨이 절로 새어 나온 순간, 휴대전화가 울렸다.

"5분 후 구급차 도착합니다."

응급실 호출이 이토록 고맙기는 처음이었다. 가쓰라는 급히 의국을 나섰다.

"92세 여성, 폐렴 의심 환자입니다."

응급실 입구에 간호사 목소리가 울렸다.

곧바로 빨간 회전등을 빛내는 구급차에서 창백한 안색의 왜소한 할머니가 스트레처에 실려 나왔다. 구급대원이 환자를 처치실로 이동했다.

명색이 응급실이긴 하지만, 아즈사가와 병원에 그리 번듯한 공간은 없다. 야간 응급실은 낮에는 종합진료소로 활용하는 작은 처치실에 야간 근무 간호사 한 명과 병동에서 지원 나오는 간호사 한 명으로, 지극히 조촐하게 구성된다.

"어제부터 미열이 있었는데 오늘 오전 38도까지 올랐고 밤 9시부터 천식 증상이 나타났다고 합니다. 그 후 불러도 반응이 거의 없어 가족이 구급차를 요청했습니다."

구급대원이 기록부를 들고 가쓰라에게 달려와 환자 경과를 읊었다.

"현재 혈압 95에 46, 맥박 122, 산소 7리터로 산소포화도 88입니다."

"수고하셨습니다."

이때 가쓰라의 인사는 병원 측이 환자를 인계받아 치료를 시작한다는 의미가 된다.

"심각한 수치네요."

장소에 걸맞지 않게 태평한 어투의 주인공은 물론 다니자키다. 처치실 분위기가 돌연 얼어붙은 건 '사신 다니자키'의 위엄이 응급실에서도 유명하기 때문이다.

"현시점, 가쓰라 선생의 진단은?"

"연령, 경과, 구급대원의 설명을 종합해볼 때 흡인성 폐렴이 의심됩니다. 그런데 지난 며칠 딱히 수분섭취가 많지 않았다는데 발과 얼굴 부종이 눈에 띕니다. 심부전일 가능성도 있습니다. 호흡 상태로 봐서는 매우 심각한 상황입니다."

"훌륭해요. 내가 가르칠 게 없네요."

어깨를 으쓱하며 빙긋 웃는 모습은 아무리 곱게 보려 해도 상황에 맞지 않는다.

"선생님."

보다 못한 가쓰라가 입을 떼며 다니자키 지시를 재촉했다. 지도의는 여느 때와 다름없이 온화하게 말했다.

"평소 방침을 따릅니다. 한차례 검사를 시행하고, 예상한 결과가 나오면 산소를 현 상태로 유지하고 수액도 고정하세요.

병동으로 옮겨서 상태를 지켜보겠습니다."

더없이 평온한 어조에 반론은 일절 수용하지 않겠다는 냉랭함이 서려 있었다. 간호사들도 차마 바로 앞에서 이의를 제기하지는 못했다.

"제가 할 일은 없군요. 다음 환자를 대비하려면 잠깐 눈을 붙여야겠어요. 지시한 내용은 우수한 수련의한테 일임할 테니, 호흡이 멈추면 불러주세요."

말을 마친 다니자키는 그대로 자리를 떴다.

다니자키 등뒤로는 스트레처에서 얕은 숨을 내뱉는 노인과 그 옆에 망연하게 서 있는 두 명의 간호사가 있었다.

아까부터 모니터가 요란하게 경고음을 울려댔다. 간호사가 손을 뻗어 알람을 끄자 기묘한 정적이 찾아왔다.

노인이 작게 숨을 쉴 때마다 산소마스크가 아주 조금 흐려졌다.

수액이 마지막 시간을 새기듯 소리 없이 천천히 떨어졌다.

가쓰라는 한동안 가만히 서서 환자 얼굴을 물끄러미 바라보았다.

당직을 서고 맞이하는 아침은 힘들다.

이십대인데도 힘드니, 사오십대 의사들은 얼마나 힘들지 상상도 되지 않는다.

요번엔 새벽 3시 이후로 환자가 없어서 그나마 나은 편이었는데 그래도 피곤한 건 마찬가지다. 가쓰라는 납덩이 같은 몸을 끌고 당직실을 나섰다.

복도 창으로 비스듬히 여명이 들어 반대쪽 벽에 길쭉한 빛의 조각이 규칙적으로 늘어섰다.

명암이 반점처럼 반복되는 복도를 지나 가쓰라는 의국 앞에서 걸음을 멈췄다. 의국 창가에 오도카니 앉아 있는 다니자키를 발견한 것이다.

시각은 아침 6시.

아직 짙게 깔린 아침 안개 너머로 우쓰쿠시가하라[18]의 능선이 어렴풋이 떠 있다. 하늘과 산의 경계에서 아침 해가 서서히 고개를 내밀어 부드러운 햇살이 거의 수평으로 들어왔다.

그 아침 햇살 안에서 다니자키 시선이 향하는 곳은 창밖이 아니라, 바로 옆 테이블에 놓인 커다란 꽃병이었다.

화려하게 만개한 달리아를 가만히 바라보는 그 모습이 일종의 숭고한 빛을 짊어진 것처럼 보여서 가쓰라는 쉽게 말을 걸 수 없었다.

"아, 좋은 아침이네요. 가쓰라 선생."

가쓰라를 알아챈 다니자키가 먼저 입을 열었다.

"수고 많으십니다. 선생님."

---

18 나가노현에 위치한 광활한 고원. '아름다운 들판'이라는 의미

"가쓰라 선생도 당직 서느라 고생했어요. 새벽에는 조용한 것 같던데 다행이죠."

다니자키가 웃으며 다시 시선을 꽃병으로 옮겼다.

"이 꽃은 가쓰라 선생이 원장한테 던지는 도전장이라면서요? 배짱 한번 두둑하군요."

"도전장이라니요……."

"참 예쁘네요. 꽃을 볼 기회가 없었는데 이렇게 보니 좋군요."

사신이라 불리는 다니자키가 그런 말을 하다니, 가쓰라는 믿기지 않았다.

어쩐지 이 상황이 신기해서 그저 눈만 껌뻑였다.

짧은 대화를 나누는 사이에도 태양은 천천히 능선을 넘고 있다. 수평으로 들어오던 빛이 서서히 기울어, 의국 복도까지 비추던 햇살이 썰물처럼 살며시 창가로 물러났.

평범하기 그지없는 풍경이 황홀하게 아름다운 이유는 이 마을의 공기와 햇살이 유난히 맑기 때문이라고 가쓰라는 생각한다.

"어젯밤 92세 환자……."

불쑥 다니자키가 입을 떼며 가쓰라를 돌아보았다.

"방금 돌아가셨어요."

가쓰라의 눈이 휘둥그레졌다.

"저한테는 연락이 안 왔습니다."

"내가 병동에 미리 말해뒀어요. 호흡이 멈추면 나만 부르라고요. 가쓰라 선생도 사망진단서는 벌써 많이 써봤을 테니까 쉴 수 있을 때 쉬어야지, 안 그러면 몸이 못 버텨요."

다니자키는 미소를 지으며 말을 이었다.

"별문제 없는 임종이었어요. 트러블도 없었고요."

"감사합니다."

"그런데……."

지도의 목소리가 어쩐지 한층 가라앉은 것처럼 들렸다.

"진료기록부를 봤는데 이상한 부분이 있더군요."

순간 가쓰라의 몸이 굳어졌다.

"산소 10리터로 증량, 수액 증량, 항생제 투여, 요도관 삽입, 이뇨제 라식스 2앰플 투여. 게다가 최소한의 용량이라고는 해도 한프[19]까지 병행했다고 적혀 있던데요."

"제 판단으로 진행했습니다."

"어떻게 된 일이죠?"

역광이 들어 다니자키 표정은 보이지 않았지만, 목소리에 담긴 싸늘함은 분명하게 전해졌다.

"92세 고령 환자의 그런 활력 징후를 보면서 생명을 연장하려 했나요? 한 달이나 내 밑에서 연수한 것치고는 안일한 판단이 아닐 수 없군요. 그게 아니라, 그저 막무가내로 손을 써본 것

---

19 HANP. 급성 심부전 치료제 약제명

이라면 단순히 선생 본인의 자기만족, 그 이상도 그 이하도 아니에요. 결국 내가 가르친 건 아무 의미가 없었다는 뜻이고요."

'부처님 앞 손오공 처지가 바로 이런 것인가?'

가쓰라의 뜬금없는 감상은 결코 여유에서 비롯된 것이 아니었다. 머릿속이 새하얘져서 논리적인 사고가 불가능했다. 등줄기에 식은땀이 흘렀다.

"나와 같은 철학을 가지라고 가쓰라 선생한테 강요할 생각은 없어요. 그렇지만 내 아래서 배우는 동안에는 지시에 따르세요. 적잖은 의료 자원을 투입해서 선생은 환자의 수명을 겨우 5시간 늘렸을 뿐입니다."

"그게 목적이었습니다."

가쓰라의 대답에 다니자키는 입을 다물었다.

갑작스러운 정적이 의국을 메웠다.

눈부신 고요 속에서 가쓰라는 신중하게 말을 골랐다.

"5시간, 아니 3시간만이라도 버티시기를 바라며 치료했습니다."

"이유를 설명해보세요."

"환자의 손자분이 이이야마에서 오고 있다고 아드님께서 말씀하셨기 때문입니다."

다니자키는 살짝 어깨를 움직일 뿐 아무 말도 하지 않았다.

이이야마는 나가노현 북부에 있는 작은 도시다. 마쓰모토에서 약 100킬로미터 떨어져 있어 병원까지는 고속도로를 타면 아무리 오래 걸려도 3시간 안에 도착한다.

"환자를 손자분과 만나게 해주고 싶다고 아드님이 그러셨어요. 어렸을 때부터 할머니를 무척 따르는 손자였다면서요."

다니자키는 입을 더 굳게 닫았다.

침묵에 떠밀리듯 가쓰라가 말을 이었다.

"반드시 살려내겠다는 욕심은 없었습니다. 하지만 살려내느냐 지켜보느냐, 의료에 두 갈림길만 있는 건 아니라고 생각합니다. 물론 선생님 말씀도 이해합니다. 저도, 몇 년이나 시설에 있는 치매 환자나 침대에 누워 미동도 못하는 환자에게 모든 치료법을 동원해야 한다고 말하는 게 아닙니다. 하지만……."

가쓰라는 여러 번 말을 끊으며 온 힘을 다해 생각을 말로 풀어냈다.

뚜렷한 신조나 철학은 없지만, 가슴 깊은 곳에 희미한 빛이 있었다. 가쓰라는 빛의 온기가 사라지지 않도록 두 손으로 그 빛을 살며시 감싸는 마음으로 지도의를 마주했다.

"하지만 환자에게 달려와줄 누군가가 있다면, 그 누군가와 만날 시간을 만들 수 있는 사람은 의사입니다. 설령 결과적으로 그들을 만나게 해줄 수 없다 해도, 유일한 가능성을 가진 사람은 의사뿐입니다. 무엇이 옳고 그른지, 무엇이 의미 있고 무의미한지, 저는 아직 모르겠습니다. 다만, 가족과의 연결을 만들기 위해 노력하는 건 의미 있는 일이라고 생각했습니다."

"가족과의 연결……을 위해서였군요."

그제야 다니자키가 낮게 대답했다.

다니자키는 가쓰라에게 향한 시선을 거두고 눈앞의 달리아를 보며 말했다.

"그 말이 이제야 이해가 되네요."

"네?"

"임종 때 환자 가족들한테 인사를 받았어요. 정말 감사하다고요."

다니자키가 미소를 지우고 아침 햇살에 빛나는 달리아에 시선을 고정한 채 말을 이었다.

"오랜만에 듣는 말이었어요."

목소리에서 희미한 흔들림이 느껴져 가쓰라는 무심코 눈길을 지도의에게로 향했다. 강철같이 차가운 목소리가 낯선 억양을 띠는 듯했다.

그러나 햇살을 등진 다니자키 옆모습에서는 아무것도 읽어낼 수 없었다.

"가쓰라 선생의 방식이 틀렸다고는 하지 않겠습니다."

감정이 느껴지지 않는 말투였다.

"하지만 내 생각을 바꾸지는 않을 겁니다. 이상을 논하기엔 의료 현실을 지나치게 많이 알아버렸고, 환자 가족 마음까지 헤아리기엔 나이를 너무 많이 먹었어요."

"그건 아니라고 생각합니다."

반사적으로 튀어나온 말에는 가쓰라 본인도 놀랄 만큼 힘이 실려 있었다.

다니자키가 의아하다는 표정을 지었다.

"아버지가 자주 말씀하셨어요. '꽃의 아름다움을 모르는 사람을 신용하지 마라. 그런 사람은 남의 아픔도 모른다'라고요. 그런데 선생님은 그 꽃을 계속 바라보셨죠. 아버지 격언에 따르면 선생님은 타인의 아픔을 아는 사람입니다."

다니자키는 일순 눈을 크게 떴다가 이내 웃음을 터뜨렸다. 살짝 어깨를 떨며 경쾌하게 웃었다. 지도의의 통통 튀는 웃음소리는 가쓰라가 처음 듣는 것이었다.

"정말 흥미로운 수련의네요."

다니자키는 웃음을 멈추지 않았다.

"이렇게 된 김에 한 가지 알려줄게요. 만약 진심으로 그 환자를 3시간 버티게 하고 싶었다면 조금 더 이뇨제를 늘려야 했어요. 한 포도 충분치 않았습니다. 이번에 5시간이나 버틴 건 행운이었어요. 아직 한참 미숙하군요."

창밖에 머물던 짙은 안개가 걷히며 불현듯 주위가 밝아졌다. 여명 속에서 졸고 있던 아즈미노가 포근한 아침을 맞이하려 한다.

아침 햇살을 받으며 다니자키는 감회에 젖은 말투로 중얼거렸다.

"가족을 만나게 해주려고 그랬군요. 가족…… 옛 생각이 나는 말이네요."

그 말을 듣는 순간, 가쓰라는 묘한 위화감에 휩싸여 지도의를 바라보았다.

한결같이 감정을 읽을 수 없는 미소만이 있었다.

그러나 가늘어진 눈 깊은 곳에서 어렴풋이 흔들리는 빛을 보고 가쓰라의 머릿속에서 무언가가 번뜩였다. 가쓰라는 불꽃처럼 튀어오른 그 무언가를 놓치지 않으려고 있는 힘껏 꽉 잡았다.

'가족…… 옛 생각이 나는 말이네요.'

10여 년 전 제때 수혈하지 못해 사망한 여성의 이야기가 떠올랐다. 죽은 여성은 우연히 구급차에 실려 온 환자가 아니라 다니자키 선생님의 가족이 아니었을까. 근거는 없다. 지나치게 뜬금없는 생각이다. 그런데 그 생각이 가쓰라의 가슴에서 쉽게 지워지지 않았다.

10년도 더 된 이야기.

22세 임산부.

만약 그렇다면 그 사람은 다니자키 선생님의…….

생각을 이어가던 가쓰라는 자리에서 얼어붙고 말았다.

더 생각해보면 답을 알 수 있을까? 아니, 답을 알아서 어쩌려고 그러나. 만약 답이 있다고 해도 과묵한 지도의가 전하려던 바는 그런 문제가 아닐 것이다.

가쓰라는 아침 햇살 속에 앉아 있는 지도의를 말없이 바라보다가 애써 밝은 목소리로 말을 꺼냈다.

"선생님, 회진 가셔야죠."

수련의 목소리에 사신이 부드럽게 미소 지었다.

하늘은 지독하게 푸르렀다.

가을이 되어 기온이 내려가면 아즈미노의 하늘은 한층 짙은 파란색을 띤다. 하늘 너머 저 멀리 펼쳐지는 우주를 느끼게 할 만큼 새파랗다.

깨끗하고 맑은 하늘 아래, 서둘러 다가오는 빨간 카디건을 발견하고 가쓰라는 손을 흔들었다.

"미안해요. 오래 기다렸어요?"

미코토의 청아한 목소리가 나무들 사이에 울려 퍼졌다.

선명한 빨강 카디건 위에 옅은 분홍 스카프를 두른 모습은 요전에 봤던 어른스러운 분위기와는 또 달랐다. 눈부시게 화사했다. 가쓰라가 눈에 띄게 당황했지만, 미코토는 전혀 알아채지 못했다.

"자, 이제 갈까요?"

미코토의 경쾌한 목소리에 두 사람은 작은 숲길을 함께 걷기 시작했다.

"이번 주 일요일에 점심 어때요? 지난번에 내가 밥 산다고 했잖아요."

순환기내과 연수가 끝나는 마지막 주에 미코토가 말을 꺼냈다.

"다니자키 선생님 밑에서 고생 많았어요. 노고를 위로하는 의미도 겸해서, 어때요?"

가쓰라는 병동 한쪽에서 작게 속삭이는 미코토의 말을 당연히 거부할 수 없었다.

약속 시간은 일요일 정오 조금 지난 시각, 장소는 병원에서 조금 떨어진 잡목림 초입이었다. 거기서 식당까지 좁은 길을 따라 걸으면 15분 정도 걸린다는 게 미코토의 설명이었다.

길 왼편으로는 아즈미노 전원지대로 물을 옮기는 석조 수로가 죽 이어진다. 신슈에서는 이런 전통적 관개 수로를 세기(堰)라고 부른다. 원래 광대한 선상지는 메마른 황무지에 불과했는데 지금은 많은 관개 수로 덕에 윤택하고 풍성한 결실을 보고 있다.

수로를 따라 난 도보는 파란 하늘, 나무의 초록, 두툼한 낙엽들이 어우러져 가을빛으로 물들어 짧은 계절의 매력을 한껏 뽐냈다.

"가쓰라 선생님, 그제 진료 회의 얘기 들었어요."

가을 색 물씬 나는 숲길에 미코토의 봄 햇살 같은 목소리가 울렸다.

뒤에서 따라가던 가쓰라가 어색하게 웃었다.

"정보가 빠르네요."

"벌써 병원에 소문 다 났어요. 꽃집 아들의 대역전극이 펼쳐졌다고요."

"전혀 아니에요. 솔직히 뭐가 뭔지 모를 회의였어요. 다들 알 수 없는 얘기만 하다가 결론이 그렇게 난 거예요."

가쓰라는 머쓱하게 웃으며 머리를 긁적였다.

이틀 전 진료 회의 광경이 머릿속에 떠올랐다.

"이제 거수로 결정하겠습니다."

엔도 원장의 차분한 목소리가 회의실에 울렸다.

2주 만에 열린 진료 회의였다. 원내 20명 남짓한 의사들이 디귿 형태로 배치된 책상 앞에 앉아 있었다.

"병문안 꽃을 금지하는 건에 대해 오늘 결론을 내리려고 합니다. 이와 관련해서 꽃 금지에 반대하는 분은 손을 들어주세요."

교묘하게 계산된 방식이었다.

꽃 금지에 찬성하는 사람이 손을 드는 것이 아니라, 반대하는 사람이 손을 들도록 유도했다. 안건 자체에 관심이 없는 의사는 굳이 손을 들지 않을 테니, 이러면 자연히 원장 의견이 다수파가 된다. 원장은 이런 계산을 깔고 거수 투표를 진행하는 것이다.

맨 처음 손을 든 사람은 가쓰라였다. 이어서 그 양옆에 앉은 동기 두 사람이 가쓰라를 거들었다. 꼭 좀 손을 들어달라고 가쓰라가 부탁했기 때문이다. 권력이나 위협을 두려워하지 않는 동료의 우정이 이때만큼 든든한 적이 없었다.

이로써 손을 든 사람은 3명이었다.

"3명뿐인가요?"

원장이 확인하는 순간, 의사들이 하나둘 손을 들기 시작하면서 갑자기 분위기가 달라졌다.

그중에는 가쓰라와 딱히 면식이 없는 산부인과, 소아과 의사도 있었다. 지난번에는 무관심한 표정으로 일관했던 미시마도 손을 들었다.

원장은 누구보다 눈을 반짝이며 상황을 지켜봤다.

"오호, 수련의가 보낸 도전장이 제법 유효했나 보군요."

그러면서 하나씩 거수 인원을 세어 나갔다. 예상보다 많다고는 하나 확연히 과반수에는 미치지 못했으므로 결론은 명백한데도 굳이 하나씩 수를 꼽는 것이 원장다웠다. 그러던 중에 원장이 눈을 크게 떴다.

원장의 시선을 따라간 가쓰라도 눈이 휘둥그레졌다.

회의 때마다 심드렁한 표정으로 발언은커녕 안건 자체에도 관심 없다는 느낌을 한껏 풍겨대는 다니자키가 손을 들고 있었다.

원장은 몇 번인가 눈을 껌뻑이고는 그대로 굳어버렸다. 그만큼 충격이 큰 것이리라.

"다니자키 선생님, 대체 무슨 바람이 불었나요?"

원장의 서슴없는 질문에 다니자키는 평소처럼 온화하게 웃으며 답했다.

"큰 의미는 없습니다."

잠시 틈을 두고 어깨를 한번 으쓱해 보이며 말을 이었다.

"꽃의 아름다움을 모르는 사람은 남의 아픔도 모른다더군요."

다니자키의 태연한 대답에 원장은 잠깐 어리둥절한 표정을 지었다가 잠시 후 입을 뗐다.

"꽃집 선생이 승리를 거뒀네요."

분명 손을 든 사람 수는 과반수에 한참 모자랐지만, 원장은 과장된 말투로 중얼거렸다.

"내가 제대로 한 방 먹었습니다."

그게 원장이 내린 결론이었다.

전혀 논리적이지 않았다. 하지만 회의실에 모인 사람들은 이론이 전부가 아닌 세계를 살아가는 이들이다.

원장의 별난 결론에 이의를 제기하는 자는 아무도 없었다.

"미코토 씨와 와카코 씨의 꽃장식 대작전 덕분입니다."
"와카코 씨가 눈물을 글썽이면서 기뻐했어요."

후후훗 하고 어깨를 흔들며 즐겁게 웃던 미코토는 문득 걸음을 멈추고 길 앞쪽으로 보이는 아담한 통나무집 같은 건물을 가리켰다.

"저기예요."

숲속에 고즈넉이 서 있는 2층 건물은 나뭇잎 사이로 쏟아지는 아름다운 햇살을 받고 있었다. 병원에서 멀지 않은 곳에 이런 가게가 있다니, 가쓰라는 깜짝 놀랐다.

"특제 약선 카레가 별미예요. 오늘은 특별히 제가 사겠습니다."

웃으며 돌아선 미코토가 가쓰라를 보고 고개를 갸웃했다. 가쓰라가 큼직한 종이가방에 손을 넣고 있었다.

가쓰라가 꺼내 든 것은 흰색 분홍색 갈색이 근사하게 어우러진 작은 꽃다발이었다.

미코토가 눈을 크게 떴다.

"나한테 주는 거예요?"

"내과 연수를 시작하고 여러 번 도움받았는데 여태 감사 인사 한번 제대로 못해서요."

쑥스러움을 그대로 드러내며 조심스레 말하는 가쓰라에게 미코토 또한 당황스러움을 숨길 수 없었다. 꽃다발을 받아든 미코토는 뺨을 붉히며 미소 지었다.

"달리아네요. 이번에 우리가 쓴 비장의 카드."

"다른 꽃도 있어요."

가쓰라의 말에 미코토가 살짝 고개를 숙였다가 문득 무언가 알아챈 듯 밝게 웃었다.

"달콤한 향기가 나요."

"무슨 향기 같아요?"

"음…… 초콜릿?"

반신반의하는 미코토에게 가쓰라가 고개를 끄덕였다.

"요즘 인기 있는 세인트 발렌타인이라는 품종인데, 조금 넣어봤어요. 초콜릿 같은 향이 특징이에요."

"우와 신기하다."

"구하기 힘들어서 와카코 씨한테 부탁했어요."

순수하게 감탄하는 미코토를 보며 가쓰라는 머리를 긁적였다.

"병원에서는 고맙다는 말 같은 거 하기가 어려우니까요."

"고맙긴요. 그런 거 신경 안 써도 되는데."

"그리고 오늘 말고 앞으로도…… 미코토 씨랑 같이 산책하고 싶어서요."

가쓰라가 더듬거리며 겨우 말을 마친 순간, 미코토는 굳어 버렸다.

잠시 후 꽃다발 너머로 마치 탐색하듯 시선을 던졌다.

"그거 혹시 데이트 신청인가요?"

"그런 셈인데…… 안 될까요?"

조심스럽게 묻는 가쓰라를 보며 미코토는 가슴 높이에 있던 꽃다발을 살짝 들어 올렸다. 달리아에 얼굴을 반쯤 파묻은 채 미코토가 작게 대답했다.

"안 되지 않아요."

그러고는 몸을 돌려 식당 쪽으로 달려갔다.

"그래도 지금은 카레가 먼저예요."

명랑한 목소리가 나무와 나무 사이로 퍼져 나갔다.

가쓰라는 햇살 아래 흔들리는 빨간 카디건을 물끄러미 바라보다가 숨을 크게 들이마시고 한 번에 내쉬었다.

수련의가 된 지 반년, 손에 땀을 쥐는 순간도 몇 번인가 경험했다. 특히 최근 한 달간의 연수는 긴장의 연속으로 숨돌릴 틈도 없었다. 그런데 솔직히 말하면, 병원에서의 그 어떤 때보다 오늘이 가장 긴장됐다.

가쓰라는 마음을 가라앉히려 천천히 머리 위를 올려다봤다.

침엽수의 짙은 초록 프레임 안에 파란 하늘이 있었다. 크게 한번 소리치고 싶은 기분이었지만 애써 참고서 힘차게 걸음을 내디뎠다.

미코토가 식당 앞 우드 데크에서 손을 흔들고 있다.

나뭇잎 사이로 들어온 햇살이 두 사람을 잇는 작은 길을 부드럽게 비췄다.

산다화 피는 길

 정신없이 바쁜 하루 근무가 끝난 후 병동을 한차례 둘러보는 것이 요즘 미코토의 일과다. 스테이션 옆에 있는 중환자실을 확인한 다음, 공용 휴게실과 병실을 차례대로 들여다본다.

 15개 병실을 다 돌고 나면 마지막으로 화장실과 욕실을 확인한다.

 다른 병동보다 내과에는 고령 환자가 특히 많다. 고령자라고 뭉뚱그려 표현하지만, 외상 환자부터 치매 환자까지 양상은 각양각색이라 다양한 환자들로 가득한 병동을 쭉 돌다 보면 예상치 못한 상황에 맞닥뜨리기도 한다.

 화장실에 다녀오다가 자기 병실을 찾지 못해 복도를 서성이는 할머니, 수액 줄을 뽑아 들고 머리 위에서 빙빙 돌리는 할아버지, 혹시라도 알아채지 못하면 사고로 이어질 수 있는 사태를 종종 발견하는 것이다.

물론 사고를 예방하기 위해 간호사가 자주 병실을 돌고 낙상 감지 센서, 고정 밴드, 진정제 같은 갖가지 수단을 동원하지만, 환자 수에 비해 간호사 수가 턱없이 부족해서 만전을 기하기가 어렵다.

"일을 참 열심히 해."

미코토가 병동을 한 바퀴 돌고 스테이션으로 돌아왔을 때였다.

스테이션 안쪽에서 머리를 새빨갛게 물들인 사와노 교코가 질색하는 표정을 짓고 있었다. 간호과장에게 주의를 받을 때만 잠시 얌전해졌다가 금세 다시 화려하게 부활하는 머리 색은 교코의 트레이드마크다.

"근무가 끝났으니 바로 퇴근하면 될 것을. 미코토는 진짜 특이해."

"칭찬의 말씀 감사합니다. 오늘 야간 근무자가 교코라는 걸 알았다면 얼른 집에 갔을 텐데 아쉽다."

"네네. 그러시겠죠."

교코는 어깨를 살짝 움츠리더니 돌연 의미심장한 미소를 띠며 스테이션 앞쪽의 공용 휴게실을 눈으로 가리켰다.

"병동에서 만나기로 했어?"

교코의 시선을 따라가던 미코토의 눈이 살짝 커졌다.

공용 휴게실에 흰 가운 차림의 젊은 남성이 있었다. 수염이 아무렇게나 자란 턱, 헝클어진 머리, 누가 봐도 피로에 찌든 모습이지만 눈빛만큼은 맑게 빛난다.

1년 차 수련의 가쓰라 쇼타로다.

가쓰라는 휠체어에 앉은 백발 할아버지 옆에 쪼그려 앉아 대화를 나누고 있었다.

"여기서 만나기로 한 거야?"

"무슨 소리야. 그럴 리가 있니?"

미코토는 항의의 뜻으로 목소리를 높이고 휴게실로 걸음을 옮겼다.

"가쓰라 선생님."

미코토의 목소리가 절로 작아진 건 다른 간호사들 시선을 우려했기 때문이다. 다행히 야간 근무가 시작된 지 얼마 안 돼서 다들 분주했고 동기인 교코는 아무 일도 없다는 듯 휴게실을 등지고 진료기록부를 넘기고 있었다.

"11월부터 정형외과 연수잖아요. 내과 병동에 무슨 일로 왔어요?"

"수술 끝나고 시간이 조금 나서 야마구치 씨를 뵈러 왔어요."

가쓰라가 빙긋 웃으며 몸을 일으켰다.

야마구치 씨는 가쓰라와 대화를 나누던 백발 노인이다.

작은 체구의 할아버지가 남색 단젠[20]을 멋스럽게 걸치고 휠체어에 앉아 싱글거리며 두 사람을 올려다봤다. 치매가 있지만 소리를 지르거나 난폭하게 행동하는 유형은 아니고, 오히려 온화한 미소로 주변 분위기를 부드럽게 만드는 쪽이다. 먹는 것을 유난히 좋아해서 지금도 위태로운 손길로 죽이 담긴 숟가락을 열심히 입으로 옮기고 있다. 이때 음식을 흘리는 것 정도는 전혀 문제 되지 않는다.

"안녕하세요."

미코토 목소리에 야마구치 씨는 "안녕하세요." 하고 고개를 까닥하고 다시 숟가락 옮기기에 집중했다.

"아, 야마구치 씨는 정형외과에서 내과로 오신 거죠? 가쓰라 선생님이 주치의였어요?"

"네. 다리 수술은 잘 됐는데 재활 중에 폐렴이 발생했어요. 원래 심부전도 있는 분이라 지금은 다니자키 선생님께 신세를 지고 있죠."

"폐렴은 이제 괜찮으신 것 같아요. 사흘 전부터 식사도 하시고, 드시기 시작하니까 기운도 나시는 것 같고요."

"잘됐네요. 이제 좀 마음이 놓이네요."

가쓰라가 살짝 고개를 끄덕였다.

한동안 두 사람은 야마구치 씨가 식사하는 모습을 말없이

---

20 일본 전통의상으로 솜이 들어간 겨울용 실내복

지켜보았다. 그러다 미코토가 가쓰라의 얼굴 쪽으로 살짝 시선을 돌리자 가쓰라도 눈길을 느꼈는지 미코토를 바라보았다.

둘 사이의 어색한 침묵을 깨며 가쓰라가 "저기요." 하고 입을 뗀 순간, 가쓰라의 병원 내 휴대전화가 요란스럽게 울렸다.

"네. 알겠습니다. 바로 가겠습니다."

가쓰라는 빠른 어조로 답하고 전화를 끊고서 "미안. 또 올게요"라는 말만 남기고 달려나갔다.

쌩 하고 바람 소리가 날 만큼 순식간에 벌어진 일이었다. 남겨진 미코토는 어느새 멀어진 가쓰라의 뒷모습을 바라보다가 자기도 모르게 한숨을 내쉬었다.

"아주 대놓고 자랑을 하는구나."

불현듯 날아든 목소리의 주인공은 다름 아닌 교코다.

"병동에서 애정행각은 좀 참아주라. 환자한테나 간호사한테나 너무 자극적이거든."

"그런 걱정 붙들어 매세요. 보시다시피 애정행각할 시간도 없으니까요."

장난처럼 내뱉은 미코토의 말에는 어느 정도 진심이 담겨 있었다.

지난달 딱 한 번 근처에서 점심을 먹은 후로 두 번쯤 저녁 늦게 식사만 함께했을 뿐 느긋하게 데이트한 적이 없다. 가쓰라가 내과에서 연수한 10월까지는 그나마 병원에서 마주칠 기회가 종종 있었는데 정형외과로 옮겨간 11월부터는 얼굴 보기가 더욱 힘들어졌다.

"두 사람 사귀는 거 맞지?"

"응. 근데 가끔 나도 좀 헷갈리네. 다음에 네가 가쓰라 선생님 만나면 물어봐줄래?"

"또 또 그렇게 미운 소리 한다. 그래도 선생님은 꽤 신경 쓰는 것 같은데 뭘 그래. 환자 상태를 보러 왔느니 어쩌니 해도, 네 얼굴 보러 왔겠지."

오랜 친구의 직설적인 의견이 이때만큼은 든든하게 느껴졌다.

"그래도 선생님 뒷모습을 넋 놓고 바라보는 건 좀 그렇다. 머리 나사라도 풀렸나 했네."

"교코한테는 그런 말 듣고 싶지 않은데."

미코토는 동기의 화려한 머리 색을 힐끗 노려봤다.

"내 머리 나사 신경 쓰기 전에, 수혈 팩보다 빨간 네 머리를 어떻게든 해보는 게 좋지 않겠니? 주임님한테 또 혼날라."

"네, 네. 알았어요."

교코는 손에 든 진료기록부를 팔랑팔랑 넘기며 말했다.

"미코토, 근무 끝났으면 얼른 집에 가. 네가 있으면 트러블이 생겨서 나까지 말려들 것 같으니까. 얼른 가라. 얼른."

"내가 무슨 재앙을 몰고 다니는……."

갑자기 무언가 쓰러지는 소리가 나며 미코토의 말이 끊겼다.

순간 미코토와 교코가 서로를 보았다. 곧이어 복도 안쪽 병실에서 간호사의 새된 음성이 들려왔다

"308호, 낙상입니다."

두 사람은 거의 동시에 달려나갔다.

아즈사가와 병원은 북알프스 기슭에 자리한 지방의 작은 병원이다.

설비를 갖춘 시가지 대형 병원처럼 언제든 중환자를 받지는 않더라도 지역 병원에는 지역 병원만의 고충이 있다.

어쨌거나 고령 환자가 많다는 것이다.

80대, 90대는 물론이고 백 세를 넘긴 환자도 드물지 않다. 그래도 미코토가 예전에 근무한 응급 외래에는 젊은 외상환자나 소아과 환자도 있어 활기가 있었지만, 지금 있는 내과 병동은 흡사 노인 간호시설을 방불케 한다.

심부전이나 폐렴은 기본이고 치매로 배회하는 환자, 괴성을 지르는 와상 환자, 위루로 영양을 공급받으며 미동도 하지 않는 환자들이 병실을 가득 채운다.

"대화가 가능한 환자가 입원 환자의 반도 안 되네."

내과 병동으로 이동해온 직후 미코토가 이런 말을 했을 때 교코는 가볍게 대꾸했다.

"그중에서 '논리에 맞는 대화'가 가능한 사람을 꼽으면 그 반도 안 될걸."

신랄하긴 해도 틀린 말은 아니었다.

그 시절 경박하고 경솔한 말을 나누던 두 사람이 지금은 병동의 핵심 간호사로 맹활약 중이다.

"미코토는 정말 우수한 간호사야. 동기인 내가 설 곳이 없을 정도로."

교코가 첫 번째 맥주잔을 순식간에 비우고 뜬금없는 말을 꺼냈다. 병원에서 가까운 중국요릿집에서였다.

'만복(万福)'이라는 작은 식당은 병원 관계자와 마주칠 위험을 감수할 만큼 맥주와 음식 맛이 훌륭하다. 업무 스트레스가 쌓이면 퇴근길 이곳에 들러 생맥주에 게살 달걀부침과 복숭아 찐빵을 먹으면서 불만을 토해내는 것이 요즘 두 사람의 정해진 코스였다.

"교코, 갑자기 무슨 소리야. 얘가 속 안 좋게 왜 이래."

"내년에 주임 된다며? 오타키 주임님 후임으로."

미코토는 맥주잔을 쥔 채 몸을 쑥 들이댔다.

"아직 확정된 거 아니야. 아직 극비인데, 너 어떻게 알았어?"

"답답하기는. 병원 인사에 극비가 어디 있니? 있으나 마나지. 아, 진짜 부럽다. 일 잘하지, 상사한테 인정받지, 남자 친구도 잡았지…… 이건 잡은 건지 잡힌 건지 모르겠지만, 아무튼 진짜 다 가진 여자네. 세상 불공평하다, 불공평해."

남의 손에 있던 맥주잔을 낚아채 단숨에 비워버리는 친구를 미코토는 허탈하게 웃으며 바라보았다.

입은 거칠어도 악의는 없는 친구다. 머리 색부터 성격, 식성, 이상형에 이르기까지 뭐 하나 맞는 구석이 없지만 미코토에게는 더없이 편안한 존재다.

"근데…… 근데 왜 우리가 혼나야 해?"

교코가 한숨을 쉬며 중얼거렸다.

"그것도 업무 중 하나라고 생각하자. 신입 혼자 혼나게 둘 수는 없잖아."

미코토는 대수롭지 않은 일처럼 가볍게 받아넘겼다.

"여유 부릴 때가 아니야. 이번에 너, 간호과장한테 완전히 찍혔을걸."

오늘 아침 미코토와 교코는 간호과장에게 불려 갔다.

전날 밤 병동 환자가 넘어진 일 때문이었다. 그러니 엄밀히 따지면 미코토의 근무가 끝난 후에 일어난 일이고, 교코가 담당하는 환자도 아니었다. 현장을 맞닥뜨린 건 단순히 우연이었는데 간호과장은 날이 바짝 선 태도로 두 사람을 맞았다.

"왜 불렀는지 알고 있나요? 미코토 씨, 교코 씨."

간호과장의 서늘한 음성과 날카로운 눈빛이 두 사람에게 날아들었다.

간호과장 와다 하마코는 아즈사가와 병원에서 근무한 지 30년도 넘은 대선배다. 후배 간호사를 향한 독설과 엄격한 지도로 유명하다. 조금이라도 눈에 거슬리는 간호사가 있으면 질책과 더불어 비난과 비아냥을 가차 없이 쏟아내서 간호과장의 독설 한 번에 사표를 내던진 신입 간호사도 있을 정도다.

"어젯밤 내과 병동에서 환자가 넘어지는 사고가 있었습니다."

시작부터 영하의 온도였다. 교코가 붙인 별명 '블리자드 와다'가 간호과장과 너무 잘 어울려서 미코토는 새삼 감탄할 지경이었다.

"자기 힘으로 일어서기 힘든 고령 환자의 화장실 보조를 신입 간호사 혼자 담당하다가 일어난 일이라던데, 맞습니까?"

명백한 사실을 굳이 물음으로써 블리자드의 위력을 한층 강력하게 만들었다.

미코토는 잔꾀가 통할 리 없음을 직감하고 꼿꼿하게 바로 서서 대답했다.

"사실입니다."

"신입인 한자키 미나 간호사는 지난달까지 소아과 병동에 있었으니 당연히 고령자 간호에 익숙하지 않겠죠. 그런데 그런 스태프에게 화장실 간호를 맡기다니, 위험하다는 생각을 못했나요?"

생각하고 말 것도 없이, 미코토는 그날 근무가 끝난 후였기 때문에 야간 근무 체제에 왈가왈부할 입장이 아니었다. 그런데 미코토의 머릿속을 꿰뚫어보듯 블리자드의 눈빛이 더욱 날카로워졌다.

"미코토 씨, 오타키 주임이 당신한테 거는 기대가 큽니다. 그 기대에 부응하려면, 근무 시간만 끝나면 내 알 바 아니라는 안이한 태도는 버려야 해요."

결국 이 말을 하려고 불렀구나 싶어서 미코토는 남몰래 탄식했다.

요컨대 '너 따위는 병동 주임 간호사 자리에 쉽게 오르지 못할 것'이라고 말하고 싶은 것이다.

미코토는 딱히 승진에 대한 욕심이 없다. 오타키 주임이 멋대로 추천했을 뿐이다.

미코토가 간호과장 옆자리로 슬쩍 눈길을 보냈다. 그 자리에는 오타키 주임이 앉아 있었다.

키가 크고 체격이 좋은 오타키는 묵직한 존재감을 풍기며 병동 후배들의 두터운 신뢰를 받는 간호 주임이다. 그런데 내년에 퇴직할 예정이라면서 미코토를 후임으로 추천했다.

이는 즉, 미코토에 대한 평가가 높다는 뜻이긴 하나, 주변의 따가운 눈총을 피할 수 없는 것도 사실이다. 오타키는 그런 상황을 충분히 알면서도 미코토가 고생하는 모습을 흥미롭게 지켜만 본다.

지금도 팔을 꼰 채 빙긋 웃는 오타키를 흘깃 보고 미코토는 나중에 기필코 맥주 한잔을 얻어먹겠다고 다짐하며 얌전히 고개를 숙였다.

고개를 숙인 미코토 옆에서 교코가 반론을 시도했다.

"그런데 과장님, 아직 충분한 전력이 되지 못하는데도 병원 측은 능숙한 스태프 한 사람 몫을 하길 기대하면서 신입을 야간 근무에 투입합니다. 지도할 인원은 보충하지 않고 병동을 돌라고 지시하는 병원 방침도 위험하긴 매한가지라고 생각합니다."

덤덤하게 내뱉는 교코의 배짱은 실로 어마어마했다. 와다 간호과장은 예상치 못한 반격에 눈썹을 살짝 움찔했으나 바로 표정을 지우고 대답했다.

"병동에 인력이 부족한 건 알고 있어요. 그렇다고 해서 사고가 일어나도 된다는 뜻은 아닙니다. 특히 신입을 지도할 자리에 있는 두 사람에게 기대하는 바가 커요."

차가운 시선으로 미코토와 교코를 번갈아 보고 교코에게 반론의 틈을 주지 않겠다는 듯 곧바로 말을 이었다.

"충분히 알아들었겠지요."

대화 종료를 알리는 한마디였다.

오타키는 마지막 순간까지 태연한 미소를 무너뜨리지 않

왔다.

"주임님은 완전히 즐기는 표정이었어."

교코의 투덜거림에 미코토도 전적으로 동감했다. 오타키는 정말 종잡을 수 없는 상대다.

"미코토가 찍힌 건 그렇다 쳐도, 애먼 나는 무슨 죄냐고."

"너는 그 새빨간 머리 덕분에 진작 찍혔단다."

"흥, 내 걱정은 하지 마세요. 아, 드디어 왔네."

교코가 한 손에 맥주잔을 들고 가게 입구를 턱으로 가리켰다. 자동문이 열리며 두 청년이 들어왔다.

앞서 들어온 가쓰라가 실내를 둘러보다가 미코토와 교코를 발견하고 오른손을 크게 흔들었다.

"미안해요. 오래 기다렸어요?"

"괜찮아요. 선생님."

교코가 냉큼 대답하고는 곧바로 덧붙였다.

"선생님의 여자 친구는 두 시간을 기다려도 밝은 목소리로 '괜찮아요'라고 할 거예요. 오랜 친구에게는 절대 보여주지 않는 미소를 지으면서요."

"교코, 너 진짜."

미코토가 황당해하는 표정을 지어도 교코는 천연덕스럽게 "생맥주 두 잔 추가요!"를 외칠 뿐이다.

가쓰라가 씩 웃으며 옆의 청년을 소개했다.

"수련의 동기, 가와카미 선생님이에요. 같이 퇴근하게 돼서 내가 저녁 먹고 가라고 불렀는데 괜찮아요?"

키가 조금 작고 안경을 쓴 젊은 남자가 가쓰라 옆에서 수줍은 듯 고개를 꾸벅 숙였다. 제대로 대화를 나누진 않았어도 병원에서 몇 번인가 마주친 적 있어서 낯이 익었다.

"물론이죠."

미코토가 고개를 끄덕이며 웃는 얼굴로 대꾸하자마자 교코가 끼어들었다.

"'물론이죠'는 무슨. 아무렴, 미코토는 가쓰라 선생님이 곰을 데려와도 웃으면서 맞아주겠지."

그러고는 또 한 번 기세 좋게 맥주잔을 기울였다.

"무슨 일 있었어요?"

"스트레스가 조금 쌓였나 봐요."

미코토가 어깨를 으쓱해 보이고 말을 돌렸다.

"오늘도 수고 많았어요. 수술 잘 끝났어요?"

"네. 그럭저럭요."

가쓰라는 옆자리에 앉으며 미안해하는 표정을 지었다.

"미안해요. 바빠서 연락도 전혀 못하고."

요즘 시대에는 좀처럼 보기 힘든 가쓰라의 진솔한 매력에 미코토는 새삼 감탄했다. 흰 가운을 걸치고 뛰어다닐 때와는 또 달라 보였다.

미코토는 가슴 안쪽에 차오르는 따스함이 행여 겉으로 드러날까, 애써 근엄하게 말했다.

"오래 기다리게 하면 안 돼요. 대가가 클 거예요."

때마침 도착한 맥주로 네 사람은 건배했다.

미코토는 가쓰라라는 청년에 대해 아직 많이 알지 못한다.

처음 만난 건 초봄 4월이지만, 대화하며 친해진 건 가쓰라가 소화기내과로 온 7월부터였다. 그 후 급속도로 가까워져서 함께 식사하는 사이가 되긴 했어도 교코가 말하는 것처럼 농밀한 시간을 보낸 적은 없다.

병동 간호사의 주축인 3년 차 간호사와 연수 진료과가 자꾸 바뀌는 1년 차 수련의는 일정 맞추기가 하늘의 별 따기라 무정하게 시간만 보내고 있다.

"진짜 많이 바쁜가 보네."

'만복'에서 돌아가는 길, 미코토가 작게 중얼거렸다.

날이 완전히 저물어 거리를 지나는 차도 사람도 없었다. 식사 도중 가와카미가 병원에서 호출을 받아 먼저 일어나고 잠시 후 교코도 "방해꾼은 퇴장하겠습니다." 하고 마음을 쓰며 자리를 뜨는 바람에, 돌아가는 길은 둘뿐이다.

두 사람이 걷는 오르막길은 평소 가로등 불빛이 약해서 꽤 어두울 때도 있는데, 오늘 밤은 초겨울 보름달이 푸르게 비추어 살짝 무서울 만큼 밝았다. 11월 초 밤길은 낮보다 훨씬 서늘했지만 공기가 맑아 걷기에는 상쾌했다.

게다가 바로 옆에서 미코토의 자전거를 끌며 함께 걷는 가쓰라의 존재가 미코토의 가슴을 설레게 했다.

"정형외과도 힘들죠? 외래랑 병동이랑 늘 붐비잖아요."

미코토의 말에 가쓰라는 고개를 끄덕였다.

"환자가 정말 끊임없이 와요. 사방이 고령 환자로 가득하고요."

"내과랑 비슷해요?"

"네. 시가 선생님 말씀으론, 10년 전만 해도 이렇게 노인 환자만 있지는 않았대요. 이게 다 시대의 흐름 아니겠냐고 하시더라고요."

시가 선생님은 정형외과 부장이다. 60세를 코앞에 둔 베테랑 의사로, 살짝 구부정한 등과 날카로운 눈빛에서 오랫동안 고된 현장을 지켜온 연륜이 느껴지는 사람이다. 도저히 친근해 보이지는 않지만, 정년이 가까운 나이에도 늦은 밤까지 도서실에서 두꺼운 영서를 읽는 모습에는 경외감을 품지 않을 수 없다.

"환자가 고령이면 골절 수술 하나를 하더라도 뇌경색이나 협심증 같은 리스크를 고려해야 하고, 수술이 잘 끝나도 예전처럼 움직이진 못해요. 무사히 퇴원해도 폐렴이나 심부전으로 금방 다시 실려 오기도 하고요."

"야마구치 씨도 회복 중에 폐렴이 발생한 경우죠?"

"네. 맞아요."

단젠 차림으로 열심히 숟가락질하던 할아버지를 떠올리는지 가쓰라는 걸음을 멈췄다.

"학생 때 대학병원에서 실습하면서 본 풍경이랑 이렇게 다른 의료 현장이 있을 줄은 몰랐어요. 여기가 아무리 시골이라 해도 대학이 있는 시가지에서 한 시간도 걸리지 않는 곳이잖아요."

때마침 언덕에서 자전거 한 대가 내려왔다. 달그락달그락 건조한 소리를 울리며 젊은 남성이 두 사람을 지나갔다.

가로등 너머 어둠에 녹아드는 자전거를 바라보면서 미코토는 병동 풍경을 떠올렸다.

현재 내과 병동에 입원한 70명 환자의 80퍼센트가 80세 이상이고, 90세 이상 환자도 두 자릿수다. 병에 걸린 건지 노쇠한 건지 구분 짓기 모호한 경우가 많은데 그중 수액과 위루, 산소 튜브를 달고서 병실 천장만 바라보며 미동도 하지 않는 환자도 적지 않다.

그곳 현실은 텔레비전 드라마 속의 활기 넘치는 병원 풍경과는 확연히 다르다.

"선생님, 혹시 실망했어요?"

미코토의 직설적인 물음에 가쓰라는 살짝 놀란 표정을 지었다.

"실망이요?"

"아픈 사람이 다 나아서 건강하게 퇴원하는 모습을 상상했는데, 아즈사가와 병원에 왔더니 상상한 모습과 너무 달라서 실망했어요?"

내과 병동에 한정된 이야기가 아니다. 아즈사가와 병원에서는 어떤 병동이든 건강을 회복해서 퇴원하는 환자만큼이나 병원에서 숨을 거두는 환자를 보는 일이 자연스럽다. 어떤 의미로는 죽음이 일상이다. 이제 막 의사로서 걸음을 내딛기 시작한 가쓰라의 눈에 그 풍경이 어떻게 비칠지, 미코토는 상상할 수 없었다.

가쓰라는 잠깐의 침묵 후 신중하게 말을 고르듯 천천히 답했다.

"아니요. 실망하지 않았어요. 이런 현실을 알게 된 게 오히려 다행이라고 생각해요. 놀랄 일도 많지만요."

그러면서 작게 웃던 가쓰라가 불쑥 길가 화단을 가리켰다.

"시클라멘이에요."

가쓰라의 손끝을 따라 시선을 옮기자 화려하고 요염한 꽃이 바람 한 점 없는 밤길을 조용히 장식하고 있었다. 달빛 때문인지 언뜻 파랑이 섞여 보였는데 가까이 보니 아름답고 선명한 빨간색이다.

"대표적인 겨울꽃이에요. 크리스마스로즈 못지않게 인기 있는 꽃이죠. 입하량 확보하기가 꽤 어려워요."

미코토는 무심코 웃고 말았다.

흰 가운을 입고 있을 때는 잊게 되는데 병원 밖에서 꽃 이야기를 할 때 보면 영락없는 '꽃집 아들'이다. 두 모습 사이의 거대한 틈이 우습고도 정겨워서 미소가 절로 지어졌다.

"미코토 씨는 실망한 적 있어요?"

갑자기 날아든 질문에 미코토는 스스로 깜짝 놀랄 만큼 당황했다.

"실망한 적 있냐고요?"

"미코토 씨도 처음 일을 시작했을 때는 여러 감정을 느끼지 않았을까 싶어서요."

미코토는 상념에 잠긴 표정을 지으며 코트 깃을 여몄다. 그리고 머리 위 달을 올려다봤다.

아즈사가와 병원에서 간호사로 일한 지 햇수로 3년, 그 시간은 말 그대로 쏜살같이 흘러갔다.

확실히 첫해에는 수많은 와상 환자와 고성을 지르는 치매 환자를 대하며 당황하기도 했다. 하지만 솔직히 말해서 그런 일을 하나하나 진지하게 생각할 여유가 전혀 없었다.

"실망하고 말고 그럴 새가 없었어요. 지금도 매일 정신없이 바쁜걸요."

혼잣말처럼 중얼거린 미코토의 대답에 두 사람은 얼굴을 마주 보고 살짝 웃음 지었다. 다시 언덕길을 오르기 시작한 미코토는 가슴속 희미한 동요를 무시할 수 없었다.

'지금 나는 나의 자리를 제대로 찾은 걸까?'

스스로 던진 질문에 곧바로 답하지 못했다. 언젠가 시마자키 선배가 말했듯이 간호사 일은 의사의 처치를 보조하거나 예상치 못한 환자 상태에 대응하는 것만이 전부가 아니다. 와다 간호과장의 말을 굳이 떠올리고 싶진 않지만, 자기 일만 열심히 하면 되는 위치에서 슬슬 졸업할 시기가 된 건 분명하다.

미코토는 한층 격하게 요동치는 마음을 가라앉히려 다시금 달을 올려다봤다.

병동 간호사인 미코토의 일상적 업무는 실로 광범위하다.

아침에 출근하면 우선 야간 근무를 한 간호사로부터 전달 사항을 받고 담당 환자의 체온을 측정한다. 대략 한 시간 정도 걸리는 체온 검사 작업이 끝나면 팀별로 기저귀 교체와 몸 씻기를 실시한다. 체격이 좋은 환자도 있기에 꽤 체력을 요하는 일인데, 그렇다고 해서 기저귀를 착용하지 않은 환자를 돌보는 일이 더 수월한 건 아니다. 보행이 불안정한 고령자는 화장실에 갈 때마다 간호사 호출벨을 울리므로 그때마다 간호사가 달려가야 한다.

틈틈이 내시경실이나 투석실로 환자를 보내고 데려오는 건

물론이고 응급실에서 갑작스러운 입원 접수 의뢰가 날아오기도 한다. 정신없이 왔다 갔다 하다 보면 어느새 점심 식사 보조에 투입될 시간이 된다. 그런데 이 또한 쉽지가 않다.

스스로 식사하기 어려운 환자는 간호사가 옆에서 한 입씩 떠서 먹이는데 저마다 먹는 속도가 다르고 치매 환자 중에는 식사를 거부하며 입을 꽉 다물고 있거나 숟가락을 입에 물고서 놓지 않는 환자도 있다. 여기에 언어치료사의 특별 주의 사항이 있기도 하므로 긴장을 늦출 수 없다. 어떻게든 자기 힘으로 식사가 가능한 환자는 공용 휴게실에 모여서 먹는데 갑자기 사레가 들려 기침하거나 호흡 상태가 나빠지는 일도 있어 이쪽도 방심할 수 없다.

아이러니하게도, 결국 연하 기능이 저하된 환자 중에서는 위루관을 삽입한 와상 환자가 가장 손이 덜 가는 환자가 되어 버린다.

"미코토, 잠깐 시간 있어?"

병동 주임 간호사 오타키가 약간 긴장된 목소리로 미코토를 부른 것은 저녁 식사 시간 직전이었다.

"근무 끝났는데 미안하지만, 급성 췌장염 입원 환자가 들어왔어."

"괜찮아요. 입원 준비 시작하겠습니다."

진료기록부를 기재하던 미코토는 노트북을 덮으며 재빨리

대답했다.

오타키가 시원하게 웃으며 손을 내저었다.

"아무리 그래도 중환자 입원 준비를 시킬 수는 없지. 잠깐 정리될 때까지만 306호 우치다 씨 식사 간호 좀 부탁할 수 있을까?"

"알겠습니다."

미코토는 대답과 동시에 걸음을 옮겼다.

오타키는 종종 미코토가 재빨리 대응하는 점을 높이 평가하는데, 미코토는 그것이 본인의 타고난 성격이 아니라 '사람을 움직이게 만드는 오타키의 마력' 때문임을 안다. 아수라장 같은 병동에 비참함이 감돌지 않는 건 한결같이 의젓하고 대범한 선배 덕분이라고, 미코토는 진심으로 생각했다.

"넌 참 특이한 사람이야."

바로 옆에서 진료기록부를 기재하던 교코가 슬쩍 말을 던졌다. 오늘은 이 빨간 머리 동기도 미코토와 같이 낮 근무를 했다.

"신입이든 베테랑이든 시간 되면 뒷일 따위 신경 쓰지 않고 퇴근하기 바쁜데, 굳이 남아서 식사 보조를 돕다니."

"오늘은 언어치료사분들이 적어서 일손이 평소보다 더 부족해. 그런데 췌장염 환자까지 들어오면 오타키 주임님이 얼마나 힘들겠어. 교코는 어때?"

"뭐가?"

"급히 집에 갈 이유도 없지?"

"미코토한테 그런 말 들으니까 갑자기 화가 나네."

말은 그렇게 해도 전혀 화난 사람처럼 보이지 않는다.

"같이 가서 도와줄래?"

"그러다 또 괜한 트러블에 휘말리는 건 아닌지 몰라."

"애쓰는 동기를 모른 척할 만큼 교코는 매정하지 않을걸."

미코토의 반응에 교코는 장난스레 한숨을 쉬고서 새빨간 머리칼을 쓸어 넘겼다.

"딱 한 시간만이야. 나는 공용 휴게실 쪽에서 도울게."

미코토는 든든한 친구를 둔 것에 흡족해졌다.

"입으로 음식을 섭취하지 못하면 인간 생명도 끝난다고 여겼어요. 하지만 '위루'라는 의료기기가 그 오랜 통념을 깨뜨렸습니다."

대학 때 미코토가 영양학 수업에서 들은 말이다.

벌써 몇 년이나 지난 일이다.

옛날에는 먹을 수 없으면 그걸로 수명이 다한 것이라고 했지만, 위루관 삽입이 비교적 쉬워진 후로 환자들의 영양 상태가 극적으로 개선됐다.

"위루 덕분에 의료 현장은 새로운 단계로 진입했습니다."

'꿈의 의료기기'라고는 표현하지 않았지만, 위루를 설명하는 교수님 목소리와 말투는 그에 한없이 가까운 뉘앙스를 띠고 있었다.

미코토는 지금 306호 병실을 바라보고 있다.

4인 병실에서 3명의 환자가 위루로 영양을 공급받는다. 지금 같은 식사 시간에는 갈색 액체가 들어 있는 병이 매달려 있는데 거기서 나온 튜브가 환자 배에 연결되어 있다.

3명 모두 거동할 수 없는 와상 환자로 침대에 누워서 지낸다. 이따금 코를 고는 듯한 호흡음만 낮게 울리는 병실을 보고 있노라면 어쩐지 가슴이 서늘해진다.

좋은 혈색과 약간 통통한 체격은 양호한 영양 상태를 말해주지만, 마음 따뜻해지는 풍경이라 말하기는 힘들다.

"새로운 단계라……"

미코토는 빈정거리는 말투로 중얼거리며 '연하식 Ⅲ'라고 적힌 그릇을 손에 들었다.

바로 앞에는 비스듬히 세운 침대에 작고 주름진 할머니가 등을 기대고 있었다.

우치다 사토 씨, 92세 여성으로 306호실에서 유일하게 입으로 식사하는 환자다. 뇌경색 후유증과 치매 때문에 스스로 식사하지는 못하고 대화도 불가능하다. 그래도 미코토가 숟가락을 입술에 가져다 대면 입을 벌린다.

흡인성 폐렴으로 입원했으나 현재는 폐렴이 개선되어 식사를 재개한 상태다. 삼키는 힘이 상당히 떨어져서 일반 음식을 먹으면 곧바로 사레가 든다. 이런 환자에게는 '연하식'이라 하여 부드러운 형태로 조리된 식사가 나오는데 우치다 씨는 그중에도 한층 더 부드러운, 진득한 액체 같은 음식이 나온다. 도저히 맛있어 보이진 않지만 어쨌든 입으로 식사하는 건 사실이다.

숟가락을 입가로 가져가면 우치다 씨는 눈을 감은 채 자글자글하게 주름진 입을 벌린다. 그 안으로 음식을 쓱 흘려 넣으면 다시 입을 닫고 우물우물하다가 시간을 들여 천천히 꿀꺽 삼킨다. 삼킬 때마다 흔들리는 우치다 씨의 몸 뒤로 벽에 붙은 종이가 보인다.

'식사 시 상반신 각도는 45도로 해주세요. 더는 세우지 마세요.'

언어치료사에게 전달받은 주의 사항이다. 그 아래 더 작은 글자도 있다.

'한 번에 숟가락 반 분량만. 삼킨 것 같아도 입안에 음식이 남아 있기도 하니, 잘 삼켰는지 꼭 확인해주세요.'

미코토는 언어치료사 노고에 감사하며 숟가락을 옮겼다.

그런데 야간 근무조의 후배 간호사가 병실 앞을 지나가다가 식사 보조를 하는 미코토를 발견하고 달려왔다.

"선배님, 감사합니다. 제가 교대하겠습니다."

"이제 상황이 좀 나아졌어?"

"주임님도 응급실에서 오셨고 어떻게든 될 것 같아요."

그다지 괜찮은 상황은 아닌 듯했지만, 그렇다고 해서 후배의 배려를 밀어낼 이유도 없었기에 미코토는 얌전히 물러났다.

"그래. 그럼 부탁할게."

복도로 나오자 식판을 배식차에 돌려놓으려는 환자복 차림의 중년 남성이 보였다.

"늦게까지 수고가 많으시네요. 간호사 선생님."

차분한 목소리의 주인공은 다치카와 겐토, 대장 게실염으로 입원한 52세 환자다. 지금 내과 병동에서 무려 두 번째로 젊은 환자다. 참고로 최연소는 19세 여성, 어제 과호흡으로 입원했는데 내일 퇴원 예정이다. 고로, 내일모레부터는 다치카와 씨가 내과 병동의 최연소 환자가 된다.

미코토가 식판을 받으며 고개를 숙였다.

"일부러 배식차로 가져다주셔서 감사합니다. 아직 통증이 있으세요?"

"많이 좋아졌습니다. 선생님들 덕분에요."

상냥한 성격의 다치카와 씨는 웃을 때 얼굴이 한층 서글서글하고 부드러워진다.

"간호사 선생님들, 수고가 많으십니다."

다치카와 씨의 짧은 인사가 미코토의 가슴을 깊이 울렸다. 환자에게 그런 인사를 받는 게 너무 오랜만이어서 그랬는지도 모른다. 미코토는 옅게 웃으며 다치카와 씨의 뒷모습을 바라보았다. 그때 누군가 미코토의 어깨를 톡 쳤다.

"젊은 수련의를 잡았나 했더니만, 꽃중년에게도 관심이 있으신가?"

미코토의 동기, 빨간 머리 교코다. 교코는 앞머리를 쓸어 넘기며 다치카와 씨 뒷모습에 시선을 보냈다.

"배가 살짝 나온 것만 빼면 확실히 내 수비 범위 내야. 게다가 부자래."

"그럼, 타자석은 기꺼이 교코에게 양보할게."

"미코토는 좋겠다. 배팅 연습 같은 거 안 해도 공이 알아서 날아오네."

"교코, 네가 알아둘 게 있어."

미코토가 스테이션을 향해 걸으며 말을 이었다.

"가쓰라 선생님이랑 나는 두세 번 밥을 같이 먹은 게 다야. 시간 맞추기가 엄청 힘들어."

"뭐? 바보 아니야?"

저녁 시간 병동 복도에 교코의 목소리가 울렸다. 그런데 이게 끝이 아니었다.

"가쓰라 선생님이 처음으로 밥 먹자고 한 게 지난달이지? 그리고 보름이나 지났는데 아직도 아무 일이 없어?"

"교코, 목소리 좀 줄여."

"목소리가 커질 수밖에 없지. 최상급 오리가 파까지 짊어지고 식탁에 올라왔는데 너는 간장만 뿌리고 기다리니? 젓가락은 대지도 않고 계속 보고만 있어?"

"무슨 비유가 그래. 근데 공용 휴게실 쪽은 이제 괜찮아?"

미코토가 마침 스테이션 맞은편에 있는 공용 휴게실 바로 앞에 도착한 참이었다.

공용 휴게실에는 텔레비전을 둘러싼 노인들이 일고여덟 명 있었고, 교코의 말대로 식사를 거의 다 마쳤는지 한자키가 서툰 손길로 열심히 뒷정리를 하고 있었다. 요전 낙상사고 때문에 이래저래 주의를 받긴 했지만 미코토 눈에 한자키는 결코 능력 없는 후배가 아니었다. 조금 서툴고 무뚝뚝한 구석은 있지만 진지하게 업무에 임하는 한자키는 1년 차 간호사 중에서는 꽤 믿음직한 후배다.

"미코토, 너도 할 만큼 했으면 이제 좀 가라. 가쓰라 선생님이 기다리겠다."

'기다리고 있으면 오죽 좋겠니······.' 하고 미코토는 속으로만 중얼거렸다.

고지식하고 성실한 수련의는 정형외과로 간 후에도 밤늦게까지 병동을 뛰어다닌다. 제멋대로 자란 수염을 그대로 둔 채 진료기록부를 노려보고 있을 가쓰라를 떠올리며 미코토는 한숨을 쉬었다. 그리고 이내 헛웃음을 짓고 말았다. 그런 가쓰라의 모습이 싫지 않은 것도 미코토의 본심이다.

"내가 생각해도 모순덩어리네……."

미코토는 한숨 섞인 혼잣말을 내뱉고서 걸음을 옮기려다가 시야 한쪽 구석에 들어온 묘한 위화감에 발을 멈췄다.

위화감의 정체가 무엇인지 바로는 알 수 없어서 주변을 둘러보았다.

스테이션에서는 야간 근무조 간호사가 수액 준비를 하고 있었다. 복도로 시선을 돌리자 커다란 배식차가 보였다. 시선을 조금 더 옮기니 고령 환자들이 모여 있는 공용 휴게실이 나왔다. 텔레비전에서 만담가 몇 명이 나란히 앉아 시끌벅적 떠들며 관객의 웃음을 끌어내고 있었지만 화면 앞 노인들 얼굴에는 표정이 없었다.

지극히 익숙한 광경 속에서 가장 안쪽 휠체어에 앉은 백발 노인의 뒷모습에 시선이 멈췄다. 남색 단젠을 걸친 왜소한 할아버지가 그 자리에 있는 건 전혀 낯설지 않은 일이었다. 그래서 미코토가 경련하듯 흔들리는 그 하얀 머리를 발견한 것은 우연이나 다름없었다.

미코토는 몸을 날리듯 달려갔다.

순간 의아한 표정을 지은 교코는 곧바로 분위기를 파악하고 미코토를 뒤따랐다.

달려가 보니 야마구치 씨가 오른손에 숟가락을 쥔 채 초점 잃은 눈을 천장으로 향하고 덜덜 떨고 있었다. 새파란 입술 끝에서 끈적한 죽이 흘러나와 단젠 가슴께로 떨어졌다.

호흡이 없다.

"코드 블루!"

미코토가 소리쳤다.

질식 상태였다.

"환자는 야마구치 게사고로 씨, 80세, 남성입니다."

와가 간호과장의 서늘한 음성이 어둑한 회의실을 채웠다.

평소에도 차가운 목소리가 3도는 더 낮아진 듯했다. 조용한 회의실에 맹렬한 눈보라가 휘몰아친다.

정면 스크린에는 환자의 진료기록부가 떠 있고, 그 앞쪽 디귿 형태로 배열된 테이블에 참석자들이 앉아 있었다. 스크린을 마주 보는 자리에 내과 부장 미시마와 환자 주치의인 다니자키가 앉고 그 오른편에 병동 간호과장 와다와 주임 간호사 오타키가, 왼편에 미코토와 교코, 한자키 미나가 나란히 앉았다.

격식 있는 회의에서도 다리를 꼬고 귀찮은 표정을 짓기 일쑤인 교코마저 오늘은 잔뜩 굳은 얼굴로 얌전하게 다리를 모으고 있다. 당연한 일이다.

"이번 일에서 가장 문제가 되는 부분은 야마구치 씨가 음식을 잘못 삼킨 후에 심폐 소생을 했음에도 불구하고 사망했다는 것입니다."

조금 전보다 더 차가워진 목소리가 다시 들려왔다.

교코 옆에 앉은 한자키 어깨가 희미하게 떨렸다.

"사망 시각은 오늘 오전 4시 25분, 저녁 식사 때의 사고로부터 약 10시간 후입니다. 사인은 질식 후 호흡부전입니다."

와다 간호과장은 자기가 뿌려대는 매서운 눈발의 위력을 확인하는 양 말을 끊었다가 잠깐의 침묵 후 말을 이었다.

"병원 내에서 발생한 흡인 사고입니다. 공용 휴게실에 식사 보조를 하는 간호사가 있는 상황에서 사고가 일어났고, 이로 인해 상태가 급변해서 사망에 이르렀습니다. 병동의 관리 책임에 대한 문제가 될 수도 있습니다."

미코토는 등줄기가 오싹했다.

관리 책임 어쩌고 하며 돌려 말하지만 현장에 있던 '간호사의 책임'이라는 뜻이다. 아무리 그래도 신입인 한자키 혼자서 모든 책임을 떠안을 수는 없다. 창끝은 자연스레 그 위를 향하게 될 것이다.

히터가 틀어져 있는데도 회의실이 썰렁하게 느껴졌다. 오히려 가쓰라와 함께 걸은 밤길이 한결 따뜻했던 것 같다.

"알겠습니다."

미시마가 중후한 저음으로 침묵을 깨뜨렸다.

내과 병동에서 일어난 일이니 결국 최종 책임자는 미시마다.

내과뿐 아니라 병원 전체에서 큰 기둥 역할을 하는 '작은 거인'은 환자의 경과가 표시된 정면 스크린을 보면서 말을 이었다.

"입원 중인 환자 상태가 급변한 경우입니다. 관리 책임 문제는 그렇다 치고 우선은 어떤 대책을 세워야 다시는 이런 일이 발생하지 않을지, 본 사례를 통해 검토해야 합니다."

거인은 옆자리로 시선을 돌렸다.

"주치의인 다니자키 선생님은 어떻게 생각하십니까?"

순환기내과 의사인 다니자키에게 향한 질문이었다.

미시마만큼은 아니더라도 충분히 경력이 긴 베테랑 의사다.

다니자키는 표정을 바꾸지 않고 딱 잘라 대답했다.

"관리 책임 같은 건 없습니다. 그저 수명이 다했을 뿐입니다."

너무나 평온한 말투였다.

미코토 눈에는 언뜻 와다 간호과장의 눈썹이 움찔하는 것 같았다. 하지만 사실 회의실이 어두워서 미세한 표정 변화까지 보일 리가 없다. 다만, 간호과장이 깍지 낀 두 손을 입가에 대고 차디찬 눈길로 다니자키를 응시하고 있다는 건 멀리서 봐도 확실했다.

"나이가 들어 삼키는 힘이 없어져서 음식을 먹다가 걸린 거예요. 수명이 다했다고밖에는 표현할 수 없습니다."

"그런 문제를 방지하려고 간호사가 함께 있던 겁니다."

"그래도 수명은 수명입니다. 이런 일로 간호사 책임을 논한다면 사망자가 나올 때마다 누군가 책임을 져야 하겠죠. 그런 식으로 한 달만 지나면 병동 스태프가 한 명도 남지 않을 겁니다."

"다니자키 선생님."

더는 못 참겠다는 듯, 와다 간호과장이 강한 어조로 끼어들었다.

"이 일이 간호사 책임이라고는 한마디도 하지 않았습니다."

"하지만 간호과장님 말씀을 듣다 보면 현장에 있던 간호사들은 지금 안절부절못할 것 같은데요."

다니자키 말에서 풍기는 미묘한 뉘앙스에 와다도 쉽사리 입을 떼지 못했다.

다니자키는 '사신'이라는 지독한 별명이 붙을 만큼 독특한 의사다. 부드러운 외모와는 달리 가차 없는 언행으로 환자나 환자 보호자와 충돌하기도 한다. 평소 간호사에게는 '한 직장에 다니고 싶지 않은 의사'라는 이미지가 강하다. 그래서 오늘 다니자키의 발언은 미코토도 전혀 예상치 못한 내용이었다.

"어쨌든."

와다 간호과장이 다시 입을 뗐다.

"미시마 선생님 말씀처럼 지금은 책임을 운운하기보다 대책 마련이 필요한 때입니다. 그런 관점에서 다니자키 선생님 의견을 듣고 싶습니다."

목소리 온도는 여전히 영하였지만 기세는 아까보다 한풀 꺾인 듯했다.

병원이 자랑하는 초강력 블리자드도 상대가 사신쯤 되면 형세가 불리한 모양이다. 맹렬한 눈발에도 사신은 개의치 않고 담담하게 응했다.

"환자의 폐렴은 다 나은 상태였습니다. 식사에 관해 언어치료사 지도도 있었고, 충분히 검토한 결과 연하식이 나온 겁니다. 더 손쓸 방법은 없습니다. 그래도 어떻게든 질식을 막으라고 하신다면, 누군가 환자 옆에 딱 붙어서 처음부터 끝까지 식사하는 환자의 입을 노려보고 있는 수밖에는 없습니다."

빈말로도 온당하다고는 평하기 힘든 발언이었다. 미코토도 내심, 말투가 꼭 저래야 하나 싶었으나, 따지고 보면 다니자키 말이 틀린 건 아니다.

"비호감 다니자키 선생님이 웬일로 든든한 말을 다 해주네."

예상치 못한 지원 사격에 교코도 놀랐는지 낮게 속삭였다.

"현장에 있는 우리가 차마 못 꺼내는 얘기를 대신 해주다니."

교코가 덧붙였다.

옆에 있는 한자키는 눈물을 글썽대며 회의 진행 상황을 지켜보고 있었다. 보고는 있지만, 아마 회의 내용의 절반도 귀에 들어오지 않을 것이다. 미코토 머릿속에서도 야마구치 씨의 밝은 미소와 현재 상황이 연결되지 않을 정도였다.

"대강의 상황은 파악했습니다."

미시마의 낮은 목소리가 울려 퍼지자 다니자키와 와다는 동시에 입을 다물었다.

"큰 문제가 생기지 않으면 좋겠는데, 아무튼 오늘 이 자리에서 결론을 내는 건 지나치게 성급하다는 생각이 드네요. 추가로 검토해봅시다."

미시마가 와다 간호과장에게 시선을 향했다.

"우선 당면한 문제는 환자 보호자가 이 상황을 어떻게 받아들이냐입니다. 가족들 반응은 어떤가요?"

"그쪽은 별문제 없으리라 생각합니다."

와다가 감정이 느껴지지 않는 목소리로 답했다.

"야마구치 씨가 돌아가신 후 바로 주치의인 다니자키 선생님이 환자 따님에게 설명해드렸습니다. 혹시 몰라서 그 뒤에 간호 쪽에서도 주임 오타키와 리더 미코토가 보충 설명을 했고요. 따님은 침착해 보였습니다."

미시마는 탁자 위 서류를 손에 들고 끄덕였다.

"수고하셨어요."

숨 막히는 회의가 어찌어찌 끝이 났다.

추적추적 비가 내린다.

빗소리가 들리지는 않지만, 창밖에 뼛속까지 파고들 것 같은 가느다란 빗줄기가 끊임없이 이어진다. 이미 날은 완전히 저물어 빗방울이 가로등 아래서 바늘처럼 반짝인다. 보고만 있어도 쓸쓸해지는 비다.

미코토는 조명을 낮춘 직원 식당 창가에 가만히 서 있다.

직원들로 붐비던 식당은 식사 시간이 끝나는 동시에 카운터에 셔터가 내려가면 돌연 삭막해진다. 그래도 식당 내에 자동판매기 같은 편의 시설이 있기 때문에 식당 자체는 늘 열려 있다. 운영 시간이 끝난 식당은 직원들의 작은 휴식처로도 기능하는데 오후 7시가 조금 지난 시각, 지금은 아무도 없다.

미코토는 조금 전까지 여기서 한자키와 사과주스를 마셨다.

1년 차 간호사인 한자키는 어젯밤 환자 상태의 급변, 오늘 아침 환자의 사망, 오늘 낮 회의까지 철야로 시련의 시간을 보냈다. 핼쑥해진 얼굴로 탈의실 구석에 앉아 있던 한자키를 미코토가 발견하고 여기로 데려왔다.

"죄송합니다."

고개를 푹 숙인 후배 모습에 가슴이 아팠지만 미코토는 선배로서 마음을 다잡고 격려의 말을 건넸다.

"사과할 필요 없어. 다니자키 선생님도 말씀하셨잖아. 누가 뭘 잘못해서 그런 일이 생긴 게 아니야."

미코토의 말이 끝나자마자 한자키는 눈물을 뚝뚝 흘렸다.

"정말 죄송합니다. 제가 잘했다면, 야마구치 씨는 돌아가지 않으셨을지도 몰라요. 좀 더 열심히 봤더라면, 더 빨리 알아챘더라면……."

"그렇게 야마구치 씨를 열심히 보고 있는 사이에 옆에 있는 고지마 씨 음식이 목에 걸린 걸 알아채지 못할지도 모르잖아."

미코토의 따뜻한 목소리에 한자키는 어깨를 떨며 흐느꼈다.

"고령 환자를 간호하는 일은 그런 거야."

"앞으로 어쩌면 좋을까요?"

한자키가 눈물 콧물로 범벅된 얼굴을 들며 미코토에게 물었다.

"이제 무서워서 병동 근처에도 못 갈 것 같아요."

그런 말을 흘리며 눈물을 쏟아내는 후배에게 미코토는 돌려줄 말을 찾지 못했다.

한자키를 돌려보낸 후 창밖을 보니 빗줄기가 아까보다 거세진 듯했다.

빗줄기를 보자 순식간에 주변 온도가 2도쯤 내려간 것처럼 느껴졌다. 초겨울 비는 원래 이토록 서늘한 것인가 싶어 미간이 살짝 찌푸려졌다.

"여기 자리 있나요?"

불쑥 들려온 목소리에 미코토는 정신이 들어 고개를 들었다.

바로 눈앞에 초췌한 수련의의 미소 띤 얼굴이 있었다.

놀라서 눈만 껌뻑이는 미코토를 보면서 가쓰라는 고개를 갸웃거렸다.

"오늘 유난히 식당이 붐비네요. 빈자리가 여기밖에 없는 것 같아요."

가쓰라의 손끝이 미코토 앞자리를 가리켰다.

미코토가 어깨를 으쓱해 보였다.

"다른 데 자리가 없으면 어쩔 수 없죠. 앉으세요."

"정말 감사합니다."

가쓰라는 과장되게 꾸벅 고개를 숙이고서 들고 있던 컵 두 개 중 하나를 미코토 앞에 놓았다.

무겁던 분위기가 아주 조금 밝아지며 미코토의 어깨가 조금은 가벼워졌다.

"바쁜 정형외과 선생님이 어쩐 일로 이런 데서 느긋하게 휴식을?"

"들었어요. 많이 고생했죠?"

"데이트 신청은 안 하면서 이럴 땐 바로 달려오네요."

평소의 단호함을 되찾은 미코토에게 가쓰라는 얼굴을 붉혔다. 고심하며 대답할 말을 찾는 가쓰라 모습을 보니 미코토는 긴장이 풀려 웃음이 절로 나왔다.

"괜찮아요. 선생님 나름대로 내가 걱정돼서 여기까지 온 거겠죠."

"엄청 많이 걱정하고 있어요. 그리고……."

가쓰라는 비 오는 창밖으로 눈길을 보냈다.

"돌아가신 분은 나도 잘 아는 환자였으니까요."

미코토는 잠시 틈을 두고 작게 끄덕였다.

"미안해요. 믿고 맡겨준 환자였는데."

"사과할 일 아니에요. 야마구치 씨는 먹는 것을 굉장히 좋아하셨잖아요. 어찌 생각하면, 야마구치 씨답게 떠났는지도 모르죠."

미코토가 생각지도 못한 관점이었다.

흡인 가능성이 있다고 해서 수액과 위루로 영양을 섭취하는 것보다는, 식사를 즐기면서 세상을 떠나는 편이 야마구치 씨와 확실히 더 어울린다.

"근사한 사고방식이네요."

미코토는 미소 지으며 커피잔을 입으로 가져갔다.

물론 그런 사고방식이 모든 것을 해결해주지는 않는다. 그저 잠시의 안도감이나 자기만족이 아니냐고 묻는다면 반박할 수는 없다. 이번 일로 커다란 부담을 느끼는 한자키나, 무엇보다 환자 가족이 가쓰라처럼 받아들이기를 바라는 건 지나친 욕심일 것이다.

그러나 이럴 때일수록 미코토까지 불안에 떨며 울기만 할 수는 없다. 그런 의미에서, 가쓰라의 말은 미코토에게 더없이 큰 힘이 되었다.

갑작스레 쏴 하고 묵직한 소리가 주변을 채웠다. 비가 한층 기세 좋게 쏟아지기 시작했다. 실처럼 가늘던 빗줄기가 어느새 굵어졌다.

빗속에 희미하게 번진 병원 중원의 철쭉이 마치 정체를 알 수 없는 생물이 웅크리고 있는 것처럼 보였다.

"겨울엔 꽃이 피지 않는구나."

미코토의 목소리가 빗소리에 녹아들었다.

미코토의 아침은 머리맡 자명종을 노려보는 일로 시작된다. 아침 6시, 더군다나 신슈의 초겨울 아침 6시는 만만치 않다.

신슈의 가을은 유난히 짧고 신슈의 겨울은 유난히 빨리 온다. 바로 요전까지 실한 열매를 자랑하던 감나무가 어느새 앙상한 가지만 남기고 겨울 맞을 준비에 여념이 없다. 가을 수확을 미처 끝내기도 전에 밭에 서리가 내려앉는다. 신슈를 덮는 냉혹한 한기가 실제 기온보다 체감기온을 훅 떨어뜨린다.

야마구치 씨가 세상을 떠난 후 일주일간, 병동에는 유례없이 팽팽한 긴장감이 감돌았다. 한자키는 간신히 출근은 하는데 식사 간호는 엄두도 내지 못하고 사소한 일에도 벌벌 떨어서 옆에서 보기에 안타까울 지경이다. 요즘 미코토는 어느 때보다 추운 겨울을 맞고 있다.

미코토는 이불을 꽁꽁 감은 채 시계를 노려보았다. 매섭게 노려보면 시계도 무서워서 잠깐은 시간을 멈춰주지 않을까 하고 잠이 덜 깬 머리로 망상을 펼쳤다.

곧 어머니 목소리가 들려오면 어차피 침대를 벗어날 수밖에 없다는 걸 알기에 미코토는 몸을 일으켜 옷을 갈아입었다. 2층 방을 나와 1층 주방에 얼굴을 내밀었을 때는 아침 식사가 이미 준비된 후였다.

"어쩜 그렇게 매일 아슬아슬할 때까지 자니."

어이없어하는 어머니 표정에 미코토는 어깨만 으쓱해 보였다. 식탁에 앉자 버터를 듬뿍 바른 식빵과 작은 화분에 핀 새빨간 꽃이 눈에 들어왔다.

"포인세티아."

어머니가 시원스럽게 말했다.

그러고는 등을 돌린 채 커피포트를 데우며 덧붙였다.

"요전 날 네가 퇴근하고 와서 겨울엔 꽃이 없니 어쩌니 했잖아. 겨울에 피는 꽃도 있어. 포인세티아가 그 대표 꽃이야."

"우와."

미코토는 신선한 충격을 받았다.

화분에서 넘쳐 흐를 듯 커다란 꽃잎, 선명한 빨간색은 한겨울 꽃이라고 생각할 수 없을 정도로 화려했다.

"포인세티아, 처음 알았네."

"꽃처럼 보이는 빨간 부분은 사실 잎이고, 한가운데 노랗고 작은 거 보이지? 그게 꽃이야."

"진짜 신기하다."

"여전히 꽃에 관심이 있다는 건 예전에 말한 꽃집 남자 친구와 잘 만난다는 걸루 해석해도 되지?"

어머니가 등을 돌린 채 뜨거운 물을 컵에 따르며 뜬금없이 물었다.

"뭐 그렇다고 볼 수 있지."

미코토는 당황하여 애매한 답을 내밀었다.

'꽃집 남자 친구 정체가 의사인 줄 알면 늘 침착한 엄마도 꽤 놀라겠지.'

머릿속으로는 생뚱맞은 상상을 하고 있었다.

"포인세티아도 좋고, 남자 친구도 좋은데, 가장 중요한 건 건강이야. 요즘 퇴근이 늦어서 식사도 불규칙하잖니. 그러면 몸이 버티질 못해. 엄마가 차려주는 아침밥은 제대로 먹어."

곧이어 삶은 달걀과 베이컨이 듬뿍 올라간 샐러드가 식탁에 추가됐다.

"아침부터 이렇게 많이 못 먹어요."

"잘 먹는 것도 네 일이야."

어머니는 달칵, 커피잔을 접시 옆에 놓으며 덧붙였다.

"미코토가 병원에서 고민하는 문제들을 엄마는 해결해주지 못하니까, 이 정도는 챙겨주고 싶어."

어머니는 자기 할 말만 하고 콧노래를 흥얼대며 주방을 나갔다.

곧바로 "여보, 아침 먹어." 하고 2층을 향해 소리치는 목소리가 들려온다.

미코토는 잠시 포인세티아를 바라보다가 큰 한숨을 내쉬며 포크를 고쳐 쥐었다.

역시 엄마를 이길 수 없다.

미코토는 씩 웃고서 거한 아침 식사를 시작했다.

"그동안 감사했습니다."

스테이션 앞에서 다치카와 씨가 고개를 깊이 숙였다. 게실염으로 열흘 남짓 병원에 있으면서 조금 야윈 듯했지만 싹싹한 미소는 여전했다. 겨울 아침 햇살을 받으니 미소가 한층 더 맑아 보인다.

"드디어 퇴원이네요. 축하드려요."

카운터 너머로 미코토가 대답하자 다치카와 씨가 크게 끄덕였다.

"이제 다 나았습니다. 재발할 수도 있다고 미시마 선생님이 그러셨지만, 일단 무사히 퇴원합니다. 이게 다 간호사 선생님들 덕분이죠."

지나가던 간호사들이 다치카와 씨 목소리를 듣고 하나둘 모여들었다. 간호사들이 발길을 멈춘 건 예의상이나 업무상 의무감 때문이 아니다. 환자가 밝은 목소리로 감사 인사를 하고 자기 발로 걸어서 퇴원할 때 간호사도 더없이 기쁘다.

'환자를 건강하게 퇴원시키는 것이 의료의 원점'이라고 표현하면 오해를 불러일으킬지도 모르지만, 그래도 경쾌한 걸음걸이로 병동을 나서는 다치카와 씨 뒷모습이 미코토의 마음 안쪽에 상쾌한 바람을 불러왔다.

다치카와 씨가 탄 엘리베이터 문이 닫히는 순간, 어디선가 수액 펌프 알람이 울렸다. 금세 다시 정신없는 일상으로 돌아왔다.

미코토는 얼른 정신을 다잡고 병동 복도로 나가 소리를 따라 306호실로 달려갔다.

볕이 드는 창가에 침대의 절반 위쪽을 약간 세우고 우치다 씨가 누워 있었다. 수액 폐쇄 알람의 주인공이다.

평소라면 아침 식사 시간인 지금쯤 '연하식 Ⅲ'이라고 적힌 그릇이 하얀 접이식 테이블에 놓여 있어야 하지만, 지금은 그 대신 침대 옆에 커다란 500cc 수액 팩이 매달려 있다.

야마구치 씨 일이 있고 나서 흡인 사고 위험이 크다고 판단된 환자는 일단 식사가 중지되었다. 더 이상의 트러블을 방지하겠다는 병원 윗선의 판단이다. 우치다 씨는 그 영향의 직격

탄을 맞았다.

안전을 명분으로 내세우면 할 말은 없어진다. 그러나 식사를 멈춘다고 삼키는 힘이 다시 좋아지는 건 아니다. 그러면 오히려 기능이 더 떨어진다. 병원의 최우선 사항은 어쨌거나 흡인 사고를 피하고 보는 것이다.

가슴에 무언가 걸려 있는 것처럼 답답했다. 하지만 아무리 답답해해도 상황은 바뀌지 않는다는 걸 알기에 미코토는 묵묵히 수액 줄을 조정하고 펌프를 다시 연결했다.

그런데 갑자기 우치다 씨가 입을 벌려서 미코토는 깜짝 놀랐다.

눈을 꼭 감은 채 손발의 미동도 없이 그저 주름진 입을 크게 벌리고 있었다. 숟가락을 가져오는 사람도, 입안에 음식을 넣어주는 사람도 없어 한동안 벌려 있던 입은 이내 천천히 닫혔다. 그리고 다시 열리지 않았다.

"배고프세요?"

미코토가 속삭이듯 말을 건네자 어쩐지 우치다 씨가 희미하게 고개를 끄덕이는 것 같았다.

"돈?"

교코의 뜬금없는 말에 미코토는 게살 달걀부침을 뜬 숟가락을 허공에 멈추고 물었다. 목소리까지 살짝 뒤집혔다.

단골 중국집 '만복'에서였다.

"돈이라니?"

"나도 자세히는 몰라. 내일 긴급 증례 검토 회의에 들어가기 전에 마음의 준비를 해두는 편이 좋을 거라고 오타키 주임이 슬쩍 말해줬어. 미코토한테도 귀띔해주라고 했어."

'긴급 증례 검토 회의'라니 어마어마한 이름을 붙였다. 아무튼 그 회의는 야마구치 씨에 관한 일의 경과와 향후 방침을 논의하기 위해 관계자가 모이는 자리다.

"지난번이랑 다른가봐. 이번에는 '무사안일 엔도'도 출석한대."

"원장 선생님이겠지."

미코토가 굳이 정정한 건 '만복'은 미코토와 교코 말고도 병원 직원들이 자주 찾는 가게이기 때문이다.

발언에 신경을 쓰지 않을 수 없다. 카운터에서 혼자 술잔을 기울이던 중년 남성이 알고 보니 사무국장이더라, 이런 전개도 충분히 가능하다.

"그것보다 야마구치 씨 일에 돈 이야기가 나왔다니 무슨 말이야? 나는 처음 듣는 얘기야."

미코토가 최대한 목소리를 낮춰 물었다.

"이번 사태에 대해서 병원이 사과하고 위자료를 지급한대."

"그게 무슨 말이야? 소송을 걸었대?"

"그건 아닌 것 같아. 근데 그전에 미리 손을 쓰는 편이 낫다고 판단한 거 아닐까?"

"야마구치 씨 따님은 그런 얘기를 꺼낼 것 같지 않던데. 돌아가신 날 아침에도 놀라긴 했지만 병원 책임을 운운하고 그러진 않았어."

"나도 자세히는 몰라. 근데 그쪽 태도가 달라졌다나봐. 병원으로서는 의료소송만큼은 피하고 싶겠지. 소송 자체로 병원은 큰 타격을 입잖아. 소송에서 이기든 지든 병원 이미지가 나빠지니까. 그러니 일이 커지기 전에 먼저 사죄하고 돈을 주고서 끝내려는 거지."

맥주잔을 쥔 미코토 손에 힘이 들어갔다. 맥주잔에는 일반 맥주가 아니라 무알콜 맥주가 들어있었다. '야마구치 씨 일이 정리되기 전까지 음주는 삼가자'라는 게 둘 사이의 암묵적인 약속이다.

미코토의 가슴 안쪽에서 무언가가 꿈틀거렸다.

야마구치 씨가 돌아가신 아침의 일은 미코토도 기억한다. 야마구치 씨 딸이라는 초로의 여성은 조금 예민해 보이긴 했지만 시종 침착한 태도를 유지했다. 오타키 주임과 상황을 설명할 때도 불신의 낌새 같은 건 전혀 없었다.

대체 어떤 일이 있었던 것일까…….

"한자키도 이런 상황을 알아?"

"당연히 모르지. 걔한테 뭐라고 하면서 알려주니? '네 실수로 야마구치 씨가 사망해서 병원이 큰돈을 들여 사고를 은폐하려 한다'라고 하랴? 아마 졸도할걸."

미코토는 말문이 막혔다. 그러나 뱃속에서 조용히 끓어오르는 것을 느끼고 입을 뗐다.

"실수가 아니잖아."

"실수가 아니지. 근데 우리는 실수가 아니라고 생각하지만, 가족이 어떻게 생각할지는 모르지."

"다니자키 선생님은 아무 말씀 없으셔? 간호사 실수가 아니라고 하셨잖아."

"병원 경영하고 관련된 문제는 또 다르지."

교코가 젓가락으로 교자를 푹 찌르며 말을 이었다.

"의료 쪽 문제면 의견을 내겠지만, 경영이나 정치적인 얘기가 되면 자기 전문 분야가 아니라 할 말이 없다는 식이야. 뭐, 사신답다면 사신다운 태도지."

요컨대, 실수가 아니지만 일을 간단히 정리하려면 돈을 내고 끝내는 편이 좋다는 뜻인가.

"우리를 완전히 무시하네."

말을 뱉은 미코토 본인도 놀랄 만큼 강한 어조였다.

전혀 이해할 수 없는 이야기다.

상황이 이렇게 달라졌다면 이 일에 관련된 실무 간호사들한테도 알려줘야 했다. 당시 현장에 있던 간호사들에게는 아무 언질 없이 윗선이 일방적으로 일을 진행한다는 사실이 참을 수 없이 불쾌했다.

그러나 의외로 교코는 그리 동요하지 않는 눈치였다.

맥주잔을 으스러뜨릴 듯이 꼭 쥔 채 얼굴이 벌게진 미코토를 보며 교코가 입을 뗐다.

"네가 이럴까봐 주임님이 미리 알려준 거야."

"그래서 뭐, '아이고 감사합니다' 하고 절이라도 해야 해?"

"우리는 일단 감사하고, 마음을 정리하고, 침묵하면 돼. 어차피 우리 같은 말단 목소리는 위쪽에 닿지도 않아."

미코토는 동기를 빤히 노려보았다.

"머리 색이 엄청 화려한 것치고는 진짜 시시한 소리 한다."

"지금 너한테서 독이 막 뿜어져 나와. 미코토하고 전혀 어울리지 않는 맹독."

교코는 젓가락으로 찌른 만두를 미코토 접시에 올렸다.

"미코토, 우선 먹어."

"먹을 기분 아니야."

"진짜 바보다, 바보."

교코가 또 다른 만두를 젓가락으로 찌르며 덧붙였다.

"먹어야 살지."

병원 구관의 제3회의실.

정문 현관에서 가장 떨어진 곳, 병원 안쪽 끝에 있는 회의실인데 창문도 없다. 위치, 구조, 분위기 어느 것 하나 투명성이나 공개성과는 어울리지 않고 실제 용도 또한 그런 말과는 동떨어진 곳이다.

그곳에서는 주로 병원의 경영 상황, 의료소송, 핵심 인사가 의제로 거론된다. 다시 말해, 이번 같은 사례를 논하는 자리로는 최적의 장소다.

처음 그곳에 와본 미코토는 더없이 침울해졌다. 동기인 교코가 곁에 있다는 사실만이 작은 위안이었다.

저녁 8시 정각, 내과 부장 미시마가 입을 열었다.

"긴급 증례 검토 회의를 시작하겠습니다."

회의실에 반사되는 묵직한 목소리가 어쩐지 낯설게 느껴졌다. 조명 밝기도 다른 회의실이랑 별반 다르지 않을 텐데 유난히 어두워 보이는 건 심리적 이유일 것이다.

제3회의실에는 스크린이 없어서 모든 자료가 종이로 배부되었다.

테이블이 사각 형태로 놓여 있고 정면 테이블에는 엔도 원장을 중심으로 오른편에 내과 부장 미시마, 왼편으로 사무국장 이즈미가 앉아 있다. 왼쪽 테이블에는 와다 간호과장과 오타키 주임이 앉고 오른쪽 테이블에는 주치의 다니자키, 정형외과에서 주치의였던 사가와 가쓰라가 나란히 앉았다. 미코토는 가쓰라를 발견하고 순간 당황했지만 냉정하게 생각해보면 당연한 일이다.

미코토와 교코와 한자키는 원장이 앉은 테이블과 마주 보는 자리에 앉았다. 엄청난 압박감이 몰려오는 자리다.

의제에 관해서는 사전에 협의가 됐는지 딱히 실무 간호사에게 의견을 묻는 일 없이 회의는 물 흐르듯 진행되었다.

야마구치 씨의 전체적 경과부터 연하 기능 상태, 식사 중 질식, 갑작스러운 상태 변화, 사망까지 일련의 상황에 대한 보고가 있었다.

그리고 야마구치 씨가 돌아가시고 며칠 지난 뒤에 경과를 다시 한번 설명해달라는 가족의 요청이 있어서, 주치의인 다니자키와 병동 주임 간호사 오타키가 대응했는데 그때 가족의 태도가 퇴원 시와 아주 달랐다는 사실이 전해졌다.

"아주 달랐다는 게 어떤 의미죠?"

원장 옆자리에 앉은 미시마가 물었다.

오타키가 넓은 어깨를 쭉 편 채로 대답했다.

"퇴원 전 환자가 식사 중 질식하여 결국 사망에 이른 건, 병원의 의료과실이 아니냐는 지적이 있었습니다. 확실한 설명과 사죄가 없다면 나름의 수단을 고려하겠다고도 했습니다."

회의실이 희미하게 술렁거렸다. 동요를 제지하듯이 미시마가 물었다.

"처음에 환자 가족이 이해하는 태도를 보였다고 들었는데, 왜 갑자기 태도가 바뀌었을까요?"

"이번에 병원을 방문한 가족 대표는, 야마구치 씨 딸의 남편의 남동생이었습니다."

회의실이 침묵에 휩싸였다. 다들 순간적으로 복잡한 가족 관계도가 그려지지 않는 모양이었다.

오타키가 조심스럽게 덧붙였다.

"즉, 환자에게는 사위의 남동생입니다."

"그건 또 꽤 먼 가족이군요."

오타키의 대각선 앞에 앉은 사무국장 이즈미가 다소 느긋한 말투로 입을 뗐다. 백발 머리에 마른 체형으로 유약해 보이는 이즈미가 책상 위 서류를 펜으로 가볍게 찌르며 말을 이었다.

"이런 상황에서 환자의 먼 친척이 중심인물일 때가 많습니다. 정작 가까운 가족은 침착한데 먼 친척이 납득하지 못하는 경우죠. 최근 환자 상태를 몰랐기 때문에 갑작스러운 상태 변화를 한층 더 받아들이기 어려워하는 겁니다."

긴장감 없는 말투에 비해 발언 내용은 냉정하고 직설적이었다. 게다가 경험과 연륜이 말에 무게를 더했다. 오타키가 고개를 끄덕이며 설명을 덧붙였다.

"이 친척분께 두 번이나 설명하는 자리를 마련했으나, 처음부터 일방적으로 사죄를 요구하는 태도를 보였습니다. 현재 상황은 개선되지 않았습니다."

미코토 같은 실무 간호사들은 처음 듣는 이야기였다. 그 사실 하나로도 부아가 치밀지만 미코토의 그런 감정 따위는 병원 간부들 안중에 없을 터였다.

"그래서 다양한 방안을 검토했습니다."

이즈미 국장이 손에 든 서류를 넘기며 말했다.

"원장님이나 미시마 선생님과 말씀을 나눠본 결과, 일이 꼬이기 전에 원장님이 사죄하는 형식으로 가야 원만하게 해결할 수 있지 않겠나, 하는 결론이 나왔습니다. 물론 재판으로 가지 않는 것을 최소한의 조건으로 걸고, 병원 쪽에서 어느 정도 위로금을 건네면 일단락되지 않을까 싶습니다."

순간 미코토는 머리가 핑 도는 것처럼 어지러웠다.

실로 대수롭지 않은 일을 논하는 말투였지만 내용은 절대 심상치 않았다.

신중하게 선택된 모든 단어가, 주의 깊게 귀 기울이지 않으면 그냥 흘러가버릴 것만 같았다.

사신 다니자키의 목소리가 짧은 침묵을 깼다.

"국장님은 위로금으로 어느 정도 금액을 예상하시나요?"

"꽤 어려운 부분이긴 합니다. 판례를 참고할 때, 병원이 과실을 인정한 경우 큰 거 한두 장 정도를 지급한 적도 있지만, 이번 건은 그런 상황은 아닙니다."

"그렇다면 절반 정도인가요?"

"아니요. 더 적은 금액으로 가능하리라 봅니다. 그 부분에 대해서는 병원 변호사와 면밀하게 검토를 해봐야 알겠지만, 그리 큰 금액은 아닐 겁니다."

"선배님."

옆에서 한자키가 쿄코에게 속삭이는 목소리가 들렸다.

"큰 거 한두 장이 뭐예요?"

"천만 엔, 이천만 엔."

"네?"

한자키의 턱이 뚝 떨어졌다.

"걱정하지 마. 그 정도는 아니라는 얘기니까. 그 절반인 5백만 엔보다도 더 적은 금액으로 해결될 것 같대."

쿄코가 내던지듯 가볍게 건넨 답에 한자키 안색이 눈에 띄게 창백해졌다. 미코토도 회의 내용을 온전히 따라갈 수 없었다. 하지만 회의의 종착점이 어딘지는 확실히 알 것 같았다.

회의실에 사무국장의 무미건조한 목소리가 다시 울렸다.

"주치의인 다니자키 선생님 입장에서는 사죄나 위로금에 거부감도 있겠지만, 병원 전체적으로 가장 타격이 적은 쪽을 고려하면 이 방법이 적절하리라 봅니다."

"저는 상관없습니다."

다니자키는 딱히 개의치 않는 듯했다.

"'의료적 과실은 없었다'는 제 의견에는 변함없습니다. 하지만 병원 경영상 그런 대응이 안전하다고 판단했으면 그렇게 진행하세요. 저는 일개 의사지 경영자가 아니니까요."

"죄송합니다. 그런데 만에 하나 소송으로 넘어가기라도 하면 병원이 큰 타격을 입으니까요. 승소해도 병원의 이미지 추락은 불가피합니다. 요즘 신문들은, 병원이 고소당했을 때와 패소했을 때만 대대적으로 보도하고 병원의 승소에는 관심이 없어요."

"그러게요. 아직 미디어의 공평성을 믿는 건 텔레비전 세대의 노인들뿐이죠."

"그리고 그 노인들 수를 만만히 볼 수가 없고요. 아, 이건 현장에 계시는 선생님들께 굳이 말씀드릴 필요도 없겠네요."

사신과 국장이 지극히 가벼운 말투로 무서운 이야기를 주고받았다.

누구 하나, 중간에 나서서 말리는 이가 없었다.

기껏해야 오타키 주임이 눈썹을 모으고 불편한 표정을 짓고 있을 뿐이다.

원장은 온화한 눈길로 두 사람을 지켜보고 미시마는 미동도 없었다. 블리자드 와다는 살짝 고개를 숙인 채 서류만 응시하고, 정형외과의 사가는 남의 일인 양 눈을 감고 있어서 정말 졸고 있는 게 아닌지 의심스러웠다.

저마다의 표정과 태도 하나하나가 미코토 마음속에 작은 위화감을 차곡차곡 쌓아갔다.

그들이 완전히 틀린 말을 한다고는 생각하지 않는다. 그들이 틀렸다고 단정할 정도로 자신이 있지도 않다. 하지만, 근본적인 무언가가 이상하다고 느꼈다.

미코토는 자기도 모르게 입술을 깨물었다. 그때 귓가에 '미코토' 하고 속삭이는 오랜 친구의 목소리가 들려왔다.

"진정해. 너 지금 무슨 짓을 저지를 것 같은 표정이야."

"나도 알아."

사실 모른다. 아무것도 모르겠다.

회의는 마치 아무 일도 없었다는 듯 진행됐다. 엔도 원장이 적당한 타이밍에 입을 열었다.

"결론은 나온 것 같군요."

스리피스 정장을 자연스럽게 소화하며 신사적인 풍모를 자랑하는 원장은 목소리도 부드럽다.

모든 시선이 회의실 앞쪽으로 모였다.

"진료부도, 간호부도, 사무국도, 다들 하고 싶은 말이 있을 겁니다. 하지만 사무국장님과 충분히 상의해서 이 작은 병원을 지키기 위해 가장 안전하고 확실한 길을 선택했다는 걸 알아주셨으면 합니다."

원장의 온화한 목소리가 울려 퍼졌다.

무난하기 그지없는 말들이 일그러진 결론을 만들어갔다.

어딘가 일그러져 있다는 걸 다들 정말 모르는 건지 아니면 모른 척하는 건지, 미코토는 가늠할 수 없었다.

양식 있는 작은 거인도, 가차 없는 A급 블리자드도 부자연스러울 만치 입을 꾹 다물고 있다. 내과 책임자이자 병동 책임자이니 분명 생각하는 바가 있을 텐데 아무 발언도 하지 않는다. 분위기 파악을 잘한다는 게 바로 이런 뜻일까.

"물론 환자 가족이 충분히 납득할 만큼 의료적 측면에서 최선을 다하는 것이 우리 의무지만, 이번에는 그 수준에 도달하지 못했습니다. 상황이 이러하므로, 최대한 환자 가족에게 성의 있게 대응하고자 합니다."

미코토는 자기 안에서 점점 커지는 위화감의 정체가 무엇인지 찾기 위해 열심히 머리를 굴렸다.

그날 현장에 있던 간호사들과 한마디 상의 없이 일을 진행해서인가? 아니다. 그건 중요한 문제가 아니다. 환자 가족에게 사죄한다는 것 때문인가? 그것도 아니다. 머리 숙여 사죄해서 환자 가족 마음이 편해진다면 머리 따위 얼마든지 숙일 수 있다. 위로금을 전달하는 게 문제인가? 물론 받아들이기 힘든 부분은 있지만, 중요한 건 그게 아니다.

말로 설명할 수가 없다.

하지만 말로 표현하기 힘들어서, 그래서 더 중요한 것이 있다. 말의 격류에 휩쓸려 시야에서 사라져버린 중요한 것들이 의료 현장에는 많이 있다.

고개를 들자 변함없이 온화한 목소리로 연설하는 원장이 눈에 들어왔다.

"특히 직접 진료에 임했던 다니자키 선생님과 간호사분들께 감사드립니다. 여러분 협조가 있어서 한층 양질의 의료를……."

"뭔가 이상하지 않나요?"

원장의 목소리와 대조적으로 격한 감정을 그대로 드러내는 목소리였다. 눈을 감은 채 고개를 숙이고 있던 사가까지 번뜩 눈을 떴다.

원장은 조금 놀란 듯한 표정으로 회의실을 찬찬히 둘러보았다. 원장의 눈길은, 나란히 앉은 중진들을 지나 회의실 뒤쪽에서 꼿꼿하게 등을 펴고 자신을 바라보는 젊은 간호사에게 멈췄다.

"쓰키오카 미코토 간호사, 맞지요?"

미코토는 원장이 자신의 이름을 알고 있다는 사실에 순수하게 감탄했다.

감탄했다고 해서 가슴속 응어리가 사라지는 건 아니었다.

"미코토, 미코토."

당황하며 미코토 소매를 잡아당기는 오랜 친구의 만류에도 아랑곳하지 않고, 미코토는 다시 한번 말했다.

"뭔가 이상하지 않나요?"

느닷없는 침입자의 등장에 회의실 전체가 주목했다.

"물론 자네들도 불만이 있겠지. 하지만 병원 전체로 볼 때……."

"불만을 말하려는 게 아닙니다."

원장의 온화한 눈빛은 묘한 압박감을 띠고 있었다. 그러나 미코토는 조금도 주저하지 않았다. 주저할 정도였으면 애초에 이의를 제기하지도 않았을 것이다.

"선생님들만큼 머리 좋은 사람이 아니라서 무엇이 이상한지는 잘 모르겠습니다. 그렇지만 뭔가 이상한 건 분명합니다. 이렇게 이상한 결론에 마치 다들 찬성하는 양 이야기가 진행되는 것은, 그것은 거짓이라고 생각합니다."

"그렇군요."

"'그렇군요'는 무슨 얼어 죽을." 하고 옆에서 교코가 중얼거렸다. 그 가식 없는 한마디가, 미세하게 떨리기 시작한 미코토의 등을 따뜻하게 어루만졌다.

"미코토 간호사는 야마구치 씨의 상태를 가장 먼저 발견한 스태프입니다."

오타키가 불쑥 말을 보탰다.

"야마구치 씨가 가족이 도착할 때까지 버틸 수 있었던 건 미코토 덕분입니다."

오타키가 듬직한 팔을 꼰 채 미코토를 지그시 바라봤다.

그 짧은 몇 마디가 미코토에게 새하얀 머릿속이 어느 정도 정리될 시간을 만들어주었다.

"야마구치 씨는 식사하는 걸 즐기는 분이셨어요."

뜬금없는 말이었다.

"즐겁게 드시다가 여든 살에 떠나셨습니다. 그러면 편안하게 떠나셨다고 말할 수 있지 않을까요? 물론 돌아가신 건 안타까운 일입니다. 하지만 그건, 사죄나 돈과는 관계없는 얘기라고 생각합니다."

"자네 생각은 그럴지 몰라도, 환자 가족은 그렇게 생각하지 않아. 그것이 문제지."

"하지만 우리는 의료 전문가입니다. 가족은 그렇지 않고요."

기세 좋게 토해낸 말은 시원한 바람처럼 한차례 회의실을 휩쓸었다.

미시마가 눈을 가늘게 뜨고, 다니자키가 몸을 움찔하고, 사가가 눈을 반짝이고, 원장이 표정을 바꿨다.

"전문가라면 전문가로서 책임감을 가지고 사실을 설명할 의무가 있다고 생각합니다. 의료적으로 할 수 있는 일과 할 수 없는 일이 있다고, 집에 있든 병원에 있든 죽을 때가 되면 죽는 것이라고, 확실하게 설명하는 것이 의료인의 의무가 아닐까요? 그 의무를 방치하고 어떻게든 원만하게 수습하려고만 하니까 결론이 이상해지는 겁니다. 환자 가족을 위해서라고, 병원을 위해서라고 말하지만 그건 거짓입니다."

유창하지는 않았다.

중간중간 목소리가 높아지고 갈라졌다.

그래도 미코토는 가슴을 짓누르던 응어리를 열심히 말로 바꿔 토해냈다.

숟가락을 쥐고 방긋 웃는 야마구치 씨의 모습이 선명하게 떠올랐다.

하얗게 센 머리에 남빛 단젠 차림이 화사하다. 웃는 얼굴은 더욱 화사하다. 야마구치 씨가 내과에 입원한 기간은 그리 길지 않았다. 하지만 여기저기 흘리면서도 열심히 숟가락을 움직이는 야마구치 씨 모습은 지금도 또렷하게 기억난다.

"우리는 책임지고 마지막 순간까지 야마구치 씨 곁에 있었습니다. 그렇게 보내드렸는데 지금 우리가 이런 식으로 대응하는 건 야마구치 씨에게도 실례되는 일입니다."

토해낸 말들은 허공을 떠돌다가 금세 흩어졌다.

결국, 찬물을 끼얹은 듯한 침묵만이 남았다.

차가운 고요 속에서 모두 입을 꾹 다물고 있었다.

흥분을 가라앉히지 못한 채 주변을 둘러보다가 살며시 웃고 있는 오타키를 발견했다. 그 옆에는 블리자드 와다가 놀란 표정을 짓고 있었다. 간호과장의 그런 표정은 처음 보았다.

작은 거인은 가늘게 뜬 눈으로 미코토를 응시하고, 시가는 흥미진진하게 바라보고, 사무국장은 재미있다는 듯 웃고 있다.

오랜 친구도 더는 미코토의 소매를 잡아당기지 않았다.

"야마구치 씨께 실례되는 일……. 그렇군요."

다니자키가 생각에 잠긴 표정으로 중얼거렸다. 유유히 흐르는 큰 강에 던져진 돌멩이 같은 한마디였다. 그래 봐야 돌멩이 하나로 강의 흐름은 변하지 않는다.

미시마의 중후한 목소리가 짧은 정적을 깨뜨렸다.

"돈 이외의 해결책은 정말 없습니까?"

작은 거인의 돌발 질문은 다니자키의 중얼거림보다 확실히 존재감이 컸다.

사무국장이 펜 끝으로 서류를 툭툭 찌르며 답했다.

"뭐, 어디까지나 먼저 손을 쓰자는 의도입니다. 소송으로 간다고 결정된 건 아니에요. 다만, 앞으로 어떻게 전개될지 가늠하기가 힘드니 리스크는 있습니다."

"리스크……."

"피할 수 있는 리스크면 피하자는 겁니다. 현장 간호사들 마음도 알지만, 사죄와 위로금은 병원을 지키고 환자 가족의 기분도 달랠 수 있다는 측면에서 비난할 만한 선택지는 아닙니다."

국장은 헛웃음을 지으며 말을 이었다.

"그런데도 굳이 리스크를 감수하겠다면, 합당한 이유가 필요하겠죠. 돌아가신 분에게 실례라는 이유는 이해하기가 조금…… 어렵네요."

말투는 여유롭고 지적은 적확했다.

잠시 정체되어 있던 공기가 사무국장 발언으로 다시 움직이기 시작했다. 조금 전까지의 그 방향으로.

그때 다시 한번 흐름을 저지하는 목소리가 울렸다.

"'미래를 위해서'라고 하면 안 될까요?"

뜬금없는 말에 모든 시선이 일제히 한곳으로 모였다. 놀랍게도 그 주인공은 1년 차 수련의였다.

가쓰라 역시 갑자기 주목을 받아 놀랐는지 약간 주춤했다.

"무슨 의미지?"

미시마가 가쓰라에게 뒷이야기를 재촉했다. 가쓰라는 다소 굳은 표정으로 자리에서 일어나 답했다.

"병원과 환자 가족을 위해, 여러 가지를 고려하여 병원 측이 내린 결론이라는 건 잘 알겠습니다. 사죄하고 위로금을 건네서 이번 일을 일단락지을 수는 있겠지요. 그런데 다음번엔 어떻게 하실 건가요?"

"다음번이라니?"

"또 누군가 식사를 하다가 음식이 목에 걸렸을 때를 말합니다."

가쓰라의 목소리가 아주 조금 강해졌다.

"식사 중 질식은 분명히 또 일어날 겁니다. 이런 전례를 만들면, 앞으로 고령 환자가 식사하다가 음식물이 목에 걸리는 일이 생길 때마다 돈 이야기를 해야 합니다. 그건 병원과 환자 양측 모두에게 불행한 일이고, 부자연스러운 일입니다. 앞으로 더욱 힘들어질 의료 현장을, 지금 우리가 이런 식으로 일그러뜨려서는 안 된다고 생각합니다. 리스크 있는 선택에 이유가 필요하다면, 저는 '미래를 위해서'라고 말하겠습니다."

가쓰라는 한번 말을 멈췄다가 다시 이었다.

"미래를 위해서입니다. 이해가 잘 안 되시나요?"

책상을 짚은 손이 희미하게 떨리고 있었다. 침착해 보여도 몹시 긴장한 것이다.

미코토가 맨 처음 느낀 감정은 '대체 무슨 말을 하는 거야?' 하는 순수한 놀람이었다. 그러나 이내 그가 매우 중요한 이야기를 하고 있음을 알아차렸다. 미코토가 제대로 설명하지 못했던 생각의 파편들을 가쓰라가 열심히 건져 올려 말의 형태로 만들어준 것이다. 수련의에게 향했던 미시마의 시선이 미코토 자신에게 옮겨왔을 때 미코토는 힘껏 고개를 끄덕여 보였다.

다시 찾아온 침묵은 쉽사리 깨지지 않았다.

어느새 국장의 펜 소리도 멈춰 있었다.

한동안 정적이 이어지고 마침내 원장이 입을 뗐다.

"국장님 의견은요?"

"저는 사무밖에 모르는 사람이라 이 작은 병원의 '현상 유지'를 하기만도 버겁습니다. '미래를 위해서'라는 고상한 이야기는 선생님들께 양보하겠습니다."

사무국장은 교묘하게 그물을 빠져나갔다.

"미시마 선생님은 이 젊은 선생 의견에 찬성하십니까?"

"그 정도로 안이하게 생각하지는 않습니다. 다만, 결론을 내기까지 조금 더 검토가 필요할 것 같네요."

"그렇군요."

원장은 짐짓 고민하는 표정을 지으며 고개를 저었다.

"솔직히 저는 의료의 미래보다, 우리 병원의 미래가 걱정됩니다."

그는 중얼거리며 테이블에 있는 잔으로 손을 뻗었다. 천천히 물을 마시더니 깊은 한숨을 내쉬었다. 회의실은 다시 정적에 휩싸였다.

원장은 가만히 미간에 손을 얹고 다시 한번 숨을 길게 내뱉었다.

"정말 걱정거리가 줄질 않네."

내던지듯 뱉은 한마디였다.

하지만 그 말에서 그치지 않고 원장은 옅은 미소를 띠며 고개를 끄덕여 보였다.

12월에 접어들어 연일 맑고 푸른 하늘이 펼쳐졌다.

저 멀리 북알프스의 능선은 눈으로 하얗게 뒤덮이고 아즈미노 일대도 조금씩 겨울 색으로 물들어갔다.

논밭에 내려앉은 서리, 수로 한쪽의 얼음, 잎을 떨구고 앙상해진 활엽수, 짙은 초록색 이파리를 완고하게 지키는 침엽수. 월동을 준비하는 자연 풍경이 눈부신 햇살을 받아 반짝인다.

찰나의 휴식처럼 맑은 날 오후, 미코토는 가쓰라와 커다란 농가에서 나오는 참이었다.

"야마구치 씨 댁에 가져다드리세요."

블리자드 와다 간호과장이 미코토에게 남색 단젠을 건네며 이렇게 말한 건 지난주였다.

야마구치 씨의 단젠이었다. 식사 중 질식부터 사망에 이르기까지 만 하루도 채 걸리지 않았던 그날, 정신없는 와중에 가족이 병원에 두고 간 옷을 세탁한 것이다.

"우편으로 보내기도 좀 그렇고, 원장님이나 미시마 선생님이 가져가기도 상황상 적합하지 않아서요."

와다 간호과장은 단젠이 담긴 종이가방을 보며 말을 이었다.

"여러모로 검토한 결과, 미코토 씨랑 가쓰라 선생님이 가져다드리는 게 가장 좋겠다는 결론이 나왔습니다."

'지난번 회의에서 했던 말에 책임을 지라는 뜻인가'라는 미코토의 생각을 읽기라도 하듯 블리자드가 곧바로 덧붙였다.

"요전 미코토 씨의 발언과는 전혀 상관이 없습니다."

블리자드의 목소리는 여전히 차가웠다.

"미코토 씨라면 안심하고 맡길 수 있으리라 판단했습니다. 야마구치 씨 가족 측에서 별다른 연락이 오지 않고 있어요. 재차 설명회를 열겠다고 해도, 이제 됐다는 답변만 돌아와서 병원으로서도 대응할 도리가 없는 상황이에요."

그런 일은 드물지 않다고 한다.

처음에 의료소송이라는 말을 입에 담았다가도 시간이 지나면서 자연스럽게 얘기가 사라지는 식이다. 그 상황이 하나의 도착지가 되는 일도 많지만, 환자 가족의 확실한 대답을 듣지 않는 이상 병원도 마음을 놓기가 어렵다.

"그래서 현재 따님이 어떻게 생각하시는지, 그 분위기만이라도 파악할 수 있으면 좋겠군요."

차가운 목소리는 여느 때와 같았으나 미코토를 보는 눈길이 예전과는 조금 달라져 있었다. 이 병원에 온 지 몇 해가 지나도록 간호과장에게 '당신이라면 안심하고 맡길 수 있겠다'라는 말은 빈말로도 들어본 적이 없었다.

"미코토 씨에 대한 평가가 올라간 게 아닐까요?"

이런 가쓰라의 반응을 곧이곧대로 받아들일 수는 없었지만, 어쨌든 이로써 병원에서 택시를 타고 15분 정도 이동하여 야마구치 씨 댁을 방문하게 된 것이다. 그곳은 완만한 언덕에 지어진 농가였다.

한마디로 부농이었다. 광대한 논밭에 인접하고 전통 기와지붕을 얹은 저택 같은 집이었다. 거대한 석조 문을 지나 안채까지 가는 길에 오래된 창고가 세 채나 있었다.

미리 연락해놓아서인지 현관에서 가쓰라가 말을 걸자 곧바로 따님이 모습을 드러냈다. 딸이라 해도 나이가 지긋한 초로의 부인으로, 야마구치 씨가 돌아가셨을 때보다 흰머리가 조금 더 눈에 띄었지만 그 외에 딱히 특별한 점은 없었다.

단젠을 돌려드린 후 불단에 향을 올리고 나서 방을 나올 적에 따님이 나직이 물었다.

"아버지는 돌아가실 때 괴로워하셨나요?"

괴로우셨으면 뭔가 반응이 있었을 텐데 야마구치 씨는 별말씀도 하지 않으시고 쭉 의식을 잃은 상태였다고, 아마도 고통스러운 시간은 거의 없었을 것이라고, 미코토는 설명했다.

가만히 듣고 있던 따님은 이윽고 끄덕이더니 "감사합니다." 하고 고개를 숙여 인사했다.

그것뿐이었다.

그게 전부였는데, 미코토는 그것이 구원의 손길처럼 느껴졌다.

"아직도 배웅하고 계세요."

문밖으로 나왔을 때 가쓰라가 말했다. 돌아보자 안채 앞까지 나온 따님이 두 사람에게 다시 한번 고개를 숙였다. 미코토도 깊이 고개 숙였다.

"사죄니 돈이니, 그런 이야기가 나왔던 게 거짓말 같네요."

미코토 목소리에 가쓰라도 고개를 끄덕였다.

"적어도 따님이 그런 말을 꺼낸 건 아닌 것 같아요."

두 사람은 나란히 산울타리를 따라 천천히 걸었다.

산울타리 그늘에서 웅크리고 있던 흰 고양이가 고개를 획 들더니 우아하게 길을 가로질렀다.

"고마워요. 선생님."

미코토가 느닷없이 꺼낸 말에 가쓰라는 눈길로 답했다.

그 침묵의 온기를 느끼며 미코토는 말을 이었다.

"회의에서 선생님이 나서지 않았다면 결과는 달라졌을 거예요."

"고맙다고 말할 사람은 나야."

의외의 반응에 미코토는 눈만 크게 떴다.

"뭔가 이상하다고 생각하면서도 용기가 없어서 입이 떨어지지 않았어. 근데 미코토가 말하는 걸 보니까 한 대 세게 맞은 기분이 들더라고. 정신 똑바로 차리라고 나를 혼내는 것 같았지."

진지한 표정으로 대답하는 가쓰라를 보며 미코토는 무심코 웃고 말았다.

아마 그건 아닐 것이다. 적어도 그렇게 보이진 않았다. 분명 평소 가쓰라 본인이 나름대로 생각한 바가 있었기에 그토록 이상한 말을 할 수 있었던 것이다.

"미코토가 말했잖아. '우리는 의료 전문가입니다. 가족은 그렇지 않고요'라고. 정말 그렇지. 바쁜 일상에서 다들 잊고 있던 것을 미코토가 깨닫게 해줬어."

부드러운 말들이 조용히 흘러갔다.

말들의 여운까지 사라질 즈음에 미코토가 가쓰라를 보며 말했다.

"자연스럽게 말이 가벼워졌네. 그리고 언제 미코토 씨가 미코토가 됐어?"

미코토의 말이 채 끝나기도 전에 가쓰라는 성큼 앞서 걸으며 "아, 날씨 좋다." 하고 말을 돌렸다.

물론 미코토는 봐주지 않는다.

"선생님, 말 좀 해보세요."

"뭘?"

"아까처럼 다시 불러봐."

"싫어."

따라오는 미코토를 뿌리치듯이 가쓰라가 걷는 속도를 높였다. 미코토가 가쓰라 뒤를 따르는, 그야말로 흔치 않은 상황이었다.

"아, 산다화네."

억지스러운 화제전환에 미코토는 못 이기는 척 가쓰라가 가리키는 쪽으로 눈을 향했다. 산울타리에 빨간 꽃이 박혀 있었다. 자세히 보니 짙은 녹색 잎들 사이에 새빨간 꽃이 군데군데 피어, 길 오른편으로 쭉 이어져 있었다.

"동백나무속으로, 겨울을 대표하는 꽃 중 하나야. 꽃 피는 시기가 길어서 새해가 돼도 볼 수 있어. 향기도 좋아."

꽃 이야기를 줄줄 늘어놓는 가쓰라 곁으로 미코토가 바짝 따라붙었다. 신나게 이야기하는 가쓰라를 보자 자연스레 미소가 지어졌다. 이제 그만 놀려야겠다고 생각하다가 문득 꽃에 관해 이야기하는 가쓰라를 보는 게 무척 오랜만임을 깨달았다. 미코토는 꽃집 아들의 그런 모습이 꽤 마음에 들었다.

"'고난을 극복하다'라는 의미가 있어."

"고난?"

"산다화의 꽃말이 '고난을 극복하다'야. 꽃마다 꽃말이라는 게 있는데 개중에는 도저히 연상하기 힘든 꽃말을 가진 것도 있어. 근데 산다화는 꽃말과 딱 어울리지."

"고난을 극복하다……."

미코토는 걸음을 멈추고 꽃말을 되뇌었다.

차가운 겨울 공기 속에서 당당하게 꽃을 피운 산다화와 잘 어울리는 말이다.

꽃을 보고 있노라니 미코토 머릿속에도 여러 생각이 한꺼번에 피어올랐다.

이번 일은 아직 아무것도 해결되지 않았다. 사죄나 위로금에 관한 이야기가 어떤 식으로 결론 날지는 몰라도, 어쨌든 야마구치 씨 가족이 다시 병원 측 설명을 듣는 일은 없을 것이다. 1년 차 간호사 한자키는 퇴직 희망과 관련해서 오타키 주임과 상담했다고 하는데, 오타키의 특기라 할 수 있는 능란한 말재주로 잘 구슬려 우선 급한 불은 끈 모양이다.

고난은 많다.

하나씩 극복해가는 수밖에 없다. 그리고 충분히 극복할 수 있을 것이라 믿는다. 날마다 혹독해지는 겨울 날씨를 견디며 새빨간 꽃을 피우는 산다화처럼.

미코토는 오른손을 살짝 뻗어 바로 옆에 있는 가쓰라의 왼손을 잡았다. 순간 살짝 놀란 듯했지만, 이내 가쓰라의 왼손은 미코토의 오른손을 꼭 잡았다.

두 사람은 산다화 핀 길을 조용히 걸었다.

겨울날 오후, 하늘은 한없이 맑고 파랬다.

눈 덮인 북알프스는 햇살을 받아 눈부시게 아름다웠다.

광대한 사과밭을 관통하는 넓은 농로에 도착해서 미코토는 왼손을 이마에 올리고 일대를 바라보았다. 완만한 비탈 아래쪽으로 반짝반짝 빛나는 아즈사 강이 보이고 그 너머 나무들 사이로 아즈사가와 병원이 보였다.

"택시 부를까?"

가쓰라의 목소리에 미코토는 고개를 저었다.

"가끔은 걷는 것도 좋지."

"동감이야."

가쓰라가 밝게 대답했다.

가쓰라의 손에 힘이 실렸다.

미코토도 그 손을 다시 한번 힘껏 잡았다.

얼레지 찬가

 창밖으로 구급차의 빨간 회전등이 보였다.

 깜빡이는 불빛 아래, 구급대원들이 분주하게 움직이며 환자를 내릴 준비에 한창이었다. 응급실 입구에서는 연배가 있어 보이는 대원 한 사람이 병원 접수처 직원과 친밀하게 대화를 나누고 있었다.

 유리창 너머로 그 광경을 바라보다가 창밖 불빛이 조금씩 번져 보여서 가쓰라는 눈을 살짝 가늘게 떴다.

 눈이 내리고 있었다.

 3월 초 어느 날, 저녁때부터 눈발이 날리기 시작하더니 어느새 기세를 더해 산간 지방을 하얗게 뒤덮었다. 병원의 외부 조명과 구급차의 회전등도 하얀 눈이 포근하게 감싸고 있다.

 "가쓰라 선생님, CT 촬영 끝났습니다."

목소리를 따라 가쓰라는 시선을 실내로 향했다.

응급실 안에 있는 처치실 자동문으로 야간 근무자 히라오카 간호사가 스트레처를 밀면서 들어오고 있었다.

"체온 39도, 구급차 안에서 혈압은 140이었습니다. 복통이 있다고 합니다."

덤덤한 말투로 보고하는 히라오카는 수련의인 가쓰라보다 나이가 곱절은 많다. 베테랑 중 베테랑이지만 그래서 의지가 되는 스태프냐고 하면, 딱히 그렇지는 않다. 쉰을 넘겼으니 야간 근무가 쉽지는 않을 것이다. 히라오카는 스트레처를 멈춰 세우고는 자못 귀찮다는 듯 한숨을 내쉬었다.

그 풍경 앞에서 가쓰라는 쓸쓸하게 웃었다. 히라의 모습에 동정을 느껴서가 아니라, 자신이 전과는 꽤 달라졌음을 실감해서였다.

의사가 된 지 이제 곧 1년이 된다. 1년 전에는 구급차가 도착할 때마다 머릿속이 새하얘져서 간호사 모습은 눈에 들어오지노 않았다.

가쓰라는 '이제 조금 여유가 생긴 건가.' 하고 묘한 감회에 젖으며 입을 뗐다.

"지금은 바이탈이 안정되었나요?"

"네. 어떻게 할까요?"

"우선 솔루락트[21]로 라인 확보하고 혈구, 생화학, 혈액 검사 진행해주세요."

가쓰라는 일련의 지시를 내리며 스트레처에 누운 환자에게 다가갔다.

환자는 95세 여성, 우치지마 야에 씨다.

복통과 고열이 있어 조금 전에 구급차로 이송되어 왔다.

"괜찮으세요?"

가쓰라가 묻자 아담한 체구의 할머니는 여윈 손을 가슴께에 모으고 작게 입을 움직였다.

"이렇게 늦은 시간에 미안해서 어째요. 그냥 조금 아픈 건데······."

95세라고는 상상할 수 없을 만큼 또렷한 대답이었다. 그러나 '조금 아픈 것'치고는 안색이 몹시 창백했다.

"어디가 아프세요?"

"위장 있는 데가 아프네요. 저녁 먹기 전에는 괜찮았는데 밥 먹고 조금 있다 갑자기······."

다소 갈라진 목소리로, 가쓰라의 질문에 제대로 된 답변을 돌려주었다.

"겉보기엔 비쩍 말라서 미라 같아도, 정신은 아주 말짱해요. 몸이 안 좋다고, 구급차를 불러달라고 할 정도니까요."

---

21 아미노산과 영양을 주입하는 수액 주사제

구급차에 함께 타고 온 아들이 옆에서 거들었다. 머리가 살짝 벗어진 남성이 우치지마 하치조라고 자신을 소개했는데, 다소 말투가 거칠긴 해도 어머니에 대한 정보는 믿을 만해 보였다. 가쓰라는 한 차례 진찰을 마치고 전자 진료기록부에서 방금 촬영한 CT 영상을 불러왔다.

흉부에 폐렴을 의심할 만한 부분은 없었다. 그런데 복부 영상에서 담관, 즉 쓸개관 쪽 하얀 부분이 눈에 띄었다. 자연스레 미간이 좁아졌다.

"돌이네."

한마디가 등뒤에서 불쑥 날아왔다.

놀라서 돌아보니 바로 뒤에 몸집이 작은 의사가 서 있었다.

"미시마 선생님, 일찍 오셨네요."

"사이렌 소리가 의국까지 들리더군."

뒷짐 진 자세로 부드럽게 대답한 사람은 소화기내과의로 가쓰라의 지도의이자 내과 부장인 미시마다.

미시마가 모니터를 바라보며 차분히 말을 이었다.

"가쓰라 선생의 진단은?"

"총담관 결석에 따른 급성 담관염으로 보입니다."

"그래. 도착하자마자 CT를 찍다니, 검사 순서가 일반적이진 않은데?"

"가벼운 황달에 복통과 발열도 있어 우선 담도계 문제를 의심하고 곧바로 CT 촬영을 진행했습니다. 혈액 검사는 이제 시행할 예정입니다."

"나쁘지 않은 판단이야."

미시마가 나직이 중얼거리며 의자에 앉았다.

지도의의 갑작스러운 등장은 가쓰라에게 약간의 긴장과 그보다 훨씬 큰 안도감을 불러왔다.

"체온은 39도지만 의식이 또렷합니다. 복통이 심한 듯합니다."

"고령이니 방심할 수는 없어. 담관염이면 몇 시간 내에 쇼크가 올지도 모르니까."

느닷없이 새된 알람 소리가 울리고 침대 옆 모니터에 빨간 숫자가 깜빡였다.

"혈압 105입니다."

수액을 연결하던 히라오카가 모니터를 보며 말했다.

지도의의 우려가 현실이 되고 있다.

"시간이 별로 없는 것 같군."

"혈액 검사 결과가 나오는 대로 긴급 ERCP를 진행할까요?"

ERCP는 내시경을 이용해 담관 결석을 제거하는 것을 말한다. 이런 상황에서 가장 먼저 고려될 치료가 분명하건만 미시마는 망설였다.

"올바른 판단이야. 하지만……."

그는 CT 영상을 향했던 시선을 거두고 눈썹을 찌푸리며 뒤를 돌아보았다.

미시마의 눈길이 닿는 곳은 깜빡이는 모니터도, 쉴 새 없이 떨어지는 수액도 아니었다.

침대에 누워 있는 환자의 주름진 얼굴이다.

"95세라……."

짧은 중얼거림에 많은 이야기가 담겨 있었다.

ERCP는, 담관 결석 치료에 확실히 효과가 뛰어나지만 완벽하게 안전하다고 말하기는 다소 어렵다. 내시경 치료 중에서는 트러블이 많은 편에 속한다. 아무리 유효하더라도 이처럼 위험이 따르는데, 95세 고령 환자에게 과연 올바른 선택일까.

쉽게 판단할 수 없다.

"가쓰라 선생이라면 어떻게 하겠나?"

잠깐의 침묵 후 미시마가 물었다. 미시마는 자신의 판단을 밝히기 전에 늘 가쓰라의 생각을 확인한다.

"묻기 전에 반드시 스스로 생각해봐야 해. 미숙해도 괜찮아. 어쨌든 자기 나름의 답을 내보는 게 중요하지."

이것이 작은 거인의 지도법이다.

가쓰라는 뒤죽박죽인 머릿속을 최대한 정리하며 대답했다.

"확실한 방법이긴 하나, 95세라는 나이를 고려할 때 ERCP는 높은 위험성을 동반합니다. 게다가 심부전과 고혈압으로 항응고제를 복용하고 있습니다."

미시마가 천천히 고개를 끄덕이자 가쓰라는 그 고갯짓을 막 듯이 '하지만' 하고 말을 이었다.

"하지만 급성 담관염으로 혈압이 내려가기 시작하면 항생제 수액만으로 극복할 확률이 매우 낮아집니다. 위험을 감수하고 ERCP를 선택해야 하는 상황입니다."

"95세 쇼크 직전 환자에게 긴급 ERCP라…… 꽤 힘든 길을 선택하는군."

미시마는 잠시 말을 끊었다가 고개를 끄덕이며 입을 열었다.

"하지만, 타당해."

스트레처 옆에 서 있는 히라오카를 보며 대기실에 있는 환자의 아들을 불러오도록 지시했다.

"자네와 같은 생각이야. 우선 환자 보호자에게 ERCP의 위험성을 충분히 설명하고 동의를 얻어야겠지. 시술 중 목숨을 잃을 수도 있을 만큼 위험하다는 걸 설명드리고, 이 방법이 아니고는 살릴 수 없다는 것도……."

미시마가 갑자기 입을 다물었다. 스트레처에 누워 있는 야에 씨가 수액 줄이 연결된 가느다란 팔을 뻗었기 때문이다.

"선생님."

야에 씨가 속삭이듯 말했다.

"이 나이에, 그런 건 됐어요."

알람 소리가 요란하게 울리는 가운데, 갈라진 목소리가 작지만 또렷하게 들려왔다.

당황한 가쓰라가 스트레처 옆으로 다가가자 할머니는 살며시 고개를 끄덕여 보였다. 이가 덜덜 떨리며 부딪치는 소리가 났다. 오한으로 인한 떨림이 나타날 정도로 상태가 심각했다.

"내시경을 해야 하는 상황이에요. 자칫하면……."

가쓰라는 '죽음'이라는 단어를 입에 담으려다 주저했다.

야에 씨가 그 침묵의 의미를 헤아리고 떨리는 입가에 미소를 띠었다.

"드디어 갈 수 있겠네. 괜찮아요."

가쓰라는 대답할 말을 찾지 못했다.

옆에서 미시마도 입을 꾹 다물었다.

"살 만큼 살았어……."

떨리는 목소리가 서서히 떠올라 천장에 닿아 흩어졌다.

아즈미노에 온 후로 가쓰라는 종종 실감한다.

아즈미노는 정말 아름답다.

가쓰라는 도쿄에서 나고 자랐기에 넓은 간토평야 한가운데서 산과 들을 접할 기회가 그리 많지 않았다. 물론 조금 나가면 소소한 하이킹코스나 캠핑장, 수량 풍부한 계곡이 없지는 않지만, 아즈미노는 아예 차원이 다르다.

물과 공기가 맑은 건 물론이고, 독특한 투명함을 지닌 자연의 아름다움이 사람들 생활 속 깊숙이 스며들어 있다.

조금만 걸으면 샘이 나오고, 샘물은 수로를 타고 곳곳에 가닿는다. 바람에 흔들리는 접시꽃과 향기로운 정향풀을 즐기고, 무더기로 핀 제비꽃에 놀라기도 한다. 숲길을 들어서자마자 도심에서는 보기 힘든 야생화를 만나고, 때로는 특별한 고지대에서만 볼 수 있다는 귀한 꽃을 발견한다.

이 지역에 각별한 추억이 있어서 시나노대학에 온 건 아니지만, 막상 와서 사계절 변화가 뚜렷한 아즈미노를 오가다 보니 자연스레 이곳에 남고 싶어졌다.

시나노대학 부속 병원의 외래동 5층에는 아름다운 아즈미노를 조망할 수 있는 넓은 레스토랑이 있다.

전망 좋은 레스토랑 '솔라리스'다.

가쓰라도 의대생 때 대학병원에 임상 연구를 하러 나온 길에 몇 번 왔었는데 수련의 신분으로 아즈사가와 병원에 간 후로는 대학병원에 올 일이 없어서 이곳도 거의 1년 만이다.

"가쓰라 선생님!"

자동문을 들어서자 명랑한 목소리가 들려왔다. 통유리로 둘러싸인 레스토랑을 눈으로 훑으며 목소리의 주인공을 찾기 시작했다.

볕이 잘 드는 커다란 창으로 저 멀리 봄맞이 준비에 여념 없는 아즈미노가 한눈에 들어왔다. 시선을 조금 더 올리니 눈 덮인 북알프스의 늠름한 자태가 보인다.

이처럼 근사한 풍경을 보기 위해 솔라리스를 찾는 환자와 직원이 원래는 적지 않은데, 토요일 오후 3시라는 시간 탓인지 실내가 한산했다.

창가에서 부드럽게 손짓하는 미코토를 발견하고 가쓰라가 다가갔다.

"미안. 오래 기다렸어?"

"아니야. 경치가 좋아서 괜찮았어."

목까지 올라오는 스웨터 차림의 미코토가 눈을 반짝였다.

"정장 입은 거 처음 봐. 순간 누군가 했어."

"어때?"

잠깐 고개를 갸웃하고는 곧 또랑또랑한 목소리로 답했다.

"솔직히 안 어울려."

"나도 그렇게 생각해."

머쓱하게 웃는 가쓰라를 보며 미코토는 호탕하게 웃었.

가쓰라가 어색한 정장 차림으로 모교인 시나노대학을 찾은 것은 이날 교내에서 내시경 학회 지방 회의가 있었기 때문이다. 이날 오전에 가쓰라는 한 달 전부터 지도의인 미시마와 준비한 내용을 학회에서 발표하고, 미코토는 대학에서 열린 간호사 공부 모임에 참석했다.

"처음 해본 학회 발표는 어땠어? 잘했어?"

"그럭저럭 잘 끝났어. 많이 긴장하긴 했지만."

"고생 많았어."

미코토가 불러준 점원에게 가쓰라는 커피를 주문했다.

그때 정장 차림 남자 몇 사람이 솔라리스로 들어왔는데 가쓰라처럼 학회를 마치고 온 의사인 듯했다.

"아즈사가와 병원의 환자들 사례를 발표한 거야?"

"응. 90세 이상의 총담관 결석 환자에 대해서."

"너무 우리 병원다운 주제네."

미코토의 솔직한 감상에 가쓰라도 웃음이 나왔다.

"미시마 선생님이 쌓아온 데이터를 해석했는데, 90세 이상을 기준으로 삼은 게 아무래도 대학병원 선생님들한테는 좀 놀라웠나 봐."

발표자에게 주어진 시간은 발표 4분, 질의응답 3분이었다. 발표 주제에 따라 질의가 나오지 않는 경우도 더러 있었지만, 가쓰라의 발표 후에는 질문이 이어졌다.

"고령자에게 정말 ERCP를 해도 괜찮은지 묻는 사람도 있었어."

"우리 병원에서는 일상다반사인 걸 뭐. 바로 요전에 103세 환자도 ERCP를 했잖아."

미코토가 레몬주스 빨대를 입에 문 채 어깨를 움츠렸다.

"이번 주에 입원한 야에 씨도 90세 이상이지? 결국 ERCP는 안 했지만, 어쨌든 고비를 넘기고 회복했잖아. 그 나이까지 살아온 사람의 강함이라는 거야. 바로 그게."

가볍게 내뱉은 듯해도 그 말은 꽤 묵직하게 다가왔다. 현장에서 직접 보고 느낀 사람의 실감이 담겨 있기 때문이리라.

가쓰라도 미코토 의견에 동감한다.

수요일 당직 날 구급차에 실려 온 야에 씨는 내시경 처치를 끝까지 거부했다. 그래서 하는 수 없이 수액과 승압제를 사용하고 상태를 지켜보기로 했는데, 일반적으로 그런 상황에서는 혈압이 계속 떨어지지만 다행히 야에 씨는 열이 내려가며 회복세에 올랐다.

미코토 말처럼, 90세를 넘긴 사람이라면 애초에 타고난 튼튼함이 남다른지도 모른다.

"여러 질문에 대답하기는 힘들었는데, 좋은 경험이었어. 미시마 선생님이 대학병원 선생님들도 몇 분 소개해주셨어. 대학병원에는 소화기내과 의사가 몇십 명이나 있대."

가쓰라는 때마침 도착한 커피에 손을 뻗으며 창밖으로 시선을 던졌다. 대학병원의 넓은 부지에는 '솔라리스'가 있는 외래동 외에도 병동, 기초연구동, 응급센터, 그 밖에도 많은 건물이 있고 그런 건물 하나하나가 아즈사가와 병원 전체보다 크다.

학생 때는 미처 알지 못했지만, 아즈사가와 병원에서 와보니 대학병원이라는 조직이 얼마나 큰지 새삼 깨닫게 된다.

"소화기내과로 갈 거야?"

번뜩 정신이 들어 가쓰라는 고개를 끄덕이며 답했다.

"수련의 기간은 1년 더 남았지만, 아마 그렇게 될 거야."

"역시 특이해."

미코토는 보란 듯이 한숨을 쉬며 말했다.

"굳이 힘든 길로 가네. 무조건 쉬운 과로 가라는 건 아니지만, 조금 더 평탄하다고 할까, 덜 힘든 과도 있지 않아?"

"미시마 선생님을 만난 건 운명이야. 소화기내과 의사로서, 한 인간으로서, 정말 대단하신 분이지."

"그래그래. 미시마 팬한테 무슨 얘기를 하겠니. 아즈사가와 병원의 마지막 연수 기간을 또 소화기내과에서 보내고 싶다는 사람인데."

미코토의 가시 돋친 말에 가쓰라가 씩 웃었다.

가쓰라는 아즈사가와 병원에서의 마지막 두 달 동안 다시 한번 소화기내과에서 배우기로 했다. 한차례 연수를 마친 곳인데 굳이 다시 오기를 희망한 건 미시마라는 의사에게 강하게 끌렸기 때문이다.

미시마의 엄격한 지도 덕에 긴장을 늦출 수 없고 할 일도 많지만, 그래도 가쓰라는 자신이 얼마나 귀중한 시간을 보내고 있는지 충분히 알고 있다.

"열심히 하는 건 좋은데, 대체 언제쯤 돼야 시간이 나는 거야?"

 가벼운 어조였지만 말 속에 뼈가 있었다.

 가쓰라가 당황해서 고개를 들자 미코토가 빨대를 물고 뺨을 한껏 부풀리고 있었다. 가쓰라가 뭐라 대꾸하기도 전에 레몬주스가 부글부글 거품을 일으켰다.

 "바쁜 선생님은 사랑스러운 여자 친구보다 미시마 선생님이랑 고령 환자한테 관심이 많으실 테죠."

 "아니, 그런 게 아니라……."

 "알아."

 미코토가 말을 막았다.

 "불평하는 건 아니야. 수련의 과정이 얼마나 중요한지 나도 잘 알아. 아무리 그래도, 대학병원 레스토랑은 데이트 장소로 적절치가 않다고요. 같이 가고 싶은 데가 얼마나 많은데."

 부루퉁한 목소리에도 미코토 특유의 솔직함과 명랑함이 배어 나왔다.

 가쓰라에게 없는, 초여름 바람 같은 상쾌함이 미코토에게는 있다.

 가쓰라도 물론 바쁜 일상에 쫓기지만, 미코토도 낮과 밤이 불규칙하게 바뀌는 고된 일정을 소화한다. 미코토의 솔직함이 없었다면 두 사람은 사소한 엇갈림을 몇 번이고 반복했을 것이다.

가쓰라는 창밖으로 눈을 돌렸다. 눈 덮인 조넨다케[22]가 시야에 들어왔다. 시선을 조금 아래로 내리니 겨울의 아즈미노가 보였다.

가쓰라는 커피잔을 감싼 두 손에 힘을 실으며 용기를 냈다.

"상의하고 싶은 일이 있어."

미코토가 의아해하는 표정을 지었다.

"연수도 이제 2주만 지나면 끝나잖아. 3월에, 며칠밖에 안 되긴 하지만 휴가가 있거든. 그때 주말에, 지난번에 말했던 것처럼, 미코토네 집에 인사 가면 어떨까 해서."

최대한 차분하게 말하려고 애썼으나 가쓰라 본인이 듣기에도 목소리가 영 미덥지 않았다. 그 목소리를 들은 미코토는 눈을 휘둥그레 뜨더니 그대로 굳은 듯 꼼짝도 하지 않았다. 뺨만 살며시 붉어졌.

"미코토, 괜찮아?"

"괜찮지 않아. 이런 데서, 게다가 이런 타이밍에, 갑자기 그런 말을 꺼내다니 비겁해."

"비겁한 거야?"

"비겁한 게 아니면 못된 거지. 실은 성격 나쁜 거 아니야?"

가쓰라는 예상치 못한 반응에 당황하면서도 어쩐지 안도했다. 정말, 미코토의 반응은 전혀 예측할 수가 없다. 언제나 예상

---

22 조넨 산맥의 주봉

을 벗어나 더욱 매력적이다.

"다다음주 주말에 바빠?"

"갑자기 물어보면 모르지. 근무표 봐야 해."

미코토는 퉁명스럽게 내뱉고는 곧바로 한숨을 섞으며 말을 이었다.

"바빠도 어떻게든 해볼게."

한결 누그러진 말투에서 약간의 따스함이 느껴졌다.

가쓰라는 웃으며 커피잔을 들었다. 다시 한번 창밖으로 눈을 돌리자 넓게 펼쳐진 아즈미노의 산자락이 옅은 안개 속에 부옇게 흐려 보였다.

혹독한 계절이 지나고 봄의 발소리가 서서히 들려온다.

"내과 입원 환자 절반은 살았는지 죽었는지 알 수 없는 상태니까요."

순환기내과의 다니자키가 위험한 대사를 입에 담았다. 다니자키는 사신이라는 불길하기 짝이 없는 별명의 주인공이기도 하다. 늘 온화한 미소를 띠고 위험한 발언을 서슴지 않아서 임상 현장의 스태프를 질리게 하지만, 그 태도는 차치하고 발언 내용 자체는 사실의 일면을 가리킨다고 가쓰라는 생각한다.

가쓰라가 내과 병동을 회진하며 담당하는 12명 환자는 대부분 85세 이상인데, 가장 젊은 40세 대장 폴립 환자를 포함해도 평균 나이가 86세에 달한다.

환자의 과반수는 와상 환자이거나 치매가 진행되어 의사소통이 어렵다. "안녕하세요"라고 인사해도 반응이 아예 없거나 눈동자만 살짝 움직이는 경우가 많기에 험악한 얼굴로 노려보는 환자라도 만나면 반응이 있는 것만으로 감사하게 된다.

그런데 그중에서도 가쓰라를 고민케 하는 환자가 있었으니, 바로 502호실에 입원한 84세 남성, 다타이 도미지 씨다.

다타이 씨는 4인 병실의 창가 침대에서 수액 줄을 매단 채 온종일 가만히 누워 있다.

고개를 뒤로 젖힌 것처럼 턱이 살짝 들려 있고 늘어진 입가에서 흘러내린 침이 베개까지 가느다란 실처럼 늘어져 있다. 자기 가슴을 안는 듯한 위치에서 굳어버린 팔은 가쓰라가 힘주어 당겨도 꿈쩍도 하지 않는다. 마치 정지된 세상 같다.

겨울 석양이 비추는 그 풍경은, 무언가 심오한 메시지를 담은 그림처럼 현실과 비현실의 틈새에서 흔들린다.

원래 노인 요양 보호 시설에 있다가 흡인성 폐렴으로 입원한 환자인데, 폐렴은 어느 정도 진정되었으나 음식을 섭취할 수 없다는 근본적인 문제를 안고 있다. 연하 기능이 현저하게 저하되어 식사를 재개하면 바로 폐렴이 재발할 수 있고 자칫하면 질식 위험도 있다는 것이 재활사의 판단이다.

"위루라……."

침대 옆에 서서 가쓰라가 무심코 중얼거렸다. 이런 상황의 기본 방침인 위루 시술을 다음 주 진행할 예정이다.

위루는 복부에 구멍을 내서 위에 직접 관을 연결하는 것을 말한다. 입으로 음식을 먹지 못해도 위루로 영양을 섭취할 수 있게 된다.

먹을 수 없으면 위루를 만든다.

의학적으로는 지극히 일반적인 사고방식이지만, 가쓰라는 눈앞의 다타이 씨를 보면서 미묘한 위화감을 지울 수 없었다.

꼼짝도 하지 않고 아무 말도 하지 않는 환자의 배에 구멍을 내서 튜브를 삽입하고 원래 있던 시설로 돌려보내는 것이다. 그 행위는 무엇을 의미할까. 가쓰라는 말로 표현하기 힘든 무언가를 찾듯이 천장을 올려다봤다.

"매일 고생이 많으셔요. 선생님."

불쑥 들려온 목소리에 가쓰라는 정신이 들었다.

다타이 씨 침대 옆 커튼 너머에서 들려온 목소리다.

살짝 커튼을 젖히고 들여다보니 할머니가 주름진 두 손을 모으고 있었다. 지난주 입원한 야에 씨는 다타이 씨 옆자리다. 통상 성별에 따라 입원실이 나뉘지만, 병동에 자리가 없으면 가끔 이렇게 섞여서 배정되기도 한다. 특히 겨울엔 입원 환자가 많아서 병동에 빈자리가 거의 없다.

손을 모으고 고개를 숙이는 야에 씨 옆에서 한 남성이 천천히 일어섰다.

"늘 감사합니다. 선생님."

접이식 의자에 앉아 있던 아들 하치조다.

95세 야에 씨의 아들이니 분명 70세 전후일 텐데 머리만 약간 벗어졌을 뿐 어깨가 떡 벌어져서 꽤 젊어 보인다.

"우리 어머니는, 어째 죽을 고비는 넘긴 것 같네요."

난감한 일을 토로하는 듯한 말투라서 가쓰라는 살짝 당황했으나 최대한 싹싹하게 웃으며 말했다.

"다행입니다. 위급한 상태로 오셨는데도 정신이 또렷하시고 말씀도 잘하셔서 놀랐어요."

"정신이 말짱한 건 좋은데, 대체 언제까지 살려고 이러는지……. 어머니, 데리러 오는 사람 좀 없어요?"

"그러게, 아직이구나. 얼른 데려가면 좋으련만."

"돌아가실 거면 얼른 가셔야지, 병치레하면서 질질 끌면 나도 힘들어."

아들 하치조의 무람없는 표현이 그들에게는 일상인지, 가쓰라만 어쩔 줄 몰라 하고 야에 씨는 놀라는 기색도 없다.

"저기……."

가쓰라가 조심스레 끼어들었다.

"우선 열이 내려가서 오늘부터 미음을 드시기는 하지만, 돌을 제거한 게 아니라 언제 또 열이 날지 모릅니다. 지난번처럼 상태가 갑자기 나빠질 수도 있고요."

"다음에는 진짜 저세상 가시겠네요."

하치조는 내던지듯 말하고 어머니 앞의 미음 그릇을 집어 들었다.

"어쨌든 목숨은 건졌으니, 의사 선생님한테 폐 끼치지 말고 얼른 밥 먹고 집에 갑시다."

"그러자꾸나."

외줄을 타듯 아슬아슬한 대화에 가쓰라는 쩔쩔매다가 꾸벅 고개를 숙이고 등을 돌렸다.

가만히 누워서 입도 뻥긋하지 못하는 할아버지, 죽음을 기다리는 할머니.

의사란 대체 무엇일까.

그런 생각이 뇌리를 휘젓는 저녁 회진이었다.

"병동 환자들은 대체로 안정된 것 같군."

저녁 7시가 조금 지난 시각 병동 스태프 스테이션에, 지도의의 중후한 목소리가 울렸다.

외래와 검사 업무가 끝나고 회진도 일단락된 후, 스테이션에서 미시마와 짧은 회의를 하는 것이 가쓰라의 일과다.

"515호실 시모다이라 씨는 식사량이 늘었으니 내일부터는 수액을 줄이겠습니다. 512호실 오기와라 씨는 모레 퇴원해서 원래 있던 시설로 가신다고 합니다. 진료 정보 제공서도 기재를 마쳤습니다."

"확인해보겠네."

미시마는 가쓰라의 보고를 하나하나 신중하게 듣고 짧게 답했다.

작년 여름 처음 미시마 밑에서 연수를 받았을 땐 증례마다 세세한 수정과 확인 사항이 있었으나, 지금은 그런 과정이 꽤 줄어서 지시 사항이 많지 않다. 반년 전에 비해 확연히 줄어든 회의 시간은 가쓰라의 성장을 말해주지만, '작은 거인'과의 회의가 긴장의 시간이라는 데는 변함이 없다.

"502호실 야에 씨는 오늘 미음을 시작했습니다. 별문제 없이 전부 드셨기 때문에 내일부터는 죽으로 변경하고자 합니다."

"잘됐군."

"같은 병실에 계시는 다타이 씨는, 계획대로 다음 주에 위루관을 삽입할 예정입니다."

가볍게 고개를 끄덕이던 미시마는 가쓰라가 머뭇거리자 그 마음을 꿰뚫어보듯이 가쓰라를 빤히 응시하며 물었다.

"역시 고민되나?"

생각지 못한 질문에 가쓰라는 입을 다문 채 지도의를 바라보았다. 대답할 말이 떠오르지 않았다. 입을 떼지 못하는 가쓰라의 모습도 예상 범위 안에 있었다는 듯 미시마는 고개를 끄덕였다.

"확실히 어려운 문제야."

다타이 씨의 아내와 아들은 이미 세상을 떠나고 가족이라 할 만한 사람은 손자 부부뿐이다. 지난주 가쓰라는 미시마와 함께 손자 부부에게 환자 상태를 설명했다.

입으로 음식을 먹을 수 없으면 위루관을 삽입하는 수밖에 없다고 알리고, 아무 반응 없이 그저 누워 있는 다타이 씨에게 위루를 만들 것인지에 대해 가족의 의견을 물었다.

가쓰라의 설명을 들은 손자의 반응은 매우 담백했다.

"알겠습니다. 위루를 만들어주세요."

다타이 씨의 손자, 다타이 아키라는 야무진 느낌의 30대 후반 남성이었는데 이날 자리가 마무리될 때 약간 날카로운 말투로 한마디를 덧붙였다.

"할 수 있는 건 전부 해봐야 저도 마음이 놓이니까요."

말의 내용은 지극히 상식적이었으나 한 생명의 존재를 결정하는 중대한 문제임을 고려하면 지나치게 깔끔했다.

굳이 따지자면 '말 붙일 틈조차 주지 않는' 인상이었다. 가쓰라는 마음에 걸리는 그 무언가를 느끼면서도 더는 말을 꺼낼 수 없었다.

"위루 삽입을 반대하는 건 아닌데, 지금 다타이 씨에게 위루가 정말 옳은 선택인지 자꾸 마음에 걸려서요."

"우리가 행하는 처치가 늘 옳다고는 할 수 없어."

미시마가 낮게 답했다.

"의료 현장에는 선과 악을 명확하게 나눌 수 없는 문제도 있어. 어린아이 생명을 구하는 일을 망설일 의사는 없겠지만, 우리가 마주하는 현장은 그것과는 완전히 반대쪽 극에 있어. 그만큼 선악의 판단을 벗어나 행동해야 할 때도 있지."

"그건…… 선생님도 위루가 옳은 선택이 아닐 수 있다고 생각하시는 건가요?"

가쓰라는 자기도 모르게 성큼 파고들었다. 미시마는 눈썹만 살짝 움찔할 뿐 대답하지 않았다. 지도의는 잠깐의 침묵 후 천천히 의자 등받이에 몸을 기대며 입을 뗐다.

"위루 문제는 참 어려워. 회복이 예상되거나 의사표시가 가능한 환자라면 망설일 필요가 없지. 소화기내과 의사로서 최선을 다해 위루를 만들고 환자 퇴원을 목표로 삼으면 되니까. 그런데 다타이 씨를 포함해서, 우리 앞에 있는 환자 대부분은 그 어떤 쪽에도 해당하지 않아."

미시마의 눈이 진료기록부 화면의 입원 환자 이름 부분에 멈춰 있다. 평균 연령 86세 환자 대부분은 치매와 뇌경색 후유증으로 아주 간단한 의사소통만 가능하다.

"하지만 착각해서는 안 돼."

미시마의 어조가 돌연 강해졌다.

"결정하기 어려운 이유는, 위루가 의식 없는 환자에게 튜브로 영양을 주입해서 계속 살게 하는 비인간적인 도구라서가 아니야. 위루관을 삽입하면 환자가 불쌍하니까, 이런 의론은 문제 해결에 전혀 도움이 안 돼. 위루 삽입을 고민할 때 핵심 문제는 바로, 위루를 삽입하지 않으면 환자가 죽는다는 점이야."

"환자가 죽는다……."

"그래. 우리가 직면한 문제는 위루를 만드냐 만들지 않느냐가 아니야. 위루를 만들 것인가, 환자를 죽게 할 것인가, 양자택일의 문제지. 이외의 선택지는 없어. 위루를 만들지 말아야 한다는 말은 환자를 죽게 둘 수밖에 없다는 판단으로 이어지는 거야. 자네는 다타이 씨가 죽어야 한다고 생각하나?"

부드러운 어투지만 말의 내용은 충격적이었다.

가쓰라는 말문이 막혔다. 문제의 핵심을 찌르는 미시마의 말은 쉽사리 반론을 허락하지 않았다.

확실히 누워만 있는 환자에게 위루관을 삽입하는 건 불쌍하다고 말하기는 쉽다. 그러나 위루가 없으면 환자는 죽는다.

위루 아니면 죽음, 다른 길은 없다. 반드시 둘 중 하나를 택해야 한다.

잠시 후 지도의의 낮은 목소리가 들렸다.

"열심히 고민해보게, 가쓰라 선생."

미시마가 가쓰라를 지그시 바라보며 말을 이었다.

"무작정 위루를 만들거나, 복부를 뚫고 관을 삽입하는 게 불쌍하다면서 경비위관을 삽입하는 엉뚱한 의사가 돼서는 안 되겠지. 어떤 결론을 내든 치열하게 고민해보는 데 의미가 있어."

이 말에 답이 담겨 있지는 않다.

하지만 무관심하게 손을 떼듯 냉정하지도 않다. 적당히 거리를 유지하며 조용히 지켜보는 따스함이 있다.

정말 특별한 지도의와 만났다고 가쓰라는 새삼 실감했다. 동시에, 이 위대한 선생님을 실망시키지 않도록 최선을 다하겠노라 다짐했다.

"다시 한번 생각해보겠습니다."

"좋아. 대학병원 선생들도 자네의 그런 진지함에 끌렸겠지."

갑작스러운 화제에 가쓰라가 깜짝 놀라며 물었다.

"저한테요?"

"그날 발표가 인상적이었던 모양이야. 대학병원 소화기내과 의사들이 자네와 술자리를 한번 마련해달라고 하더군."

"감사하긴 한데, 그때 발표는 슬라이드도 거의 다 선생님이 만들어주셨잖아요."

"그래도 당일 질의에 정성스럽게 대답한 사람은 자네니까."

미시마가 눈을 가늘게 뜨고 온화하게 말을 이었다.

"대학병원에는 또 그 나름대로 매력적인 의사들이 있지. 한번 가보겠나?"

과묵한 지도의로서는 매우 이례적인 제안이었다.

가쓰라는 이번 달 3월로 아즈사가와 병원에서의 연수가 끝난다. 그 후의 일들을 위해 가쓰라를 배려하는 미시마의 마음 씀씀이가 느껴졌다.

가쓰라가 조심스레 물었다.

"자리는 언제인가요?"

"모레 저녁."

제안이 아니라 확인 겸 통보였다.

미시마는 장소와 시간을 남기고 그대로 자리를 떴다.

선술집 '규베에'.

미시마가 알려준 곳은 마쓰모토 역에서 조금 떨어진 작은 가게였다.

나무로 된 커다란 문을 들어서자 10석 남짓한 카운터가 있고 바닥이 올라와 있는 좌식 공간에 낮은 테이블이 하나 있었다.

니혼슈 라벨이 어지럽게 벽에 붙어 있어서 그다지 술과 연이 없는 가쓰라는 살짝 긴장됐지만, 좌식 테이블 앞에 앉아 있는 미시마와 한 남성을 발견하고 급히 고개를 숙였다.

"늦어서 죄송합니다."

가쓰라가 인사하자, 미시마는 맞은편에 앉은 중년 남성을 가리키며 말했다.

"대학 소화기내과 내시경 치프, 가키자키야. 자네 선배지."

빙긋 웃는 얼굴을 보자마자, 지난번 학회 때 질문했던 의사 중 한 사람임을 알아차렸다. 유난히 밝은 미소가 가쓰라의 상상 속 대학의 숨 막히는 느낌과는 사뭇 달라서 인상에 남았다.

"죄송합니다. 수액 입력이 오래 걸려서요."

"미시마 선생님 밑에 있으면 바쁘겠지. 수고 많네."

가키자키는 그렇게 말하며 주류 목록을 가쓰라에게 내밀었다. 낯선 글자로 가득한 술 이름을 보며 가쓰라가 눈만 껌뻑이자, 가키자키는 낌새를 눈치채고 "내가 좋아하는 거로 하나 추천할까?"라며 대신 주문했다.

가쓰라 앞에도 술잔이 놓이고 다 같이 건배한 후 가키자키가 생선회에 젓가락을 뻗으며 말했다.

"미시마 선생님 밑에서 배우는 건 정말 행운이야. 일일이 설명해주는 스타일은 아니라 힘들겠지만, 중요한 건 확실하게 배울 수 있어. 의사로서의 철학이라 해야 하나."

가키자키 목소리에서 진정성이 느껴져 가쓰라는 불쑥 묻고 말았다.

"두 분이 같이 근무하신 적 있으세요?"

"내가 3년 차일 때 미시마 선생님이 지도의셨지. 다른 병원에 있을 땐데 벌써 15년도 더 됐네. '작은 거인'한테 참 많은 걸 배웠어."

경쾌하게 말하며 동의를 구하듯 미시마에게 눈길을 보냈다. 눈길을 받은 사람은 미소를 띤 채 말없이 술잔을 기울였다.

"가쓰라 선생은 다음 달부터 대학병원에서 수련인가?"

"네. 소화기내과는 아마 가을쯤 가게 될 것 같습니다."

"좋네. 기다리지."

고개를 끄덕이던 가키자키가 뒤쪽 가방으로 손을 뻗었다. 휴대전화가 울렸기 때문이다. 행동 하나하나가 신속하면서도 침착해 보였다.

통화를 마친 가키자키에게 미시마가 술잔을 든 채 물었다.

"호출인가?"

"아닙니다. 이 자리에 오려고 했던 의사가 한 명 더 있는데 응급 환자 때문에 못 온다네요."

휴대전화를 가방에 도로 넣으며 가키자키가 말을 이었다.

"이 가게를 가르쳐준 후배인데 7년 차에 대학병원으로 온, 아주 별난 녀석이에요."

"7년 차에 입국? 특이하네."

"원래 역 앞 혼조 병원에서 이타가키 선생님 밑에 있었어요. 1년 차 수련의한테, 의국에만 있던 제 의견 말고 다른 의견도 들려주고 싶었는데 아쉽게 됐습니다."

가키자키는 가쓰라로 시선을 돌리고 웃으며 말했다.

"그 친구가 환자를 끌어당기는 남자로 유명하거든. 오늘은 미시마 선생님이랑 나밖에 없어서 좀 그렇겠지만, 뭐든 편하게 물어봐."

때마침 근육질의 마스터가 커다란 병을 들고 다가왔다.

"아키시카[23]입니다."

잔을 채우며 중저음 목소리로 말했다. 살짝 한 모금 마셔보니 상쾌한 향이 코를 빠져나갔다. 가쓰라의 눈이 저절로 커졌다.

"맛있네요."

"입에 맞는다니 다행이네. 이곳을 소개한 후배가 여기 술과 음식이 일품이라고 했거든."

"분위기도 좋네요. 이런 데서 매화를 볼 줄은 몰랐어요."

"매화?"

고개를 갸웃하는 가키자키에게 가쓰라는 출입문에 매달린 작은 꽃병을 가리켰다.

"지금처럼 추울 때 장식하는 꽃은 크리스마스로즈나 클레마티스 같은 화려한 종류가 많거든요. 근데 꽃봉오리 달린 매실 가지라니, 근사하네요."

"오, 재미있는 얘기를 하네."

"이 친구, 꽃집 아들이야."

흥미로운 듯 눈을 반짝이는 가키를 보며 미시마가 말했다.

"도쿄에 있는 본가가 꽃집을 운영한대. 꽤 정통으로."

---

23 秋鹿. 일본 오사카에서 생산되는 고급 사케 브랜드

미시마의 담담한 설명에 가키자키는 고개를 끄덕이고 활짝 웃었다.

"꽃집이라, 참 고마운 일이네."

"네? 고마운 일이요?"

가쓰라가 고개를 기울이며 물었다.

"요즘은 의사의 절반 이상이 개업 의사 자녀야. 애써 공들여 가르쳐도 10년만 넘으면 다들 현장을 떠나서 본가로 돌아가. 덕분에 의사면허를 가진 녀석들이 아무리 많아져도 지방 병원에 보낼 의사를 확보하기가 어렵지. 그래서 미시마 선생님 일이 줄지를 않는 거야."

"그런 상황인가요?"

"그도 그럴 것이, 개업의는 밤이나 주말, 휴일에 불려 나올 일이 없으니까. 게다가 월급은 더 많고. 정신이 제대로 박힌 사람이라면 개업의를 택하겠지."

"나와 가키자키 군도 정신이 제대로 박힌 사람은 아니라는 뜻이겠군."

미시마가 입매를 누그러뜨리며 말했다.

평소 무뚝뚝한 지도의 모습과는 달랐다.

술이 조금 들어가자 인상이 한결 부드러워졌다. 생각해보니, 술자리에서 미시마를 보기는 가쓰라도 처음이다.

"선생님도, 부자가 되려고 의사가 된 건 아니라고 하셨잖아요."

가키자키 말에 미시마는 추억에 잠기듯 실눈을 떴다.

이윽고 도미 소금구이가 나오고 튀김 요리가 더해져 테이블이 채워지는 사이, 가키자키는 대화 중간중간 대학병원 실정이나 연구 체계 같은 정보를 담으며 가쓰라를 배려했다.

소화기내과는 의사가 많아 다른 과와 비교해서 의국 규모가 큰 편이고, 대학병원에서는 현 내의 다양한 병원으로 시간제 파견을 하기도 하는데, 아즈사가와 병원에 가면 또 미시마 밑에서 배울 수도 있다고도 알려주었다.

이야기가 막힘없이 자연스레 이어졌다.

미시마가 만나게 해줄 사람이 있다며 굳이 자리를 마련한 이유를 가쓰라는 새삼 알 것 같았다.

가키자키가 이런저런 이야기를 들려주는 동안 미시마는 천천히 자기 속도로 술잔을 기울였다. 눈가가 약간 빨개졌을 뿐 큰 변화는 없다.

세 사람의 차분한 분위기를 갑자기 깨뜨린 건 가쓰라의 휴대전화였다.

받아보니 예상대로 병원 호출이었다.

"야에 씨가 열이 높다고 합니다. 상태를 보러 가봐야 할 것 같습니다."

가쓰라의 말에 미시마는 딱히 놀라는 기색도 없이 술잔을 내려놓았다. 일상적인 일이다.

"어쩔 수 없지."

서둘러 상의를 집어 들려는 지도의를 가쓰라가 저지했다.

"아닙니다. 선생님은 여기 계세요. 일단 제가 가서 보고 곤란한 상황이면 연락드리겠습니다."

미시마가 손을 멈추고 가쓰라에게 눈을 향했다.

"두 분도 이렇게 자리하는 건 오랜만이시죠? 병원은 아마 괜찮을 거예요."

딱히 자신이 있는 건 아니지만, 조금이나마 지도의에게 힘이 되고 싶었다.

그런 가쓰라를 바라보던 가키자키가 흐뭇하게 웃으며 말했다.

"미시마 선생님, 옛날 생각 나네요. 추억이 새록새록 떠오릅니다."

"자네가 호출받은 두 번 중 한 번은 결국 나도 불려갔는데, 그건 기억 안 나나?"

"그래도 두 번 중 한 번은 안 가신 거니까, 확률로 보자면 훌륭한 거죠."

"하지만 그때 자네는 3년 차였고, 지금 가쓰라 선생은 1년 차야."

"다음 달엔 2년 차입니다."

가쓰라가 불쑥 끼어들었다.

수련의의 반격에 미시마는 다소 놀란 눈치였지만 옆에서 가키자키가 여유롭게 고개를 끄덕이며 말했다.

"혼자 멋대로 위험한 판단을 내릴 캐릭터는 아니잖아요. 괜찮을 거예요."

왠지 모르게 믿음이 가는 말투였다.

미시마는 잠시 침묵했다가 이윽고 고개를 끄덕였다.

"그럼 가쓰라 선생한테 맡겨보겠네."

그것이 결론이었다.

가키자키는 곧장 가게 주인에게 택시를 불러달라고 부탁했다. 가쓰라가 감사 인사를 전하자 빙긋 웃으며 대답했다.

"꽃집 아드님, 대학병원에서 또 금방 봅시다."

가쓰라는 이때 처음 시나노대학 의국에 들어가는 것을 진지하게 고려해보기로 마음먹었다.

야에 씨의 상태는 예고 없이 급격히 악화됐다. 미시마를 만나러 가기 바로 전, 혼자 느긋하게 텔레비전을 시청하는 야에 씨를 가쓰라가 직접 확인하고 병원을 나섰다.

근데 고작 두세 시간 사이 체온이 39도까지 오르고 복통도 나타나는, 입원 당시와 똑같은 상태로 돌아간 것이다.

"다시 병원으로 불러서 미안해요."

병동에 도착한 가쓰라에게 야간 근무 리더 간호사인 사와노 교코가 말을 건넸다.

"저녁 드실 때까지 괜찮으셨는데 갑자기 체온이 너무 올라서요. 걱정돼서 전화했어요."

"연락해줘서 고마워요. 야에 씨는 병원에 도착한 날에도 순식간에 쇼크 상태에 빠졌으니까요."

쇼크는 급격히 혈압이 내려가는 병태를 말하는데, 심질환부터 감염증까지 원인은 실로 다양하다. 그중에서도 급성 담관염은 패혈증을 일으켜 쇼크 상태가 될 위험이 크다. 야에 씨는 구급차에 실려 온 날 그 진행 속도가 매우 빨라 처치실에서 돌연 혈압이 낮아진 것이다.

교코와 대화를 나누며 병실로 가보니 작고 주름진 할머니가 거친 숨을 몰아쉬며 침대에 누워 있었다. 가쓰라는 침대 옆에 쪼그려 앉아 난간에 걸려 있는 소변 줄을 살펴보았다. 소변이 녹색인 것을 확인한 후 교코를 돌아보며 말했다.

"돌이 다시 길을 막아서 담관염이 재발했어요. 수액을 놓고 혈구, 생화학 검사를 해주세요."

"알겠습니다."

"혈압이 떨어질 가능성도 있으니 모니터 연결해주세요."

"네. 환자 아드님한테도 연락할게요."

그 사이 야간 근무조 간호사들이 하나둘 모여 신속하게 움직이기 시작했다. 수액 준비, 모니터 배치 등 교코의 적확한 지시 덕분에 일련의 동작에 군더더기가 없었다.

그런 와중에 야에 씨가 핏기 없는 얼굴로 힘없이 입을 뗐다.

"선생님들만 고생하네. 미안해요."

따뜻한 배려의 말이다.

"아니에요, 야에 씨. 아프세요?"

"심하진 않고, 조금요. 조금 아프네요. 기껏 좋아졌나 했더니……."

이마에 깊게 새겨진 주름과 그 옆에 맺힌 땀방울로 보건대, 통증은 분명 가볍지 않을 것이다.

"이제 혈액 검사도 하고 CT도 찍어볼 텐데, 아무래도 돌 때문에 관이 또 막힌 것 같아요. 역시 내시경으로 돌을 꺼내야……."

"선생님, 이제 됐어요."

부드럽고도 단호한 목소리가 가쓰라의 말을 가로막았다.

"아흔다섯 살인데, 큰 치료는 됐어요."

또렷한 말소리에 이가 덜덜 떨려 부딪히는 소리가 섞였.

입원 당시와 똑같은 오한 전율이다.

가쓰라는 가슴속에 마구 떠오르는 다양한 말을 삼키고 옆의 간호사를 보았다.

"솔루락트 1병 최대속도로. 항생제 메로펜 투여해주세요."

가쓰라의 말이 끝나자마자 간호사 한 명이 서둘러 병실 밖으로 달려나갔다.

가쓰라는 분주히 움직이는 간호사들에게 방해가 되지 않도록 창가로 물러났다. 한차례 지시를 내리고 나니 해야 할 일이 없었다. 야에 씨의 아드님이 도착하면 경과를 설명하겠지만 야에 씨가 내시경술을 단호하게 거부하는 한, 달리 방도는 없다.

커튼 한 장 옆에는 침대에 누워 가만히 천장을 올려다보는 다타이 씨가 있었다. 야에 씨 침대 주변의 분주함과는 대조적으로 적막함이 감돈다.

여느 때와 다름없는 그 모습에 가쓰라가 가만히 다가갔다. 그런데 가슴께가 평소보다 아주 조금 빨리 움직이는 듯했다. 머리맡 야간 등을 켜고 다타이 씨의 이마를 짚어본 가쓰라는 곧바로 고개를 돌렸다.

"교코 씨."

"네, 선생님."

교코가 커튼을 열고 고개를 내밀었다.

가쓰라는 목에 걸고 있던 청진기를 귀에 꽂으며 말했다.

"다타이 씨도 체온이 높아요."

"네, 알겠습니다."

교코는 곧장 움직이기 시작했다.

"선생님."

익숙한 목소리가 들려와 가쓰라는 살며시 눈을 떴다.

발치로 보이는 창에서 눈부신 아침 햇살이 들어오고, 그대로 시선을 옮기니 미코토가 한껏 걱정하는 표정으로 가쓰라를 들여다보고 있었다.

"안녕. 벌써 아침이야?"

"응. 안타깝지만 아침이야."

한숨 섞인 대답을 하며 돌아서는 미코토 너머로 벽시계가 보였다.

7시 반이라는 시간을 확인하자마자 급히 몸을 일으켰다.

이곳은 병동 스테이션 안쪽의 간호사 휴게실이다. 남자 간호사도 있으니 여성 전용 공간은 아니지만, 아침 출근 시간에 수련의가 소파를 점령하고 있는 건 아무래도 보기가 좋지 않다.

"미안. 깜빡 잠들었나봐."

"조금 더 누워 있어도 돼. 다들 30분 후에야 올 거야."

미코토가 휴게실 한쪽에 있는 커피포트 전원을 켜며 말했다.

몸을 일으킨 가쓰라는 싱그러운 아침 햇살에 눈을 실처럼 가늘게 떴다.

"교코한테 들었어. 밤에 힘들었다며?"

"힘들었다고 해야 하나……."

말이 끝나자마자 큰 하품이 나왔다.

"특별히 무슨 처치를 한 건 아닌데, 내가 평소에 얼마나 미시마 선생님을 의지했는지 통감했다고나 할까."

가쓰라는 소파에 앉은 채 머리를 긁적이며 탄식했다.

1년 차 수련의에게는 한시도 긴장을 늦출 수 없는 밤이었다.

야에 씨의 복통과 발열 때문에 호출받아 그에 대응하다가 옆 침대 다타이 씨의 이상을 발견한 건 그저 행운이었다. 야에 씨의 담관염은 예상 범위 내여서 비교적 냉정하게 대응할 수 있었지만, 다타이 씨의 발열은 전혀 예상치 못한 데다 채혈과 엑스레이 촬영을 지시하고 이동하는 동안 호흡 상태까지 급격히 악화되어 가쓰라는 적잖이 당황했다.

"근데 다타이 씨는 왜 그런 거였어?"

"폐렴 재발 같아. 양쪽 폐 뒤로 침윤 음영이 보이니까, 흡인성 폐렴일 가능성이 커."

"가래가 잘못 넘어가서 갑자기 호흡이 나빠진 거야?"

"그런 거지."

요컨대 자기 가래에 질식할 뻔했다는 뜻이다.

가쓰라가 식은땀을 흘리는 동안, 교코가 침착하게 가래를 뽑아낸 덕분에 호흡 상태가 안정되었다. 가까스로 미시마까지 부르지 않고 아침을 맞은 건 교코의 지원이 있었기 때문이다.

"고비는 넘겼지만, 폐렴은 폐렴이니까 다음 주 예정인 위루 삽입도 미뤄질 거야."

"근데 폐렴이 다 나으면 위루를 만드는 거야? 밥을 안 먹어도 흡인성 폐렴이 되는데 위루를 만들면 금방 폐렴이 생기지 않을까?"

미코토의 지적은 적확하여 반론의 여지가 없었다.

진단명은 폐렴이나, 다타이 씨는 한없이 노쇠한 상태다. 가쓰라는 그래서 더욱 위루라는 선택지에 위화감을 느꼈지만 지난번 미시마의 말이 뇌리에 깊이 남아 쉽사리 마음을 정할 수 없었다.

'우리가 직면한 문제는 위루를 만드냐 만들지 않느냐가 아니야. 위루를 만들 것인가, 환자를 죽게 할 것인가, 양자택일의 문제지.'

문제의 본질은 상상을 초월할 정도로 무겁다.

가쓰라가 깊고 긴 한숨을 쉬었을 때 휴게실 커튼이 살짝 열리고 교코가 고개를 들이밀었다.

"가쓰라 선생님, 일어났어요?"

"어젯밤엔 덕분에 살았습니다. 고마워요."

"별말씀을요. 어쨌든 이제 곧 교대 근무자가 올 테니까 선생님도 슬슬 나가보세요. 너무 대놓고 꽁냥대면, 선생님은 몰라도 미코토가 아줌마들한테 질투받아요."

"교코!"

미코토가 허리에 손을 얹고 동기를 노려봤다.

"꽁냥대지 않았거든."

"그래. 알았어."

교코는 짐짓 과장된 몸짓을 하며 말을 이었다.

"아깝네. 마음씨 고운 친구가 기껏 둘만의 시간과 장소를 제공했는데."

이런 설전에서 미코토는 교코에게 상대가 되지 않는다. 뺨을 붉히고 '마음씨 고운 친구'를 노려볼 뿐이다.

교코는 후훗 코웃음을 치더니 금세 표정을 바꿨다.

"조금 전에 다타이 씨 가족분이 오셨어요."

가쓰라의 얼굴에도 미소가 사라졌다.

"주치의는 잠깐 휴식 중이라고 조금만 기다려달라고 했는데, 얼른 출근해야 한다면서 빨리 이야기를 듣고 싶대요."

꽤 바쁜 사람 같다.

그 순간, 신경질적으로 미간을 찌푸린 남성 얼굴이 가쓰라의 머릿속에 떠올랐다.

어젯밤 다타이 씨 호흡이 나빠졌을 때 연락하니 밤에 연락을 줘봤자 병원에 못 가본다는 답변이 돌아왔는데, 갑자기 아침에 나타나 지금 당장 설명을 해달라는 것이다.

"손자분은 어떤 사람 같아? 까다로워 보여? 교코가 보기엔 어때?"

"글쎄. 평범한 40대 초반 회사원 같은 느낌이야. 비상식적이고 그런 사람 같지는 않은데, 생활에 쫓겨서 마음에 여유가 없어 보여. 좋은 여자 만나기는 힘들겠어."

너무 교코다운 평가라서 미코토는 피식 웃음이 났다.

가쓰라는 어쩐지 긴장이 풀려 곧바로 마음을 다잡고 일어섰다.

환자의 손자에게 설명하는 자리는 매우 금방 끝이 났다.

가쓰라의 설명이 유난히 훌륭해서가 아니라, 마음 급한 상대방이 재촉하는 바람에 서둘러 끝내버린 것이다.

가쓰라가 설명을 마치고 205호실로 가보니, 다타이 씨는 여전히 꿈쩍도 하지 않고 침대에 누워 있었다. 굳이 달라진 점을 꼽자면, 산소마스크가 새로 생겼다는 것 정도다. 손자 아키라는 설명을 듣고 병실에 들르지도 않고 바로 돌아간 모양이다. 가쓰라는 몇 분 전 아키라의 모습을 떠올렸다.

"그래요? 또 폐렴이란 말이죠?"

회사 상사가 성가신 일을 부탁해서 난감해하는 표정, 딱 그런 느낌으로 깊은 한숨을 내뱉었다. 그 모습이 가쓰라의 뇌리에 깊이 남았다.

입고 있는 정장에 약간 주름은 있었지만, 차림새는 매우 자연스러웠다. 학회에 참석했을 때 가쓰라의 모습과는 사뭇 대조적이다. 다타이 씨의 진료기록부에 보호자인 손자 나이가 38세라고 적혀 있었다. 한창 바쁘게 일할 나이다. 신경질적인 눈가에 얼핏 조급함이 보이는 듯해서 어쩌면 교코의 신랄한 논평이 맞는지도 모르겠다며 가쓰라는 절로 고개가 끄덕여졌다.

가래는 가라앉았으나 폐렴 치료가 필요하며, 아직은 안심할 수 없는 상황이라고 설명하자 가쓰라의 말을 막듯이 아키라가 끼어들었다.

"밤에는 연락 주실 필요 없어요. 자다가 깨면 다음 날 지장이 있거든요. 무슨 일 있으면 아침에 아내 쪽으로 연락 주시면 됩니다. 저도 직장이 있어서요."

자기 할 말만 하고 당장이라도 일어설 기세였다.

가쓰라가 위루관 삽입을 일단 연기하겠다고 하자 그때도 빠르게 내뱉듯 말했다.

"알았습니다. 선생님이 알아서 해주세요. 어쨌든 할 수 있는 건 전부 해주세요. 퇴원해서 다시 시설로 모실 수 있으면 됩니다."

시간에 쫓기는지 아키라 씨는 말을 마치기 무섭게 고개를 까딱 숙이고 방을 나섰다.

가쓰라는 긴 한숨을 내쉬며 눈앞의 노인을 다시 바라보았다.

뼈와 거죽만 남은 듯 야윈 몸.

입은 반쯤 열려 있고 입가에서는 여전히 침이 흘러내린다. 눈에는 초점 잃은 눈동자가 허공을 향해 있다.

'할 수 있는 건 전부 해주세요.'

말만 들으면 진정성 있는 가족의 마음 같지만, 당시 분위기는 전혀 그렇지 않았다. 굳이 따지자면, 대수롭지 않은 문제에 쏟을 시간이 없다는 조급함이 느껴졌다. '다시 시설로 모실 수 있으면 됩니다'라는 부분에서는 불필요한 대여 물품을 반납하는 듯한 무관심마저 엿보였다.

가쓰라는 다시 한번 크게 한숨을 내뱉고, 몸을 돌려 옆 침대의 야에 씨를 바라보았다.

작고 마른 할머니가 숨소리를 내며 자고 있다. 침대 옆 모니터도 지금은 조용히 깜빡일 뿐이다.

야에 씨는 담관염이 재발하여 지난밤 체온이 40도에 가까워졌다가 조금씩 떨어져서 새벽녘에야 37도대로 내려갔다. 그러면서 복통도 개선되어 한숨 돌린 야에 씨는 가쓰라가 온 것도 알아채지 못할 정도로 푹 잠든 모양이다.

가쓰라가 자리를 뜨려다가 문득 걸음을 멈춘 것은 침대 옆 의자에 앉은 채 졸고 있는 하치조를 발견했기 때문이다. 한밤중에 달려온 아들이 시원하게 벗어진 머리를 흔들며 나지막이 코를 골고 있었다.

밤 10시에 연락을 받은 하치조는 한 시간도 채 되지 않아 병실에 나타났다. 달려오자마자 "이번엔 참말로 죽는 건가요?" 하고 과격한 발언을 토해냈으나 가쓰라의 설명을 듣고 나서는 한풀 꺾인 목소리로 속삭였다.

"밥을 먹으면 열이 나는데, 치료를 받기는 싫다는 거죠? 우리 어머니, 진짜 속 썩이는 환자네요."

그렇게 중얼거리며 의자에 앉아 어머니를 지켜보더니 그대로 아침까지 계속 곁에 있었나 보다.

하치조의 코 고는 소리도 어느새 멎고 곤히 잠든 두 사람의 희미한 숨소리만 들려왔다.

가쓰라는 조용히 커튼을 닫았다.

가족이 곁에 있는 야에 씨, 홀로 누워 있는 다타이 씨, 두 침대 모두 고요함으로 둘러싸여 있다.

며칠 후 금요일 오후, 하치조가 야에 씨의 외박을 신청했다.

가쓰라는 회진을 돌다가 마침 병문안을 와 있던 하치조와 마주쳤다.

"선생님, 우리 어머니는 또 언제 열이 날지 모르는 거죠?"

볕이 잘 드는 면담실에서 하치조가 벗어진 머리를 문지르며 말을 꺼냈나.

"지금은 열이 내려갔지만, 또 밥을 먹으면 언제든 상태가 나빠질 수 있다는 거잖아요. 맞죠? 칙칙한 병실에서 죽는 날만 기다릴 정도라면, 그나마 기운 있을 때 밖에 모시고 나가고 싶어서요. 내일은 토요일이고, 주말엔 저도 일이 없으니까 시간이 좀 나거든요."

이마를 탁탁 치면서 그런 얘기를 했다.

가쓰라가 옆에 서 있는 미코토에게 말없이 시선을 던지자 미코토가 살며시 고개를 끄덕여 보였다. 가쓰라는 시선을 다시 하치조로 향했다.

"외박은 가능하지만, 위험이 따른다는 것도 알아두셔야 해요. 급히 상태가 나빠졌을 때 병원 내에 있으면 바로 수액을 맞거나 할 수 있는데 외부에 있으면 아무래도……."

"괜찮아요. 선생님."

하치조는 명랑하게 대꾸했다.

"본인이 치료를 받지 않겠다는데, 병원에 있어도 마찬가지겠죠. 어차피 죽을 거라면, 그전에 본인이 가고 싶다는 곳에 데려가고 싶은데, 안 될까요?"

올곧은 눈빛이 가쓰라의 반론을 막았다.

하치조에게 몇 가지 주의점을 설명하고 지도의인 미시마에게 전화로 승인을 받았다. 이로써 순식간에 야에 씨의 2박 3일 외박이 정해졌다.

"야에 씨 아드님, 어쩐지 신기한 분이시네."

면담실에서 하치조를 배웅한 후 미코토가 중얼거렸다.

면담내용을 전자 진료기록부에 기재하다가 손을 멈추고 미코토는 한쪽 팔꿈치를 괸 채 눈을 반짝이며 웃었다.

"이런 전개는 예상하지 못했는걸. 입만 험하지 마음은 고운 가봐. 요전에는 아침까지 같이 있었잖아. 이렇게 외박 얘기까지 꺼내고, 알고 보면 효자일지도 몰라."

"그러게."

가쓰라도 닫힌 문을 응시하며 고개를 끄덕였다.

"사람은 겉보기로는 모른다더니 그 말이 딱 맞네. 멀끔하게 정장을 차려입고 몸가짐은 반듯해 보여도, 병원엔 오지도 않고 말로만 '할 수 있는 건 전부 해주세요'라고 하는 사람도 있으니까."

"가쓰라 선생님이 웬일로 검은 연기를 뿜어대시네."

미코토의 장난스러운 지적에 가쓰라는 흠칫 놀라 입을 닫았다.

당황하며 돌아보니 미코토가 눈썹을 늘어뜨리며 가쓰라를 보고 있었다.

확실히 위험한 발언이었다고 뉘우치는 동시에, 자기가 인지하는 것 이상으로 여러 가지가 가슴을 짓누르고 있다는 생각이 들었다. 무심코 한숨이 새어 나왔다.

"스트레스가 많이 쌓였지?"

"그런가봐."

가쓰라는 머리를 긁적였다.

"야에 씨도 그렇고, 다타이 씨도 그렇고, 의사로서 어떻게 대응해야 옳은지 모르겠어. 폐렴에 어떤 항생제를 쓸지 정하거나 위내시경 연습을 하는 게 오히려 쉬워. 미시마 선생님도 아무 말씀 없으시고."

아무 지시가 없다는 건 그만큼 가쓰라를 신뢰한다는 뜻임을 가쓰라도 알고 있다.

지난번 말씀하신 '스스로 고민해라'가 지도의 철학이다. 다정하면서도 엄격한 선생님이다.

"칙칙한 병원에서 데리고 나가야 할 사람이 여기 또 있네."

가쓰라는 영문을 알 수 없어 고개를 기울였다.

"외박까지는 어렵겠지만, 내일 잠깐 외출할 시간은 있어?"

"아침에 야에 씨만 배웅하면 병동 쪽은 괜찮아. 언제 응급 환자가 생길지는 몰라도……."

"그럼 됐네."

미코토가 노트북 모니터를 가쓰라 쪽으로 돌리며 말을 이었다.

"내일 일직은 미시마 선생님이니까, 응급 환자를 걱정할 필요는 없어."

미코토의 장난기 가득한 미소를 보며 가쓰라는 역시 당해내지 못할 상대라고 새삼 실감했다.

국도 518호선을 타고 가미코치 방면으로 향했다.

아즈사 강 선상지를 거슬러 올라가는 완만한 언덕길을 달리자 서서히 도로 양쪽에 산이 가까워지고 점차 민가가 줄어들더니 이내 전원지대가 펼쳐졌다.

토요일 이른 아침 미코토가 자기 애마인 라팡[24]에 가쓰라를 태우고 어디론가 향하고 있다.

"어디 가는 거야?"

"비밀."

미코토는 기운차게 차를 출발시킬 때부터 목적지를 말해주지 않았다.

맑은 하늘에서 부드러운 햇살이 쏟아지고 있지만, 아직 가미코치 개방 시기까지 한참 남은 초봄의 국도는 한산했다.

국도 양쪽의 산이 바짝 다가와 거의 협곡 느낌을 풍길 때 미코토의 라팡은 서쪽으로 진행되는 국도에서 벗어나 남쪽으로 방향을 틀었다.

표지판도 없는 좁은 농로로 들어가 전통가옥과 논밭이 섞인 꼬불꼬불 좁은 길을 따라 올라갔다. 그리 오래 지나지 않아 라팡은 시야가 탁 트인 빈터에 멈췄다. 그 앞에는 널찍한 경사면이 있었다.

"이런 데 뭐가……."

가쓰라는 경사면을 바라보며 중얼대다가 말끝을 흐렸다.

곧바로 차에서 내려 이마에 손그늘을 만든다.

---

24 일본 자동차 회사 스즈키의 경차

멀리서 보면 그리 특별할 것 없는 경치다. 아래로는 소박한 임도가 이어지고 드문드문 사람 그림자도 보인다. 그 사람들이 향해 있는 경사면 곳곳에 파란 보랏빛이 흩뿌려져 있는 것을 발견하고 가쓰라는 가슴이 두근거렸다.

"얼레지야?"

"역시 꽃집 아들."

가쓰라를 따라 차에서 내린 미코토가 밝게 대답했다.

가쓰라는 거의 무의식중에 걸음을 옮겼다.

흙이 드러난 경사면은 얼핏 봐서는 풀이 듬성듬성 난 평범한 산비탈 같았다. 그런데 자세히 보면 선명한 보랏빛이 여기저기서 반짝인다.

"이 지역에서는 유명한 곳이야. 2, 3주 후가 제일 예쁠 때라서 원래는 그때 보여주려고 했는데, 지쳐 보여서 조금 일찍 보러 와도 괜찮지 않을까 싶었어. 게다가 다음 달에는 대학병원에서 또 많이 바빠질 테니까."

미코토가 가벼운 발걸음으로 가쓰라를 따라가며 말했다.

가쓰라는 목제 난간과 계단으로 정비된 임도에 도착하여 다시 한번 눈앞 경사면을 올려다봤다.

얼레지꽃.

마치 고개를 숙인 듯 커다란 연보라 꽃잎이 뒤로 젖힌 형태로 피는, 매우 우아한 꽃이다. 다른 꽃들이 몸을 사리는 늦겨울부터 피어나 봄의 도착을 알리는 꽃으로도 알려져 있다.

흔히 볼 수 있는 꽃은 아니다. 물과 토양이 깨끗한 곳에서만 자라는데 그뿐만이 아니다. 환경 변화에 민감하여 토지개발이나 온난화 같은 원인 때문에 개체 수가 급격히 줄었다. 화분에 옮겨 심을 때도 상당히 조심하지 않으면 금방 시들고 만다.

"얼레지 군생지라니……"

가쓰라는 넓은 경사면을 멍하니 바라보며 중얼거렸다.

아직은 꽃보다 봉오리가 더 많다. 하지만 봉오리까지 전부 개화하면, 경사면 전체가 보랏빛으로 물들 것이다.

"얼레지는 보기 힘든 꽃이니까 꽃 좋아하는 사람이면 한번 데려가 보라고, 엄마가 알려주셨어."

"정말 보기 힘든 꽃이야. 게다가 군생지라니, 전국에서도 몇 안 될걸."

임도에는 이 지역 사람들인지 허리 굽은 노부인, 갓 걸음마를 시작한 아기와 젊은 엄마도 보였다. 만개를 보기엔 조금 이른 시기인데도 일부러 찾아올 만큼 많은 이에게 소중한 장소인 것이다.

조금 멀리 휠체어를 미는 남성의 모습도 보였다.

가쓰라는 걸음을 멈추고 크게 숨을 들이마셨다.

얼레지는 향이 진한 꽃은 아니다. 하지만 얼레지가 핀 풍경에는 봄 내음이 가득하다.

"예전에 얼레지는 흔히 볼 수 있는 꽃이었대."

가쓰라가 경사면에 시선을 고정한 채 입을 뗐다.

그 옆에서 미코토는 가만히 가쓰라의 목소리에 귀를 기울였다.

"어느 산에나 있는 야생화였는데 고도성장기에 마구잡이로 토지를 개발하면서 군생지가 점점 사라졌대. 거기에 안이한 도굴, 온난화라는 환경 변화까지 겹쳐서 개체 수가 급감한 거지. 요즘엔 이런 얼레지 군생지가 거의 없어."

"그렇게 귀한 꽃이야?"

"응. 정말 귀한 꽃이야."

가쓰라의 목소리에 힘이 실렸다.

"얼레지는 꽃이 피기까지 7년이나 걸린대. 그래서 한번 사라져버리면 다시 쉽게 군생지가 되진 않아. 긴 시간을 견딘 꽃이 아직 차가운 공기 속에서 눈 녹은 물을 마시고 얼굴을 내미는 거야. 그래서 얼레지를 봄의 요정이라고 부르기도 한대. 그래도 요정은 좀 과한가?"

말을 마치고 돌아보니 미코토는 얼레지로는 눈길도 주지 않고 부드러운 미소를 띤 채 가쓰라를 보고 있었다.

"나 무슨 이상한 말 했어?"

"아니, 전혀."

미코토는 웃으며 가볍게 머리를 쓸어올렸다.

"역시 선생님은 꽃 이야기할 때가 가장 즐거워 보여. 데려오길 잘했네."

그 말을 듣고 가쓰라는 문득 깨달았다.

가슴 밑바닥에 무겁게 가라앉았던 우울함이 서서히 움직이고 있다. 우울함 그 자체가 사라진 건 아니지만, 상쾌한 봄바람이 불어와 켜켜이 쌓여 있던 마음의 찌꺼기를 밀어내는 듯했다.

이토록 귀중한 시간을 만들어준 사람이 지금 바로 눈앞에 있다.

"미코토……."

"서툰 감사 인사 같은 건 필요 없어."

기선을 제압하듯 미코토가 가쓰라의 말을 막았다.

"진짜 데이트는 다음 주라는 거 잊지 마. 우리 집에 오기로 했잖아. 엄마가 엄청 기대하고 있어."

"너무 기대하시면 내가 긴장되는데……."

"바보. 나도 마찬가지거든."

또랑또랑한 목소리가 시원한 바람처럼 가쓰라를 쓸고 갔다. 잠시 후, 볕 드는 산비탈에 두 사람의 웃음소리가 작게 울렸다.

"희한한 데서 만나네요."

굵직한 목소리가 불쑥 날아와 가쓰라는 깜짝 놀라 뒤를 돌아봤다. 멀리서 휠체어를 밀던 사람이 어느새 가까이 와 있었다.

어딘가 낯익은 얼굴 같아서 가쓰라가 고개를 갸웃거리는데 옆에서 미코토가 깜짝 놀라며 입을 열었다.

"하치조 씨!"

가쓰라도 '앗!' 하고 탄성을 질렀다.

그 남성은 우치야마 야에 씨의 아들이었다. 가쓰라가 당황하는 것도 무리는 아니다. 애초에 병원 밖에서 마주치리라곤 상상도 못한 상대다.

"세상에, 이런 데서 만날 줄은 몰랐네요."

하치조는 아하하 호탕하게 웃으며 털모자를 벗었다. 트레이드마크인 벗어진 머리를 가볍게 꾸벅이고 투박한 손가락으로 휠체어를 가리켰다.

휠체어에는 야에 씨가 앉아 있다.

두툼한 다운재킷 위로 머플러를 턱까지 감싸듯 둘렀다. 오늘 아침 가쓰라와 미코토가 배웅한 야에 씨가 분명하다.

"어머니, 병원 선생님들이세요."

야에 씨가 눈가에 부드러운 주름을 만들며 말했다.

"아이고, 고마워라."

두 손을 모으고 빙긋 웃는다. 가쓰라는 그 몸짓과 목소리가 더없이 정겹고 반가워 휠체어로 다가가 무릎을 굽혔다.

"야에 씨도 얼레지 보러 오셨어요?"

"어릴 적부터 여기 와서 놀았어요."

야에 씨는 야윈 팔을 뻗어 비탈 아래 북쪽으로 전통가옥이 모여 있는 곳을 가리켰다. 그중 하나가 야에 씨의 집이라고 한다.

"집이 정말 바로 요 근처예요. 여긴 어머니가 어렸을 때부터 보던 꽃밭이죠."

하치조 씨가 웃으며 거들었다.

야에 씨가 눈부신 듯 실눈을 뜨고 산비탈을 올려다봤다.

"옛날에는 여기만이 아니라, 산 여기저기에 많았거든. 그게 갑자기 확 줄어서 다 같이 어떻게든 지켜보자는 얘기가 나왔지. 간신히 여기만 옛날 모습을 찾았어."

꽃밭을 바라보며 추억에 잠긴 어머니 모습을 아들이 흐뭇하게 지켜보고 있다.

"매년 여기 꽃필 때를 기다리는 양반이라, 죽기 전에 한 번 더 보여드리고 싶었어요."

그래서 급히 외박 이야기를 꺼낸 것이다.

"만개할 때 오면 더 좋겠지만, 지금도 정신이 반쯤 저세상으로 간 것 같잖아요. 만개할 때 기다리다가 관에 들어갈지도 모르고요. 물어보니까 본인도 보고 싶다고 하길래 데리고 왔는데……."

하치조가 말끝을 흐리고서 크게 웃은 건 쑥스러움을 감추기 위해서였는지도 모른다. 크게 벌어진 입안은 충치투성이로 새카맣지만, 그 입에서 나오는 말 한마디 한마디에는 밝은 기운이 가득했다.

"근데요, 선생님."

하치조가 몸을 쑥 내밀고 목소리를 낮췄다.

"예쁜 간호사 선생님하고 꽃구경이라니, 좋으시겠어요."

그는 담배 냄새를 풍기며 가쓰라의 어깨를 톡톡 두드리고 "월요일에 뵙겠습니다." 하고 고개를 꾸벅 숙이고는 야에 씨가 탄 휠체어를 밀며 걸음을 옮겼다.

반론은커녕 작별 인사할 겨를도 주지 않았다. 어머니와 아들은 울퉁불퉁한 임도를 따라 서서히 멀어져갔다.

"야에 씨는 병실에 계실 때보다 안색이 좋아 보이네."

미코토가 가쓰라의 기분을 대변하듯 말했다.

아직 공기는 차지만 햇볕은 제법 따뜻하다. 하나둘 꽃잎을 펼치기 시작한 얼레지 꽃을 바라보던 야에 씨의 온화한 미소에는 행복이 서려 있었다.

"안정된 상태 같은데 또 갑자기 열이 날까?"

가쓰라는 작게 끄덕였다.

"담관 결석은 그대로 있으니까. 내시경으로 돌을 꺼내지 않으면 언제 또 갑자기 상태가 나빠질지 몰라."

"근데 ERCP도 위험한 거지?"

"아무래도 95세라는 연세가 있으니까. 미시마 선생님이면 문제가 생겨도 잘 대처하겠지만, 그래도 매우 위험한 처치인 건 분명하지."

무엇보다 본인이 번거로운 치료는 받지 않겠다고 고집하고 있다.

지금 가쓰라가 할 수 있는 일은 없다.

"어렵네."

미코토의 중얼거림에 가쓰라는 끄덕이며 다시 산비탈로 눈길을 향했다.

파란 보랏빛 꽃이 초봄의 산들바람에 기분 좋게 흔들린다.

얼레지는 여러해살이풀이다.

꽃이 필 때까지는 오래 걸리지만 일단 피기 시작하면 매년 꽃을 피운다. 토양 상태만 적절하면 50년 이상 꽃을 피우기도 한다. 긴 세월이 쌓여 이토록 섬세한 꽃을 피워내는 것이다.

"미코토."

가쓰라의 입에서 저절로 목소리가 흘러나왔다.

옆에 선 미코토를 똑바로 바라보며 그는 말을 이었다.

"얼레지가 만개하면 꼭 다시 오자."

미코토는 바람에 흘러내린 머리카락을 쓸어올리며 미소 지었다. 그리고 크게 끄덕였다.

한밤중 면담실에 험악한 분위기가 흘렀다.

전자 진료기록부 화면 앞에 가쓰라가 앉아 있고 그 바로 뒤에 미시마가 앉았다. 두 사람 맞은편에는 다타이 씨의 손자 부부가 있다.

"밤중에 연락은 삼가달라고 말씀드렸을 텐데요."

아키라의 날카로운 목소리가 실내에 울렸다.

얼레지 꽃밭을 방문한 뒤 닷새쯤 지난 평일, 밤 10시가 조금 넘은 시간이다.

얼마 전 폐렴이 생긴 다타이 씨는 항생제 투여로 일단 열을 내렸는데, 오늘 또다시 가래가 심해지고 열이 오르기 시작했다.

엑스레이로 보기에도 폐렴이 개선되지 않고 호흡 상태가 불안정하여 경과를 설명하기 위해 보호자를 호출한 것이다.

가쓰라가 손자 부부에게 화면을 보이며 설명하고 '작은 거인'은 뒤에서 팔짱 낀 채로 그 모습을 지켜보았다. 옆에서는 중년 간호사가 노트북을 펼쳐놓고 굳은 표정을 짓고 있다.

"폐렴이면 폐렴인 거죠. 알아서 치료해주세요. 괜찮아지면 위루도 진행해주시고요. 전적으로 병원에 맡기겠다고, 지난번에도 말씀드리지 않았나요? 저희도 바쁘다니까요."

점점 거칠어지는 아키라의 어조에 가쓰라는 인내심 있게 응했다.

"이번 폐렴은 이전보다 훨씬 상태가 심각합니다. 폐 양쪽에 염증이 생겼고 흉수도 늘고 있습니다. 영양 상태도 좋지 않아 이대로 악화될 가능성이 있습니다."

조곤조곤 설명을 이어가는 가쓰라 앞에서 상대는 입을 꾹 다물었다. 아내라는 젊은 여성은 어쩐지 흥미로워하는 눈빛으로 남편과 가쓰라를 번갈아 보았다.

"지금 상태에서 지난번처럼 가래가 기도를 막으면 질식으로 갑자기 돌아가실 수도 있습니다."

"네? 병원에 있는데 그럴 수가 있어요?"

미간을 찌푸리는 아키라를 보며 가쓰라는 고개를 끄덕였다.

"그런 상황입니다."

그래서 이런 시간에 보호자를 부른 것이다.

"지금은 위루를 논할 때가 아닙니다. 상태가 돌연 악화했을 때 인공호흡기를 사용할지 말지를 결정할 때입니다. 이건……."

가쓰라는 한번 말을 끊고 손자 부부를 응시하며 다시 입을 뗐다.

"연명 치료에 관한 문제입니다."

연명 치료.

이 문제의 무거움을 가쓰라는 의료 현장에 나와 비로소 실감했다.

한번은 미시마가 '예전에는 그리 어려운 문제가 아니었다'라고 말한 적이 있다.

가족과 의사 모두 의료에 악착같이 매달리는 시대가 있었다. 인공호흡기를 달고 심장 마사지를 시행하고 시도해볼 수 있는 수액을 전부 써도, 당시의 의료 기술로는 결과에 별다른 변화를 불러오지 못했다. 살 사람은 살고, 죽을 사람은 죽은 것이다.

그러나 지금은 다르다.

고도로 복잡해진 의료 기술은 인공호흡기만 하더라도 기관삽관을 해서 거대한 장치에 연결하는 대형 장비부터 얼굴 마스크만 장착하는 특수 기구까지 종류가 다양하고, 항생제며 승압제며 혈액제제도 선택지가 많고, 영양관리 방법론도 실로 다양하다.

어떤 치료를 어떤 환자에게 어디까지 시행할 것인가.

의사면허시험을 준비하며 지독하게 많은 교과서와 문제집을 섭렵했지만, 이런 의론의 답은 어디에도 없었다.

"전에도 말씀드렸지만요."

아키라가 여전히 미간을 찌푸린 채 입을 열었다.

"할 수 있는 건 전부 해주세요. 그런데도 안 되면 어쩔 수 없는 거죠."

"연명 치료로 폐렴이나 심부전이 개선되지는 않습니다."

가쓰라는 최대한 침착하게 대답하려고 애썼다.

"지금 다타이 씨의 경우, 호흡 상태를 고려하면 인공호흡기라는 선택지가 있겠지만, 연결해도 폐렴이 낫는 건 아니고 돌아가시는 시기를 조금 더 늦출 뿐입니다."

"조금이라도 늦출 수 있으면 돼요. 할 수 있는 건 전부 해주세요. 어려운 얘기를 해도 저는 모르겠고요."

아키라는 짜증 섞인 대답을 내놓으며 옆의 아내에게 동의를 구하듯 시선을 향했다. 아내는 어색한 미소만 지을 뿐이다.

가쓰라는 가만히 두 사람을 바라보았다. 의외로 심적인 동요는 없었다.

그저 무언가 이상하다고 느꼈다.

그것이 무엇인지 조금씩 보이기 시작했다.

줄곧 마음에 걸린 위화감.

할 수 있는 치료를 전부 해달라는 가족의 심정은 전혀 이상하지 않다. 오히려 자연스럽다.

누워만 있는 환자에게 위루를 만드는 건 난폭한 행위다, 그런 식의 단순한 이야기도 아니다.

생명의 존엄에 관한 고찰이 부족하지 않나, 이 또한 문제의 일부이긴 하지만 본질은 아니다.

뇌리를 맴도는 생각 하나하나를 언어화해보지만, 전부 중요한 핵심에서 조금 벗어난 느낌이다.

핵심은 미시마의 말에 있었다.

'고민하다.'

다타이 씨 손자는 할아버지의 치료 내용에 대해 아무것도 고민하지 않는다.

'그냥 전부 해달라', '어려운 말을 해도 나는 모른다.'

이런 말로 고민과 생각을 멈춰버린다.

직장이 얼마나 바쁜지, 할아버지와 관계가 어떤지 가쓰라는 알지 못한다. 가쓰라가 모르는 복잡한 사정이 있을지도 모른다. 하지만 한 명의 인간이 죽음을 앞둔 절박한 상황인데 이 남자는 현실에서 눈을 돌리고 멀리 떨어져 마치 강 건너 불구경하듯 병원에, 의료인에게 모든 걸 맡기려 한다.

고민을 거듭하는 가쓰라와는 달리, 상대는 고민하는 일 자체를 모른 척한다.

이 사람에게만 해당하는 이야기는 아닐 것이다.

보기 싫은 것에는 뚜껑을 만들어 덮고, 보고도 못 본 척한다.

텔레비전이나 소설에는 '극적이고 감동적인 죽음'이 가득하지만 '현실의 죽음'은 그렇지 않다. 사람들은 단조롭고 더럽고 불쾌한 냄새를 풍기는 '죽음'을 시설이나 병원에 밀어 넣고 묵살해 버린다.

지금 가쓰라 앞에 버티고 선 문제는 현대 의료가 직면한 어두운 일면, 사회의 축소판인 것이다.

가쓰라는 지도의에게 힐끗 시선을 던졌다.

미시마는 팔을 꼰 채 가는 눈을 한층 가늘게 뜨고서 가쓰라를 응시하고 있다.

아무런 조언도 없다. 하지만 결코 무관심한 눈빛은 아니다.

모든 판단을 가쓰라에게 일임하고 있다.

아즈사가 병원에서의 연수는 며칠 후면 끝이 난다. 이것이 미시마가 주는 마지막 과제인지도 모른다.

"선생님, 이제 가봐도 될까요?"

아키라가 불편한 기색을 숨기지 않고 입을 열었다.

"딱히 병원 측에 불만이 있는 건 아니에요. 아무튼, 선생님께 맡기겠습니다. 제가 드릴 말씀은 이게 다예요."

말을 다 마치기도 전에 자리에서 일어났다.

가쓰라가 앉은 채로 올려다보자 아키라가 변명하듯 덧붙였다.

"내일 일찍 출근해야 해서요. 요즘 특히 바쁜 시즌이라……."

"얼레지 꽃을 아시나요?"

가쓰라의 목소리가 아키라의 말을 막았다.

"네?"

아키라가 얼빠진 목소리로 대꾸했다.

누가 봐도 너무 뜬금없는 말이었다.

가쓰라가 침묵을 깨고 부드럽게 말했다.

"얼레지는 예전엔 흔한 꽃이었어요. 찬 바람이 채 가시기 전부터 피기 시작하는데 꽃이 참 예뻐요."

맥락을 파악할 수 없는 말에, 손자 부부는 당황한 기색을 숨기지 못했다.

가쓰라는 개의치 않고 말을 이었다.

"꽃은 그리 크지 않은데 뿌리를 아주 깊게 뻗는 식물이에요. 그래서 함부로 손을 대면 뿌리가 잘려서 바로 죽어버려요. 한자리에서 50년도 넘게 사는데 뿌리가 끊어지면 순식간에 시들어버리죠. 무턱대고 캐가는 사람이 많아서 점점 보기 어려워졌어요. 물론 공들여서 화분에 옮겨심으면 죽지 않겠지만, 그렇게까지 정성을 쏟는 사람은 별로 없겠죠."

옆에서 간호사가 움찔했다. 순간 가쓰라가 어디 아픈 게 아닐까 걱정됐는지도 모른다.

그러나 미시마는 미동도 하지 않았다. 그 침묵이 가쓰라의 등을 가만히 받쳐주는 느낌이 들었다.

"병원에는 여러 환자가 있습니다. 다 나아서 건강하게 퇴원해서 가족이 기다리는 집으로 돌아가는 사람도 있고요. 그런 사람들은 씩씩하게 자기 자리에서 또 꽃을 피우겠죠. 그런데……."

가쓰라는 고개를 잠시 떨궜다가 다시 들고 아키라를 바라보며 말했다.

"다타이 씨는 뿌리가 끊어진 상태라고 저는 생각합니다."

다타이 씨는 벌써 몇 년이나 입을 꼭 다문 채 꼼짝도 하지 않고 누워서 지냈다.

등에는 욕창이 있고, 누워만 있어도 가래가 기도를 막고, 아들과 아내는 이미 세상을 떠났고, 손자 아키라도 집으로 모실 상황이 아니다.

의학적인 이야기가 아니다.

더 근원적인 의미에서 '뿌리가 끊겼다'고 생각한다.

가쓰라가 나지막이 말을 건넸다.

"이대로 이 병원에서 보내드리면 어떨까요?"

차분한 음성이었다.

아키라의 눈썹이 희미하게 움직였다.

"항생제는 한동안 지속하겠습니다. 그래도 일주일이 지나도 개선되지 않으면 종료하기로 하죠. 인공호흡기도 연결하지 않겠습니다. 심장 마사지도 하지 않겠습니다. 설령 폐렴을 극복해도, 위루는 만들지 않고 소량의 수액만 쓰며 지켜보겠습니다."

가쓰라의 말은 이따금 멈췄다가 다시 이어졌다.

뒤돌아 자리를 뜨려 했던 아키라가 가쓰라를 정면으로 응시했다.

"제 의견일 뿐일지도 모르지만, 어떻게 생각하시나요?"

옳은 판단이라는 확신은 없다.

논문을 아무리 뒤져봐도 답은 나오지 않는다.

하지만 뿌리가 끊긴 꽃은 시든다.

뿌리가 끊겨 시들기 시작한 꽃을 살려보려 노력할 수는 있겠지만, 꽃은 괴롭지 않을까.

가쓰라의 목소리가 끊기자 다시 침묵이 찾아왔다.

상대는 아무 말도 하지 않았다.

그러나 방금까지 확연히 드러나던 조급함이 이제는 보이지 않았다.

잠시 후 아키라가 시선을 움직였다. 옆에서 아내가 의자에 앉은 채 남편의 소매를 당겼기 때문이다. 마치 남 일처럼 지켜보던 아내가 부드러운 눈길로 남편을 올려다보고 있었다.

"얼레지는……."

아키라가 숨을 토해내듯 작게 중얼거리고 아내에게 살짝 눈길을 향한 후 말을 이었다.

"할아버지가 좋아하시는 꽃이에요."

그는 가쓰라의 맞은편 의자에 다시 앉으며 나직이 말했다.

"죄송하지만 한 번 더 이야기를 들을 수 있을까요?"

가쓰라는 등을 바로 세우고 고개를 크게 끄덕였다.

깊고 묵직한 소리가 들려온다.

뱃속 깊은 데서 요동치는 듯한 굵직한 음성이 어슴푸레한 복도에 흘렀다.

발신지는 알 수 없지만, 어딘가 귀에 익은 소리를 들으며 복도를 걷던 가쓰라는 의국 앞에서 걸음을 멈췄다.

시간은 밤 12시.

아키라에게 설명을 마치고 의국으로 돌아오는 길이다.

어둑한 복도의 기묘한 울림이 과로에 따른 환청인가 싶어 점점 불안해지던 차에, 의국 앞에서 그 불안은 말끔히 해소되었다. 의국 중앙 소파에 앉아 있는 지도의를 발견한 것이다.

'작은 거인'이 소파에 앉아 눈을 감은 채 깍지 낀 손을 무릎 위에 가볍게 올리고 노래를 부르고 있었다.

노랫소리는 크지 않았지만 흔들림 없이 강인했다.

빨랐다가 느렸다가 박자가 수시로 바뀌고, 음은 땅을 울리듯 가라앉았다가 갑자기 도약했다가 다시 뚝 떨어져서 당최 갈피를 잡을 수 없는 노래였다. 노랫말은 한마디도 알아들을 수 없었지만 묘하게 진한 가락에 가쓰라는 빠져들었다.

그대로 문 앞에 서 있던 가쓰라가 번뜩 정신을 차린 건 미시마의 노랫소리가 툭 끊겼기 때문이다. 미시마가 가쓰라를 알아채고 고개를 돌렸다.

가쓰라는 당황했으나 미시마는 눈썹 하나 까딱하지 않았다.

그는 조용히 일어서며 물었다.

"진료기록부 기재는 끝났나?"

"네. 다 했습니다."

"수고했어."

미시마는 벽 쪽에 있는 커피포트에서 커피를 두 잔 따라 소파로 돌아왔다. 커피잔 하나를 맞은편에 놓으며 가쓰라에게 권했다.

"우타이라는 거야."

가쓰라는 급히 고개를 끄덕이며 미시마 맞은편에 앉았다. 고개를 끄덕이는 것 말고는 어떤 반응을 해야 할지 몰랐다.

미시마의 '우타이'에 대해서는 소문으로 들은 적 있다. 이런 식으로 직관할 줄은 상상도 못했는데, 막상 들어보니 소문과는 인상이 꽤 다르다.

"이건 간제류지."

"네. 저는 처음 들어봤습니다."

"이런 걸 듣게 해서 미안하네."

"아니, 아니에요. 아닙니다."

가쓰라는 더듬거리면서도 최대한 자연스럽게 말하려고 애썼다.

"직접 듣게 돼서 영광입니다. 감사합니다."

적절한 대답이었는지는 모르지만, 이건 가쓰라의 진심이었다.

늘 태연한 표정으로 환자를 대하는 모습과 한밤중 의국에서 곡조를 뽑는 모습이 얼핏 동떨어진 듯하면서도 그렇지 않은 듯했다. 미시마라는 사람의 신비한 매력이 가쓰라의 감성적인 부분을 건드렸다.

"평소에는 이런 데서 노래를 부르진 않는데, 기분이 좋을 땐

나도 모르게 노래가 나온단 말이지."

"기분이 좋을 때요?"

미시마의 말에 가쓰라가 고개를 갸웃하며 되물었다.

미시마는 커피 향을 음미하듯 잔을 들고 살며시 흔들면서 대꾸했다.

"얼레지 이야기는 매우 흥미로웠어. 오늘 밤엔 잠들기 어려울 것 같군."

예상치 못한 전개에 가쓰라의 몸이 굳어졌다.

가쓰라는 의미를 묻듯이 조심스럽게 지도의를 바라보았다. 미시마의 입가가 희미하게 움직였다.

무뚝뚝한 지도의가 미소를 짓는 것이다.

"죄송합니다."

"왜 사과하지?"

"환자 보호자에게 두서없이 설명했습니다. 죄송합니다."

"그렇지 않아. 분명 논리적이진 않았지. 특이하고 위태롭고 독창적이었어."

미시마는 커피를 한 모금 마신 뒤 덧붙였다.

"그리고 나쁘지 않았어."

칭찬이다.

지도의에게 이런 평가를 받기는 처음이었다.

아키라가 의자에 도로 앉은 후 30분가량, 가쓰라는 자기 생각을 이야기했다.

자연스럽게 경과를 지켜보면 어떻겠냐고.

수액만으로 처치하면 서서히 몸이 약해질 것이다. 혈압이 내려가거나 열이 날 수도 있다. 그래도 큰 치료는 재개하지 않는다. 가래는 부지런히 빼낼 것이고 몸도 청결하게 유지할 것이다. 그러나 상황에 따라서는 수액을 멈추고 지켜본다.

그리고 한 송이 꽃이 흙으로 돌아가듯 가만히 여행을 떠나는 것이다.

말솜씨가 유창하진 않아도 한마디 한마디 진심을 담아 신중하게 쌓아 올리는 가쓰라를 보며 상대는 끝까지 잠자코 귀를 기울였다.

그리고 마침내 "선생님이 말씀하는 방식으로 부탁드리겠습니다." 하고 정중하게 요청했다.

"세상에는 다양한 질병이 있고 다양한 치료법이 있지."

미시마가 손에 든 커피잔을 바라보며 말했다.

"약과 처치 도구도 수없이 많아. 저마다 상세한 사용 설명서가 있고 치료에 대한 가이드라인도 있어. 그런데……."

미시마는 커피를 한 모금 마셨다.

"어디서 치료를 접어야 하는지 알려주는 가이드라인은 존재하지 않아."

나지막한 목소리에 살짝 힘이 실렸다.

"의료는 지금 일종의 한계점에 달한 거야. '생'이 아니라 '사'와 마주한 한계점이지. 거칠게 표현하자면, 갑자기 늘어난 고령자를 어떻게 살리느냐를 고민하는 게 아니라, 어떻게 죽게 할 것이냐가 문제가 되었어. 안타깝지만 의학계에서는 거의 준비가 되어 있지 않아. 일부 학회에서 임종까지 지켜보는 가이드라인 비슷한 것이 발표되긴 했지만, 내실 없이 공허한 문장만 늘어놨을 뿐이야. 우리 사회 전체를 봐도 마찬가지야. 어떻게 죽어야 할지, '죽음'을 똑바로 마주하는 사람이 몇이나 될까? 집에서 숨을 거두는 일이 드물어진 지금, 대부분은 인간의 죽음이라는 걸 접할 기회가 없어. 그러니 생각할 기회도 없으니 무관심할 수밖에."

평소 누구보다 과묵한 지도의가 막힘없이 말을 쏟아냈다. 아까 본인이 말했듯이 정말 기분이 고양되었는지도 모른다.

그러나 목소리는 여느 때와 다름없이 지극히 침착하다.

가쓰라는 한마디라도 놓칠세라 꼼짝도 하지 않고 그 목소리에 귀를 기울였다.

"죽음에 무관심했던 사람이 갑자기 가까운 이의 죽음을 직면하면 당연히 혼란스럽겠지. 놀라고 당황하고, 그러다 의료인에게 불합리한 분노를 쏟아내기도 하고. 그런데 다른 한쪽에는 오늘 그 손자처럼 사고를 정지하고 모든 걸 의사에게 떠넘기며 못 본 척하는 사람도 있어. 어느 쪽이든 우리에겐 난감한 상황이지만, 동정의 여지가 없는 건 아니야. 그 사람들은 그저 죽음이란 것에 대해 무지할 뿐이니까. 의사는 그런 사람들을 어떤 식으로 대해야 하나, 이건 매우 어려운 문제지."

말을 끊고 눈을 감은 채 잠시 생각에 잠겼다가 다시 말을 이었다.

"물론, 우리가 태만해도 된다는 얘기가 아니야. 이런 상황이니까 더욱, 일상적으로 '죽음'을 마주하는 우리가 치열하게 고민할 필요가 있는 거야."

미시마는 가쓰라를 물끄러미 바라보며 말했다.

"그런 의미에서 자네는 좋은 내과의가 될 수도 있겠지."

가쓰라의 몸이 다시 얼어붙었다.

"그건…… 과대평가입니다. 선생님."

"무슨 오해를 하는 건가? 그저 '가능성'에 대해 말했을 뿐인데."

미시마는 작게 어깨를 떨며 웃고는 느긋하게 커피잔을 기울였다.

가쓰라는 커피잔을 들고 바라만 보며 한동안 입을 대지 못했다.

복잡하게 엉킨 생각들이 뇌리를 맴돌았다. 다타이 씨 일과 더불어 요 며칠 가쓰라가 계속 고민해온 문제다.

"커피 마시게."

중후한 목소리에 이끌리듯 가쓰라가 고개를 들었다.

"선생님, 칭찬받은 김에 조금 건방진 말씀을 드려도 될까요?"

갑자기 정색하는 가쓰라를 보면서 미시마는 가만히 눈을 깜빡였다.

가쓰라는 그 침묵을 뒷말의 재촉으로 받아들이고 용기를 냈다.

"야에 씨에게 ERCP를 한 번 더 권해봐도 될까요?"

미시마는 입을 다문 채 미동도 하지 않았다.

가쓰라가 목소리에 힘을 실어 말을 이었다.

"야에 씨가 뭐라고 하실지는 모릅니다. 그래도 싫다고 하시면 어쩔 수 없죠. 하지만 저는 야에 씨의 뿌리가 끊어지지 않았다고 생각합니다."

얼레지 군생지에서 본 야에 씨의 얼굴뿐만 아니라, 그런 어머니를 바라보던 아들의 다정한 눈빛을 가쓰라는 잊을 수 없었다.

야에 씨에게는 돌아갈 집이 있다. 기다리는 가족이 있다.

환자의 인생은 환자 본인이 정하는 것이라고, 내과 교과서에 쓰여 있다. 그런 의미에서 야에 씨가 치료를 거부한다면 무엇보다 그 의사를 존중해야 한다. 그런데 가쓰라의 생각은 조금 다르다.

사람은 혼자 살아가는 것이 아니다.

누구나 누군가와 연결되어 살아간다. 산다는 것은 누군가에게 돌봄을 받으며 동시에 누군가를 돌보는 일이다. 지금 야에 씨와 아들은 서로를 돌보며 서로에게 돌봄을 받는 것이다. 누군가의 등에 업히는 동시에 누군가를 등에 업고 나아가는 것이 인생이 아닐까.

뿌리가 끊어진다는 것은 그런 연결이 사라짐을 말한다. 그런 의미에서 야에 씨에게는 아들이 있고 돌아갈 집이 있고, 좋아하는 꽃이 있다.

야에 씨의 뿌리는 끊어지지 않았다.

"무엇이 정답인지는 모르겠습니다. 하지만 돌을 꺼내고 아들 곁으로 돌아가는 길을, 다시 한번 검토하는 건 틀린 선택이 아니라 생각합니다. 물론 그게 얼마나 위험한 일인지는 알고 있습니다."

"그렇게까지 생각한다면 내게 확인할 필요는 없어."

미시마의 대답은 간단했다.

"다타이 씨가 그러하듯, 야에 씨도 자네 환자야. 환자의 치료 방침을 정하는 건 내가 아니라 가쓰라 선생이지."

"하지만 저는 아직 ERCP를 못합니다."

미시마가 컵을 든 채 눈썹을 으쓱해 보였다.

"치료 방침을 제가 정해도 95세 환자의 ERCP를 하는 건 선생님입니다."

'작은 거인'이라 불리는 남자가 옅게나마 당혹감을 드러내는 건 매우 드문 일이었다. 실눈을 뜨고 시선을 돌리는 지도의 모습을 가쓰라는 숨죽인 채 지켜보았다.

미시마는 의국을 한 바퀴 둘러보고는 작게 중얼거렸다.

"그렇군. 그 생각은 못했어."

미시마는 잔을 테이블에 내려놓고 가쓰라를 똑바로 보며 말했다.

"95세 환자의 ERCP라, 쉽지 않아. 부담이 크지."

"알고 있습니다."

"그렇게 부담이 큰 ERCP를 수락하는 대신, 나도 자네한테 한 가지 부탁이 있어."

"부탁이요?"

의외의 전개에 가쓰라는 등줄기에 또 한 번 식은땀을 흘렸다.

미시마는 다소 거창하게 뜸을 들였다가 이윽고 낮은 목소리로 말했다.

"10년 후에는 자네가 ERCP를 할 수 있는 의사가 되어주게. 환자가 95세라도 거뜬하게 해내는 의사가 돼야 해."

창문은 닫혀 있는데 어디선가 산뜻한 바람이 불어왔다.

환자를 데려온 구급차가 이제 돌아가는지, 창밖에서 자동차 소리가 어렴풋이 들렸다.

"가키자키 군도 자네를 기다리고 있어."

미시마가 부드럽게 웃으며 다시 커피잔을 손에 들었다.

여느 때와 달리 온화한 지도의를 바라보며 가쓰라는 가슴 깊은 곳의 떨림을 느꼈다.

그 느낌을 소중히 간직하고 싶어서 잠시 숨을 멈췄다가 아랫배에 힘을 주고 짧게 대답했다.

얼레지가 만개했다.

불과 2주 전만 해도 보랏빛이 뜨문뜨문했는데, 지금은 산비탈 전체가 선명한 보랏빛 양탄자가 되었다.

주차장이 된 넓은 빈터에는 벌써 차 여러 대가 세워져 있고 임도에도 사람이 많다.

주차장 입구에는 '얼레지 축제'라고 쓴 깃발까지 놓여 있다.

"금방 이렇게 예뻐지네!"

미코토의 청량한 음성이 초봄 하늘에 울려 퍼졌다.

라팡에서 내린 미코토는 베이지색 트렌치코트에 하얀 머플러 차림이다. 가쓰라가 미코토를 바라보며 물었다.

"미코토도 만개한 건 처음 봐?"

"응. 나도 한 달 전에 엄마가 가르쳐주기 전까진 이런 곳이 있는 줄도 몰랐어."

미코토가 이마에 손을 얹고 산비탈을 올려다봤다.

"엄마 말로는, 내가 꽃에 흥미를 보인 건 어린이집 다닐 때 이후로 처음이래. 그래서 신경 쓰이는 사람이 있다는 걸 엄마한테 들켰지 뭐야."

가쓰라의 얼굴에 미소가 번졌다.

순수한 일화 하나에도 미코토다운 명랑함이 담겨 있어서 듣고 있으면 가쓰라의 기분까지 자연히 밝아진다.

"그건 그렇고."

미코토가 가쓰라에게 시선을 향했다.

"굳이 그런 차림으로 올 필요는 없지 않아?"

'그런 차림'이란 가쓰라의 어색한 정장 차림을 가리켰다. 조금 전까지 넥타이까지 매고 있었는데 미코토가 라팡에서 그건 풀게 했다.

"그래도 부모님께 인사드리러 가는 건데 제대로 차려입어야 할 것 같아서……."

"평소 모습대로 가면 돼. 정장이 어울리면 몰라도, 지금은 대학 입학식에 온 삼수생 같아."

정곡을 찌르는 말에 가쓰라는 말문이 막혀버렸다.

3월 말 주말, 약속대로 미코토의 본가에 인사를 드리러 가는 날이다. 한참을 고민하다가 결국 깔끔한 정장이 무난하리라 판단했는데, 아침에 아파트까지 가쓰라를 데리러 온 미코토가 그 모습을 보더니 한바탕 웃음을 터뜨렸다.

그러고 나서 미코토네 집으로 가기 전에 시간 여유가 있어 만개한 얼레지를 보러 들른 참이었다.

"잘 지내고 계실까?"

밝은 목소리를 따라 가쓰라는 고개를 돌려 미코토를 바라보았다. 그런데 미코토의 시선이 얼레지 군생지가 아니라 아래쪽 민가들로 향해 있었다.

"야에 씨 댁이 저기 모퉁이에 있는 커다란 이층집이랬지?"

가쓰라도 그쪽을 바라보며 고개를 끄덕였다.

우치지마 야에 씨는 사흘 전에 퇴원했다. ERCP는 무사히 끝났다. 돌도 무사히 제거했다. '작은 거인'의 실력은 예상대로 매우 뛰어나 절개부터 돌을 꺼내기까지 15분밖에 걸리지 않았다. 정확하고 신속한 처치 덕분에 합병증 없이 마무리되었다.

"퇴원할 때 야에 씨 정말 기분 좋아 보이시더라."

"야에 씨만큼이나 아드님도."

두 사람의 웃음소리가 겹쳤다.

벗어진 머리를 두드리면서 얼굴 가득 미소를 띠고 거듭 고개를 숙이던 하치조의 모습이 기억에 선명하다. 어쩌면 또 금방 야에 씨를 태운 휠체어가 임도에 나타날지도 모른다.

한동안 야에 씨의 집을 내려다보던 가쓰라가 시선을 옮기고 물었다.

"오늘 미코토 부모님과 어떤 대화를 해야 할까?"

"그런 게 걱정돼?"

미코토가 재미있어하는 표정을 지었다.

"그야 당연히 걱정되지."

"평소대로 하면 돼. 엄마는 꽃을 좋아하니까 선생님이 좋아하는 이야기를 편하게 하면 분위기가 저절로 좋아질걸."

"어머니는 꽃을 좋아하시는데 딸은 도라지꽃도, 얼레지도 몰랐구나."

"또, 또 미운 말을 하네. 그 나쁜 마음을 만개한 얼레지로 정화한 다음에 우리 집에 가도록 해."

미코토가 등을 휙 돌리고 임도를 걸어나갔다.

가쓰라는 빙긋 웃으며 그 뒷모습을 바라보았다.

발걸음에 생기가 넘쳐서 보기만 해도 가슴에 밝은 에너지가 차오른다.

걸핏하면 생각의 늪에 빠지는 가쓰라에게 그녀의 존재는 무엇과도 바꿀 수 없는 커다란 꽃송이와 같다.

"미코토."

무의식중에 흘러나온 말이었다.

그래서 눈을 크게 뜨고 돌아보는 미코토에게 가쓰라는 마땅히 건넬 말이 없었다.

"왜?"

"그냥."

"싱겁기는."

미코토는 가볍게 어깨를 으쓱하고 다시 앞서 걸었다. 그러다 빙글 돌아보며 외쳤다.

"빨리 와, 쇼타로!"

또랑또랑한 목소리로 가쓰라의 이름을 불렀다.

아즈사가와 병원에서 일을 시작한 후로 그렇게 불린 적이 없었다. 당황해하는 가쓰라를 미코토가 웃으며 바라봤다.

"선생님이라고 부르는 게 나아?"

가쓰라는 바로 고개를 저었다.

"미코토, 고마워."

오랫동안 가슴에 담아뒀던 말이 자연스레 새어 나왔다.

몇 번이나 전하려 했으나 건네지 못했던 그 말이 투명한 햇살 아래 울려 퍼졌다. 미코토는 순간 당황한 듯했지만 금세 표정을 바꾸고 씩씩하게 대답했다.

"별말씀을요!"

미코토는 웃으며 다시 걸음을 옮겼다.

얼레지가 바람에 흔들린다.

선명한 보랏빛이 눈부시게 빛나며 새로운 계절이 성큼 다가왔음을 알린다.

가쓰라는 한껏 봄을 들이마시고 미코토를 따라갔다.

물망초 피는 마을에서

가쓰라는 수로를 따라 난 작은 길에서 걸음을 멈추고 손그늘을 만들어 눈앞에 펼쳐진 풍경을 내려다봤다.

조금 전까지 내린 비 때문에 아직 바람에는 촉촉한 물기가 남아 있지만, 비구름은 어느새 저 멀리로 물러나고 구름 틈새로 밝은 아침 햇살이 쏟아지기 시작했다.

밭과 밭을 잇는 수로, 물이 찰랑거리는 논, 민가의 젖은 지붕, 국도에 생긴 물웅덩이. 바람에 흔들리는 구름이 햇볕의 양을 시시각각 바꾸며 풍경 곳곳에서 빛을 춤추게 했다. 울창하게 우거진 잡목림 사이로 반짝이는 빛은 가미코치에서 마쓰모토 분지를 향해 동쪽으로 흐르는 아즈사 강일 것이다.

"이렇게 경치 좋은 곳이 있었다니……."

가쓰라는 조그맣게 중얼거리고 시선을 다시 수로 옆 작은 길로 옮겼다. 소나무 숲의 구불구불 이어진 길 너머에는 병원이 하나 있지만 여기서는 보이지 않는다.

가쓰라가 처음 이 길을 걸은 건 딱 1년 전이었다.

병원 기숙사인 아파트에서 아즈사가와 병원까지 매일 지나다닌 이 길의 사계절 풍경은 머릿속에 선명히 남아 있다.

수로 옆으로 황매화가 흐드러지게 피었나 싶다가도 어느새 짙은 초록색 나무가 우거지고, 두툼하게 쌓인 낙엽을 알아챌 즈음에는 눈길에 발자국이 이어진다. 매일같이 다닌 길인데 아즈미노가 한눈에 들어오는 곳이 길 중간에 있는 줄은 전혀 몰랐다.

지난 1년간 앞만 보고 걸어왔음을 절절히 실감했다.

아즈사가와 병원을 떠나 4월부터는 대학병원에서 수련을 시작했다. 대학병원에서도 한동안은 여기저기 바쁘게 뛰어다닐 것이다. 그리고 훗날, 그때까지 보지 못했던 풍경을 불현듯 보게 되리라. 마치 오늘처럼.

"너무 감상에 젖었나?"

멋쩍게 웃던 가쓰라가 문득 고개를 돌린 건 멀리서 익숙한 사이렌 소리가 들려왔기 때문이다. 국도를 급히 달리는 구급차가 보였다. 그 앞쪽에 있는 차들이 차례로 길을 터줬다. 구급차가 민가 쪽으로 모습을 감춘 후에도 사이렌 소리는 한결 크고 또렷하게 울렸다. 곧이어 구급차가 언덕을 올라 병원에 도착했는지 돌연 주변이 고요해졌다. 오늘도 응급실은 성황인 모양이다.

소리에 이끌리듯 병원 쪽으로 고개를 돌린 가쓰라의 시야에 작은 실루엣이 들어왔다. 흰 셔츠에 남색 청바지, 깔끔한 차림의 여성이 숨을 헐떡이며 달려왔다.

가쓰라가 천천히 오른손을 들었다.

"쇼타로, 오래 기다렸어?"

소나무 숲 작은 길에서 미코토가 밝은 미소로 말했다.

4월 중순이다.

가쓰라가 2년 차 수련의로서 대학병원에 온 지도 벌써 2주가 지났다.

아즈사가와 병원과는 전혀 다른 환경에 적응하느라 고군분투하는 나날을 보내고 있다.

이제껏 증례를 거의 다뤄본 적 없는 신경내과에 배치된 데다 이른 아침 콘퍼런스, 준비만으로도 벅찬 교수 회진, 논문 리뷰 모임, 슬라이드 작성 같은 익숙지 않은 작업이 산더미처럼 쌓여 있어서 정신을 차릴 수가 없다. 아즈사가와 병원 때보다 담당 환자 수가 많지는 않지만 한시도 긴장을 늦출 수 없는 하루하루가 이어진다.

아즈사가와 병원의 미코토는 4월부터 주임 대행 자리에 올라 기존 업무에 새로운 회의와 서류작업이 더해졌다. 원래도 낮과 밤이 수시로 바뀌어 생활이 불규칙한데 손에 익지 않은 관리 업무까지 추가되어 눈코 뜰 새 없이 바쁘다.

상황이 이런지라 두 사람은 4월에 들어서 좀처럼 만날 시간을 잡지 못했는데 간신히 4월 중순 일요일 오전에야 시간이 맞았다. 야간 근무를 하고 바로 나올 미코토가 피곤할까봐 가쓰라는 걱정했지만 미코토는 단호했다.

"그런 식이면 다음 데이트는 내년에 해야 할걸!"

또랑또랑한 목소리에 가쓰라도 괜한 배려를 거뒀다.

"오래 기다렸어?"

미코토의 얼굴은 야간 근무 후라고는 생각할 수 없이 상큼한 미소로 가득했다. 가쓰라는 감탄하며 대답했다.

"방금 왔어. 차는 병원 주차장에 세웠고. 야간 근무하느라 고생 많았어."

"별말씀을요."

"힘들었지?"

"평소랑 똑같았어. 바쁘긴 했는데 그런 점까지 평소랑 똑같았지."

"여전히 이송된 응급 환자랑 환자 상태 급변 때문에?"

"굳이 말하자면, 어제는 섬망과 낙상 사고?"

가쓰라는 씩 웃고 말았다.

고령 환자가 섬망으로 소리를 지르거나 밤중에 멋대로 침대에서 나오려다가 넘어지는 일은 아즈사가와 병원에서는 일상이었다.

"그래도 야간 근무는 아침에 끝나니까 우리는 퇴근하고 쉴 수 있잖아. 선생님 당직에 비하면 힘든 것도 아니지 뭐."

크게 기지개 켜며 아즈미노로 눈을 향하는 미코토를 따라 가쓰라도 고개를 돌렸다.

농로를 가로지르는 경트럭이 거울처럼 빛나는 논 사이로 빛의 입자를 연신 춤추게 했다. 바람이 센지 머리 위 구름이 쓱 밀려나며 순식간에 파란 하늘이 펼쳐졌다.

한층 기세를 더한 봄 햇살 아래, 논뿐만 아니라 아즈사 강도, 조넨 산의 눈도 온통 눈부시게 빛난다.

"여기 참 좋지?"

미코토의 청아한 목소리에 가쓰라는 고개를 끄덕였다.

"매일 다니는 길에 이렇게 전망 좋은 곳이 있는지 몰랐어."

"꽃만 보느라 몰랐겠지."

미코토의 서슴없는 지적에 가쓰라는 웃을 수밖에 없었다.

길가의 황매화와 개나리, 수로 옆 매실 고목은 알면서도 멀리 펼쳐진 절경은 미처 눈치채지 못했다.

"여기는 사시사철 풍경이 그림 같지만, 나는 특히 요맘때가 제일 좋아."

미코토가 말했다.

벚꽃이 만개하는 시기도, 단풍으로 물드는 시기도, 눈으로 뒤덮인 시기도 아니다. 늦봄에서 초여름에 걸쳐 눈부시게 빛나는 아즈미노가 미코토는 가장 좋다고 했다.

오랜만에 얼굴을 보는 날, 이곳을 약속 장소로 정한 미코토의 마음을 어쩐지 알 것 같아서 가쓰라는 한동안 눈앞의 절경을 가만히 감상했다.

가쓰라가 문득 정신을 차린 것은 아까 사라졌던 사이렌 소리가 나무 저편에서 다시 들려왔기 때문이다.

구급차는 비탈을 내려와 국도로 나가는 참이었다. 비가 그친 국도는 한산하여 마쓰모토 시내 방면으로 가는 구급차가 속도를 올렸다.

구급차가 사이렌을 울리며 병원으로 들어오는 일은 하루에 몇 번이나 있지만, 병원에서 사이렌을 울리며 출발하는 일은 흔치 않다.

"무슨 일이지? 들어온 환자가 바로 다른 병원으로 가는 건가?"

"오늘 아침 감염성 심내막염을 진단받은 환자일 거야. 퇴근하는 길에 낮 근무자가 하는 얘기 들었어. 대학병원으로 긴급 이송한대."

"아침부터 이송이라니 바쁘겠네."

"환자는 84세 할머니고 주치의는 다니자키 선생님이야."

가쓰라는 살짝 당황했다. 일명 '사신', 한때 지도의의 이름이 갑자기 등장해서라기보다 고령 환자에 대해 그저 지켜보자는 주의로 일관하던 다니자키의 담담한 표정과 대학병원으로의 이송이라는 두 가지가 머릿속에서 연결되지 않았기 때문이다.

"다니자키 선생님도 구급차에 타고 있을걸."

"선생님이?"

"나도 깜짝 놀랐어."

놀라움을 그대로 드러내는 가쓰라를 보며 미코토가 웃었다.

"병동에서 선생님이 말씀하시는 거 들었어. '아무리 사신이라도 살릴 가능성이 있는 환자를 내버려둘 정도로 무신경하지는 않습니다'라던데."

광경이 선하게 그려진다.

이제는 가쓰라도 안다.

사신이라 불리는 다니자키는, 환자 치료를 내던지거나 태만한 사람이 아니다. 치료가 필요한 환자에게 최선을 다하고, 수명이 다했다고 판단하면 최대한 환자가 고통 없이 떠날 수 있도록 지켜보는, 지극히 평범한 의사의 소임을 수행할 뿐이다. 그러나 다니자키의 담당 환자 중에 특히 고령의 심부전 환자와 흡인성 폐렴 환자가 많다는 것, 일단 지켜보자는 판단을 내리는 다니자키 태도가 지나치게 담백하다는 것이 '사신'이라는 이미지를 만든 것이다. 진짜 사신이라면 환자를 이송하는 구급차에 동승할 리가 없다.

멀어져가는 사이렌 소리를 배웅하면서 가쓰라는 자기도 모르게 고개를 숙였다.

고개를 들었을 때는 이미 구급차 모습이 사라진 후였다. 아무 일도 없던 것처럼 아즈미노의 절경이 눈앞에 펼쳐져 있다.

"여러 일이 있었지."

"여러 일이 있었네."

"벌써 1년이나 됐어."

흘리듯 내뱉은 미코토의 짧은 말이 유난히 가슴에 깊이 울려서 가쓰라는 고개를 돌려 미코토를 바라보았다.

미코토는, 아즈미노 쪽에 시선을 고정하고 말을 이었다.

"1년 전에도 여기에 서서 풍경을 내려다봤어. 평소랑 다름없는 아침이었는데 특별한 날이 될 줄은 상상도 못했지."

"특별한 날?"

"딱 1년 전, 여기서 이렇게 경치를 본 날 쇼타로를 만났어."

뜻밖의 말에 가쓰라는 다시 한번 미코토를 바라보았다.

미코토는 살며시 웃으며 말했다.

"7월 소화기내과 연수 때 쇼타로랑 처음 만난 게 아니야. 3개월 전, 바로 이맘때였어. 그때는 아주 잠깐 대화한 게 전부라서 쇼타로는 기억하지 못할 거야."

가쓰라가 당황한 기색을 보인 건, 미코토에게 미안해서가 아니었다.

"깜짝 놀랐어."

가쓰라의 중얼거림에 미코토가 고개를 기울였다.

"그렇게 사소한 일을 미코토가 기억하고 있을 줄 몰랐거든."

"쇼타로도 기억나?"

"당연하지. 응급실에서 만났잖아."

미코토가 말없이 눈만 살짝 크게 떴다.

"샌더소니아를 은방울꽃이라고 착각하는 사람은 흔치 않거든."

"앗!"

미코토는 미간을 좁히고 가볍게 눈을 흘겼다.

"쓸데없는 건 잊어도 돼."

가쓰라는 소리 내서 크게 웃었.

정말로 귀중한 추억이다.

의사로서 병원에서 근무하기 시작한 무렵, 첫 당직 근무로 녹초가 된 아침이었다.

응급실 창가에서 시들어가는 샌더소니아 꽃이 어딘지 피로에 찌든 자기와 비슷해 보여서 무심코 손을 뻗었다.

꽃병을 씻고 물도 새것으로 갈아놓으려 했는데 낯선 장소라 어디서 어떻게 하면 좋을지 몰라 고민하던 차에 말을 걸어준 간호사가 있었다. 수돗가까지 안내해준 해맑은 그녀의 모습이 가쓰라의 가슴에 선명하게 남아 있다.

그 뒤로 아무런 접점 없이 3개월이 지나고, 소화기내과 병동에서 오랜만에 미코토를 발견했을 때 가쓰라의 심장이 갑자기 빨리 뛰었던 건, 부끄러워서 털어놓을 수 없다.

가쓰라는 어쩐지 쑥스러워져서 발치로 시선을 떨어뜨렸다. 그런데 그 시선 끝에서 작고 파란 꽃을 발견하여 눈이 휘둥그레졌다. 맑은 파란빛 꽃잎이 다섯 장 모인 사랑스러운 꽃이 바람에 살며시 흔들렸다.

"쇼타로, 이거 무슨 꽃인지 알아? 매년 피는 꽃인데, 파랗고 작은 꽃이 귀엽지? 꽃 피는 시기가 짧아서 이렇게 꽃을 보는 건 엄청 운이 좋은 날이야."

꽃 앞에 쪼그려 앉은 가쓰라의 옆으로 미코토가 다가와 말했다.

"맞아."

가쓰라는 부드럽게 대답했다.

가슴이 두근거렸다.

"왜지치야. 이런 데서 볼 수 있을 줄은 몰랐는데."

"왜지치?"

"일본 재래종인데 홋카이도 외에서는 거의 볼 수 없는 꽃이야. 마쓰모토 분지가 혼슈의 몇 안 되는 자생지래. 가미코치 주변에 있다는 말도 있고. 근데 이렇게 사람 사는 동네에서 보다니, 정말 드문 일이야."

가쓰라는 말을 마치자마자 자기 말이 평소보다 훨씬 빨랐다는 것을 깨닫고 피식 웃었다.

고개를 들어보니 미코토가 입꼬리를 올린 채 가쓰라를 보고 있었다.

"꽃집 아드님의 돌발 1분 강좌, 싫지 않아."

"별말씀을요. 왜지치를 출퇴근길에 보는 건 엄청난 행운이야."

"행운인 건 좋은데, 왜지치…… 내일 되면 잊어버릴 것 같은 이름이야."

미코토의 솔직한 반응에 가쓰라는 웃으며 다시 꽃으로 눈길을 향했다.

"물망초라는 이름이 더 유명할 거야."

"물망초?"

"물망초에도 여러 종류가 있는데, 일본 재래종 물망초는 이 왜지치뿐이래."

"물망초라니 뭔가 의미심장한 이름이네."

"유럽의 전설에서 유래한 이름인데, '나를 잊지 마세요'라는 꽃말이 있어."

"지금 내 마음이랑 딱 맞네."

생각지 못한 말에 가쓰라가 당황하며 고개를 들었다.

미코토의 온화한 시선은 파란 꽃을 향해 있었다.

"아즈사가와 병원을 졸업하고 대학병원으로 가서 점점 더 바빠지는 가쓰라 선생님, '나를 잊지 마세요'라는 게 내 마음이야."

가쓰라는 급히 일어섰다.

"그럴 일 없어."

"그럼 좋겠지만, 환자 걱정에 여념 없으신 가쓰라 선생님은 맨날 바빠서 얼굴 볼 시간도 없고 그러니까."

거기까지 말하고 미코토는 긴 한숨을 토했다.

"아, 싫다, 싫어. 갑자기 넋두리처럼 됐잖아. 얼른 점심 먹으러 가자!"

말을 끝내자마자 휙 등을 돌리고 걸음을 내디뎠다.

오늘따라 연약해 보이는 뒷모습을 바라보다가 가쓰라는 번뜩 깨달았다.

대학병원으로 간 가쓰라는 전혀 다른 세계에 적응하느라 정신이 없었다. 그러나 아즈사가와 병원에 남은 미코토는 달랐을 것이다. 낯선 곳에서 바쁘게 뛰어다니는 가쓰라와 조금씩 거리가 생기지는 않을까, 불안했을지도 모른다. 당연한 일이다. 가쓰라가 안이해서 눈치채지 못했을 뿐이다.

"괜찮아."

가쓰라가 나지막이 말했다.

앞서 걷던 미코토가 뒤를 돌아봤다.

"뭐가 괜찮아?"

"전부 다 괜찮아."

"그게 뭐야."

"수련의 과정이 끝나면 미코토를 데리러 올게."

속마음을 그대로 털어놓은 가쓰라의 말이 작은 길에 힘차게 울렸다가 이내 나무들 사이로 흩어졌다.

미코토가 돌아서서 걸음을 멈췄다. 눈이 살짝 커지고 뺨이 서서히 붉게 물들었다. 뺨을 붉힌 채 가쓰라를 빤히 응시하며 말했다.

"잘 안 들렸어. 다시 한번 말해줄래?"

"두 번 말하는 데는 꽤 용기가 필요한 말이야."

"그 정도 용기도 없으면 나를 잡기는 어려울 텐데."

가볍고 산뜻한 음성에는 미코토다운 명랑함이 담겨 있었다. 가쓰라는 곧바로 한 번 더 말했다.

"수련의 과정이 끝나면 미코토를 데리러 올게. 기다려줘."

"알았어!"

대답과 거의 동시에 미코토가 가쓰라의 품으로 날아들었다. 가쓰라는 깜짝 놀라며 미코토를 감싸안았다. 가슴 언저리에 미코토의 발그스레한 뺨이 있다.

가쓰라가 당황할 차례였다.

"'알았어'라니, 무슨 뜻인지 정말 아는 거야?"

"알아. 1년 정도는 기다려줄게. 그 이상은 보장 못해."

바로 다음 순간, 무언가 말하려던 가쓰라의 입을 미코토의 입술이 막았다.

행동 하나하나가 갑작스럽고 예측을 뛰어넘는다. 어디로 튈지 모르는 미코토의 매력을 가쓰라는 인정하지 않을 수 없었다. 잠시 후 두 사람의 입술이 떨어지자마자 미코토가 밝게 외쳤다.

"잊지 마. 물망초가 증인이야."

"물망초가 난감해할 것 같은데."

"난감한 건 나야. 사람 속도 모르고 꽃 설명만 했잖아."

"앞으로 조심할게."

"조심할 필요는 없어."

미코토가 태연하게 받아쳤다.

"쇼타로는 꽃집 아들이니까."

미코토는 해맑게 말하고 몸을 돌려 작은 길을 달렸다.

"점심은 어디서 먹을까?"

씩씩한 목소리가 울려 퍼졌다.

가쓰라는 웃으며 그 뒷모습을 바라보다가 발치의 작고 파란 꽃으로 눈을 향했다.

물망초는 '나를 잊지 마세요'라는 꽃말과 더불어 추억과 기억이라는 의미도 지닌다. 그런데 그건 하얀 물망초의 꽃말이고 파란 물망초에는 또 하나 중요한 의미가 있다. 훨씬 더 중요한 그 의미를 쉽사리 말로 꺼낼 수는 없지만, 내년에는 파란 물망초를 들고 미코토를 데리러 오겠노라고 가쓰라는 굳게 다짐했다.

가쓰라는 고개를 들어 하늘을 보다가 눈을 살짝 가늘게 떴다.

신록이 우거진 산기슭에서 아즈미노 한가운데까지 부드럽게 아치를 그린 무지개가 보였다. 일곱 빛깔 커다란 다리가 아즈사 강의 양 기슭을 잇고 있었다.

가쓰라가 알려주자 미코토가 무지개를 발견하고 탄성을 내뱉었다. 한껏 들뜬 목소리로 가쓰라를 부르며 손짓하는 미코토에게 가쓰라는 느긋한 발걸음으로 다가갔다.

어느새 구름은 모습을 감추고 하늘은 뻥 뚫린 것처럼 새파랬다.

희미하게 들려오는 청량한 소리는 아래쪽 언덕길을 달리는 아이들의 곰 쫓는 방울 소리이리라.

작은 손에 저마다 바람개비를 들고 있어 빨강 노랑 파랑, 다채로운 색들이 춤추듯 흔들린다.

산과 공기와 나무와 꽃이 전부 맑고 밝다.

아즈미노는 봄이다.

작품 해설

지금 우리에게 필요한 문학이자
철학, 의료 이야기

쉰을 넘은 지도 몇 년이 지났다. 건강검진에서도 양호하지 않은 수치들이 눈에 띈다. 특히 나쁜 콜레스테롤이 높아서 얼마 전부터 병원에 다닌다. 3개월에 한 번 혈액 검사를 하고 담당 의사에게 수치를 보이는데 그 수치라는 것이 좀처럼 개선되지 않는다. "아직 약을 끊을 수 없겠네요." 하고 의사에게 혼나는 꼴이 되면 마음이 불편하달까, 묘하게 분하달까, 한마디 받아치지 않고는 못 견디게 된다.

"근데 선생님, 관리를 잘해서 건강하면 너무 장수하는 거 아니에요?"

"네?"

"미식을 한껏 즐긴 윗세대도 이리 장수하잖아요. 우리 세대는 마흔 넘으면 복부비만이네 뭐네, 식사며 생활 습관이며 조심하라 소리를 귀에 못 박히게 들었는데, 자칫 잘못하면 백 세까지 사는 게 당연해지지 않겠어요? 그러면 사회가 고령자 의료를 지탱하지 못할걸요."

괜히 지기 싫어서 내뱉은 다분히 농담조 말이었으나 뜻밖에도 담당의는 진지한 표정으로 답했다.

"그렇긴 합니다. 그런데 사토 씨 세대가 너무 금방 돌아가셔도 곤란해요. 사망자가 너무 많아지면 손이 부족하거든요. 지금 고령자가 아무리 장수한대도 남은 수명이 그리 길지는 않겠죠. 앞으로 우리 사회는 유례없는 대량 사망의 시대로 진입할 겁니다. 의사는, 죽음이라는 쪽도 살펴야 하니까 너무 한꺼번에 많이 돌아가시면 아무래도 힘들죠."

난데없이 무슨 이야기인고 하니, 이 소설을 읽고 문득 떠오른 대화다.

이제 해설 자리에 맞게 책 이야기를 해보겠다.

의료소설의 인기가 뜨겁다. 가히 붐이라고 해도 좋으리라. 다만, 한때의 유행으로 끝날 분위기가 아니다. 현역 의사의 작품이 늘며 직업 소설로서 하나의 장르가 될 듯한 기세다. 그런 의료소설도 주제로의 접근 방식, 내용, 감상 면에서 두 종류로 나눌 수 있을 것이다.

하나는, 오싹한 계열의 의료소설이다. 뇌과학, 장기이식, 인공수정, 유전자 의료, 클론 기술처럼 최첨단 의학이나 고도의 최신 의학이 적용되는 장면을 그려내는 소설이다. 실제로 이런 일이 일어날 수도 있겠다고 놀라며 읽는, 읽다 보면 등줄기가 서늘해지는 작품군이다. 의학이 과학의 일부라는 점을 생각하면 일종의 SF소설이라고 할 만하다. 이런 줄거리 특성상 종종 인물이 죽는데 그와 관련하여 미스터리 구조로 풀어내는 작품도 드물지 않다.

의료소설의 또 다른 종류는 따뜻한 계열이다. 의사와 환자 간 마음의 교류를 비롯하여 의사와 의사 또는 간호사, 의료기사 같은 의료 현장의 인간관계를 둘러싼 휴머니즘 넘치는 작품군이다. 의사가 고민하고 괴로워하고 망설이면서도 성장해 가는 이야기는 형태를 바꾼 교양 소설이라고도 할 수 있을 것이다.

이 책의 작가, 나쓰카와 소스케는 따뜻한 계열의 의료소설 저자로서 가히 이 분야의 선두 주자라 칭해도 이의를 제기할 사람은 없으리라.

1978년생으로 아직 사십대인 나쓰카와 소스케는 신슈대학 의학부를 졸업하고 지금도 나가노현에서 지역 의료에 종사하는 현역 의사다. 작가로서는 2009년 데뷔작 《신의 카르테》(제10회 쇼가쿠칸 문고 소설상, 2010년 서점대상 제2위)로 경력을 쌓기 시작했는데, 해당 작품은 엄청난 인기를 얻어 드라마화, 영화화

되어 많은 독자가 익히 알고 있을 것이다.

《신의 카르테》의 주인공은 구리하라 이치토, 나가노현 마쓰모토시 '24시간 365일 대응'을 내세운 혼조 병원에서 근무하는 29세 내과 의사다. 만성적인 의사 부족으로 2, 3일 철야를 강요당하며 의료 현장에서 분투하는 인물로, 신슈의 아름다운 풍경 속에서 환자를 비롯해 여러 사람과 교류해간다. 《신의 카르테》는 시리즈로 현재 제5권까지 출간되었다. 그 책의 애독자라면 《물망초 피는 마을에서》를 읽는 데 위화감을 느끼지 않을 것이다.

《물망초 피는 마을에서》는 본래 《소설 야성시대(小説 野性時代)》[25]에 게시된 연작 단편 〈추해당 필 무렵〉, 〈달리아 다이어리〉, 〈산다화 피는 길〉, 〈얼레지 찬가〉 네 작품이 바탕이 되었다. 2019년 11월에 단행본으로 출간되면서 〈추해당 필 무렵〉이 〈추해당 피는 계절〉로 제목이 바뀌고 프롤로그 〈창가의 샌더소니아〉와 에필로그 〈물망초 피는 마을에서〉가 앞뒤로 추가되어 하나의 이야기로 완성되있다. 모든 이야기에서 꽃이 중요한 역할을 하는데 그런 설정이 가능한 것은, 풍부한 자연환경의 아름다움을 자랑하는 '신슈'라는 배경 덕분이다.

주인공은 1년 차 수련의 가쓰라 쇼타로, 3년 차 간호사 쓰키오카 미코토다. 두 사람 다 나가노현 마쓰모토시 외곽에 있

---

25 일본 출판사 KADOKAWA가 발행하는 문예잡지

는 아즈사가와 병원에서 근무하며 끊임없는 응급 이송에 쫓기는 나날을 보내는데, 여기까지 읽고 의아해하는 독자가 있을지도 모른다.《신의 카르테》와 무엇이 다르냐고. 안 그래도《물망초 피는 마을에서》에《신의 카르테》주인공 구리하라 이치토가 잠깐 등장할 뻔했다. 그러나 비슷해 보이는 두 작품이 확실히 구분되는 이유는, 같은 세계관 안에 있지만 각 주인공이 마주한 현실이 다르기 때문이다.

《물망초 피는 마을에서》는 고령자 의료를 다룬다. 지방 병원에서는 고령자 의료가 매우 큰 부분을 차지하는데, 저자가 그런 상황을 그려내며《물망초 피는 마을에서》를 통해 던지는 것은 '그런 일도 있구나' 하고 넘길 만한 사소한 문제가 아니다. 앞으로 일본이, 아니 세계가 직면할 수밖에 없는 그야말로 거대한 문제다.

실제로 오싹한 계열의 의료소설에 나올 법한 내용은 의학의 최첨단이지 의료의 최첨단은 아니다. '의사가 환자의 병을 치료하기 위해 최선을 다한다'는 아주 오래된 명제다. 그러나 오늘날 의사는 이미 그것에는 안주할 수 없는 상황에 놓여 있다. 서두에서 언급한 나의 담당의뿐만 아니라, 지금 의료 현장은 자명한 전환점을 맞았다. 병을 치료하는 것이 아니라 '죽음'에 대해 고민해야 한다. 그저 '연명'만이 목적이라면 상당 시간 늘릴 수 있는 고령자의 수명을, 과연 언제 끝낼 것인가. 이 과제야

말로 향후 의료의 최대공약수이리라.

앞으로 의사는 흡사 신처럼 인간의 생사를 나누는 위치에 설 것이다. 그렇기에 우리 인간은 스스로 생각해야 한다. 무엇을 취하고 무엇을 버릴 것인가, 어떻게 죽을 것인가에 대해. 그리고 인간이 살아 있다는 것은 어떤 의미인가에 대해.

"다타이 씨는 뿌리가 끊어진 상태라고 저는 생각합니다."

가쓰라가 환자의 가족에게 말한다. 얼레지는 뿌리를 땅속 깊이 내리는데 그 뿌리가 끊어지면 곧바로 시들어버린다. 인간도 이 세상에 뻗어 내린 뿌리가 끊어지지 않았다면 아직 더 살아갈 수 있고 더 살아가야 한다. 그러나 다타이 씨는 그렇지 않다. 그래서 가쓰라는 말한다.

"이대로 이 병원에서 보내드리면 어떨까요?"

답은 하나가 아니다. 그러나 모든 의사는 반드시 고민하여 자신만의 답을 내놓아야 한다. 이제는 자기만의 철학이 없으면 의사로서 버텨내기 힘들 시대다. 이것이 문학적 명제이기도 하다면, 의학서는 도움이 되지 않으므로 의료소설, 즉 따뜻한 계열의 의료소설이 더욱 필요해진다.

그런 의미에서 나쓰카와 소스케는 《물망초 피는 마을에서》로 새로운 문을 조용히 연 것이 아닐까.

— 사토 겐이치 (작가)